W0295666

Le Sud

Du même auteur

Le Tristement Célèbre Johnny Lim, Robert Laffont, 2006 ; 10-18, 2012.
La Carte du monde invisible, Robert Laffont, 2012 ; 10-18, 2013.
Un milliardaire cinq étoiles, Robert Laffont, 2015.
Nous, les survivants, Fayard, 2021.
Étrangers sur la grève, Fayard, 2023.

Tash Aw

Le Sud

roman

Traduit de l'anglais
par Johan-Frédérik Hel Guedj

Flammarion

Titre original : *The South*
Éditeur original : 4th Estate,
une marque de HarperCollins Publishers
© Tash Aw, 2025
Tous droits réservés
Pour la traduction française :
© Éditions Flammarion, Paris, 2026
ISBN : 978-2-0804-5941-1

Pour Francis

Deux garçons marchent à l'ombre rare d'un verger, loin de la maison où ils séjournent. Il est à peine plus de midi, le soleil est à son zénith, il n'y a personne d'autre alentour. Dans cette lumière, la terre miroite légèrement devant eux. Il n'a pas plu depuis des mois ; la végétation, habituellement chargée d'humidité, est pâle et friable. Ces derniers jours, l'air lui-même est devenu si chaud et si sec qu'il brûle la gorge des garçons chaque fois qu'ils respirent.

Si on grattait une allumette, toute cette terre s'embraserait, dit l'un des deux. Il s'appelle Jay. Il ouvre la marche, se frayant un chemin à travers les herbes hautes et rugueuses qui lui tailladent les mollets, les sillonnant de coupures fines et précises qui le démangeront lorsqu'il se lavera plus tard, ce jour-là, et pourtant il s'est habitué à la douleur ; en fait, il la sent à peine. Ici, le sous-bois forme un enchevêtrement d'épineux et, chaque soir, Jay découvre sur ses bras et ses jambes de petites blessures qui marquent sa serviette de toilette et ses draps de taches rouge vif, mais, la plupart du temps, il n'est même pas conscient de ces perforations sur sa peau.

Les garçons marchent à pas réguliers, ils progressent vers les ombres plus épaisses au cœur du verger.

Je les appelle des *garçons*, mais en réalité ce ne sont plus des garçons. Que sont-ils alors, puisque ce ne sont pas encore des hommes ? Peut-être qu'à ce moment précis, il importe peu de le savoir. Arrivés au pied du plus grand arbre, ils lèvent les yeux vers les branches, fourchues et tordues par l'âge. Jay tend la main, touche le tronc, ses doigts effleurent les crevasses peu profondes de l'écorce. Bientôt, on l'abattra, ainsi que tous les autres. Ils sont malades, leur a-t-on affirmé, et il faut les détruire.

Des arbres comme celui-ci peuvent vivre des centaines d'années, explique Jay. En Inde, il en existe un qui a mille ans.

Tu as lu ça dans un de tes livres, lance l'autre, mais cela ne ressemble pas à une question – l'âge des arbres ne l'intéresse pas ; il ne s'intéresse pas du tout aux arbres, alors qu'il a grandi parmi eux.

Abattre un arbre, c'est pire que de tuer un être humain, lui répond Jay en fixant les branches du regard.

Le garçon rit, mais ce rire n'a rien de joyeux, ce n'est qu'un borborygme sourd au fond de sa gorge. Qu'est-ce que tu sais de la mort, rétorque-t-il. Il s'appelle Chuan. Tu as déjà tué quelqu'un ?

Jay le sent s'approcher, mais ne se retourne pas. Il perçoit son souffle dans sa nuque, mais il se peut que ce ne soit qu'un effet de son imagination exacerbée, car il attend ce moment depuis plusieurs jours déjà ; et, dans son attente, il en a anticipé le déroulement, à la seconde près – sa façon de toucher et d'être touché, le contact lisse et collant de la peau de Chuan, ce qu'ils se diront. Il connaît déjà chaque instant de ce moment avant qu'il ne se produise. Il ne lui reste plus désormais qu'à attendre.

Il sent les mains de Chuan sur ses épaules, tout près de sa nuque. « J'espère que nous pourrons sauver ces arbres », dit-il, sans cesser d'observer les feuilles au-dessus de sa tête. Jay s'imagine se retourner, lentement, pour regarder Chuan, avant que l'un d'eux – peu importe lequel – ne tende la main et ne touche le visage de l'autre. Pourtant, il n'en fera rien ; il est saisi par une sensation, entre la peur et l'indécision. S'il tourne les yeux vers lui, à cet instant, que découvrira-t-il ?

Retourne-toi, Jay, *retourne-toi.*

Mais il ne peut pas bouger ; il s'aperçoit que son corps lui est devenu étranger. Il a aspiré depuis tant d'années à ce que quelqu'un le touche de cette manière – à la liberté qu'il éprouverait. Il s'est imaginé la joie limpide qu'il ressentirait, savourant chaque geste. Peut-être redoute-t-il cette libération et ce qu'elle risquerait d'entraîner. C'est la première fois qu'il a eu l'impression que son corps échappait à son contrôle. Plus tard, il y aura d'autres occasions, en d'autres lieux, loin d'ici, et il finira par s'y habituer, mais pour l'instant cette sensation est nouvelle.

J'espère que nous pourrons sauver ces arbres, répète-t-il en regardant vers le ciel. Sur les plus basses branches, il aperçoit un grand oiseau qu'il ne parvient pas à identifier. Un faucon minuscule ou un coucou géant. C'est difficile à dire, à contre-jour. L'oiseau se tourne vers lui, le scrute. Jay se demande si c'est un bon ou un mauvais présage.

Il sent les mains de Chuan lui agripper les épaules, une pression neutre et chaude au début, qui se mue en une légère douleur, sans que ce soit désagréable. Enfin, il tente lentement de se retourner, mais Chuan pèse fortement sur lui, le repousse vers le tronc d'arbre jusqu'à lui plaquer le visage tout contre. L'écorce est rugueuse et s'il se débat, il le sait, il en aura la peau éraflée, peut-être même ensanglantée – marquée par son désir, qu'il ne sera plus en mesure de dissimuler au monde.

D'un mouvement de pied, Chuan écarte ceux de Jay, ses doigts tâtonnent pour lui baisser son short, mais l'attache-velcro de la ceinture se coince et le tissu remonte autour des hanches de Jay. D'une main, il essaie d'y remettre de l'ordre et perçoit le corps mince et ferme de Chuan qui se presse maintenant contre lui alors qu'il se libère enfin de son short. Jay tente à nouveau de se retourner ; il veut savourer ces premières minutes, les prolonger dans son esprit pour que le peu de temps qu'ils passeront ensemble paraisse des heures, une journée entière. C'est ainsi qu'il avait imaginé leur première fois. Mais Chuan se plaque contre lui, il est plus âgé et plus fort que Jay, il a calé son avant-bras contre ses omoplates, et, sur le moment, Jay est surpris par la force de Chuan, même s'il sait qu'il ne devrait pas – après tout, le corps de Chuan est un pur produit de cette terre, inflexible et dur. Ce qui le surprend, surtout, c'est l'idée que Chuan veuille voir leur premier rapprochement s'achever le plus vite possible. Accélérer chaque seconde et renverser le temps – l'inverse de ce que recherche Jay.

Lorsque c'est terminé (moins de deux minutes plus tard, selon l'estimation de Jay), Chuan laisse reposer sa tête dans le creux de son cou.

Je veux être avec toi, dit-il. *Pour toujours.*

Jay acquiesce. À cet instant, l'éternité semble une idée réconfortante. Mais à cet âge, que savent-ils vraiment du temps, l'un et l'autre ?

Cette année-là, à la fin des cours, pour les vacances, nous sommes partis vers le sud, renonçant à notre visite habituelle à ma grand-mère qui vivait dans le Nord – elle était à un stade avancé d'une maladie qu'aucun médecin n'était capable d'identifier, une combinaison d'ostéoporose et de vieillesse qui finirait par la réduire à la faiblesse et à la docilité mais qui, jusqu'alors, l'avait simplement rendue imprévisible et grincheuse. Elle avait été en bonne santé toute sa vie et n'avait pas l'habitude de dépendre des autres pour l'aider dans les tâches domestiques ou même, parfois, pour sa toilette, et son déclin soudain avait été un choc pour tout le monde, et pour elle en particulier. À soixante-dix-sept ans, elle était encore en forme, capable d'aller au marché à pied et de rentrer en portant ses courses toute seule, ainsi que de sortir assez tard le soir, avec ses amis, dans la petite bourgade où elle vivait et qui, à l'époque, commençait à peine à attirer les touristes de la capitale, une évolution qu'elle trouvait amusante. Des gens faisaient trois heures de route pour venir au café près de chez elle ! s'esclaffait-elle. Puis, au début de l'année, elle avait trébuché sur la petite marche menant à sa cuisine, s'était fracturé une hanche et avait dû rester immobilisée de longues semaines. Son humeur avait changé, elle était devenue désagréable et, surtout, elle s'était retrouvée seule.

Mon grand-père était mort l'année précédente. Son décès n'avait surpris personne. Beaucoup plus âgé qu'elle, il était malade depuis de nombreuses années et ma grand-mère, qui s'occupait de lui, avait été soulagée de ce fardeau. Il était dommage que sa libération n'ait duré qu'un an, et qu'elle ne soit à son tour victime de l'âge, avant l'heure. Mes parents ne parlaient pas beaucoup de la santé de mes grands-parents – nous n'étions pas le genre de famille à nous attarder sur la douleur, quelle qu'en soit la nature, estimant que discuter de sujets difficiles ne ferait qu'aggraver les choses. J'avais seize ans et je comprenais que ma grand-mère ne tiendrait plus longtemps.

Cette année-là, pendant quelques mois, mes parents sont devenus maussades et silencieux, se taisant même aux repas. Mes sœurs, Lina et Yin, étaient convaincues qu'ils s'étaient disputés et qu'ils étaient sur le point de divorcer, mais je voyais une autre raison à leur renfermement : la mort de mon grand-père et les épreuves que ma grand-mère avait connues par la suite les troublaient car il y avait, entre eux aussi, un écart d'âge de quinze ans, et ils devaient se demander ce que leur réservaient les deux décennies à venir. Mon père, en particulier, atteignait l'âge où des problèmes de santé auparavant mineurs et passagers étaient en passe de devenir permanents.

C'était ma mère qui avait décidé de partir dans le Sud cette année-là, afin de laisser ma grand-mère se remettre de ses maux en paix. Les personnes âgées n'apprécient guère qu'on les bouscule, expliquait-elle, elles aiment prendre leurs repas tous les jours à heure fixe et détestent que les enfants changent de chaîne de télé. « Tout ce bruit et ces dérangements ne sont pas bons pour elle », estimait-elle encore. Sa logique semblait imparable, mais ne clarifiait pas tout. Pourquoi laisser seule une personne vieillissante au moment où elle avait manifestement besoin de soutien ? Et pourquoi mon père, qui prenait habituellement toutes les décisions importantes du foyer, avait-il accepté ? Lui qui appréciait le changement moins que quiconque. Il avait refusé de déménager, alors que notre maison était peu à peu envahie par les moisissures et par l'humidité causées par des fuites à répétition dont on n'avait jamais réussi à déterminer la source ; c'était lui qui avait voulu que moi, le plus jeune de ses enfants, je doive hériter des vêtements de mes sœurs. Il n'achetait jamais de vêtements, n'envisageait en aucun cas de trouver un autre travail malgré les plaintes de ma mère au sujet de son salaire d'enseignant, n'avait pas changé de voiture depuis ma naissance – alors pourquoi n'avait-il pas protesté ?

La vérité, c'était que ma mère ne s'était jamais entendue avec ma grand-mère, qui estimait que mon père aurait pu faire un meilleur mariage. Il était bel homme, un intellectuel issu d'une famille aisée, certes pas aussi riche qu'ils l'auraient souhaité – leur statut social aurait si aisément pu s'améliorer par le biais du mariage. Je pense que ma grand-mère voyait mon père prendre femme dans le genre de vieille lignée chinoise dont on donnait le nom à des rues et des bâtiments de la ville.

Quel meilleur moyen pour une famille d'immigrés de s'assurer de faire partie de l'histoire et de l'avenir du pays ? Au lieu de cela, Jack s'était marié avec une provinciale qui serait toujours un frein à sa réussite.

Sui Ching n'est qu'une fille de la campagne – en disant cela, ma mère singeait parfois ma grand-mère, quoiqu'elle ne le fasse jamais en présence de mon père. Son manque de proximité avec ma grand-mère faisait toujours l'objet de plaisanteries, mais j'ai fini par m'apercevoir que c'était pour ma mère une source de tristesse plus profonde. Quand elle avait connu mon père, elle était étudiante – *son* étudiante – et n'avait jamais passé son diplôme ; sa belle-famille nourrissait tant de préjugés à son égard qu'elle savait qu'elle devrait consacrer sa vie à essayer de les surmonter.

Pourtant, des années durant, ma mère avait joué les belles-filles dévouées, préparant les repas chaque fois que nous séjournions chez notre grand-mère, se chargeant du ménage, lui rapportant des ormeaux et des champignons séchés, de coûteux cadeaux de la ville – autant d'attentions que l'on attendait d'elle. Elle se figurait peut-être se rallier ma grand-mère à l'usure, et, alors même qu'il était évident que ses tentatives étaient vouées à l'échec, elle préservait les apparences – ne serait-ce, je pense, que pour maintenir la paix avec mon père, qui vouait une fidélité inébranlable à sa mère. Quand ma mère était sur le point d'accoucher de Yin, et que Lina n'avait que deux ans, mon père avait laissé ma mère seule à l'hôpital et fait trois heures de route pour aller rendre visite à ma grand-mère, qui était tombée malade – un simple rhume, s'était-il avéré. Il n'avait pu rentrer à temps pour la naissance de Yin. (C'était un épisode sur lequel ma mère n'avait pas cessé de revenir au fil des ans, pour preuve de la loyauté incertaine de mon père envers elle.)

Ma mère appréciait mon grand-père. C'était un personnage plein de bienveillance, qui semblait souvent enfermé dans son monde, longtemps avant qu'il ne soit gagné par la démence. Lorsque j'ai été assez âgé pour prendre conscience de sa présence, il était déjà octogénaire et je ne me souviens que d'un homme grand et mince qui marchait sans se faire aider, quoique de plus en plus frêle. Il ne parlait pas beaucoup et passait le plus clair de son temps assoupi devant la télévision, à l'écart du reste de la famille, la tête si penchée qu'elle reposait sur sa clavicule. « Regardez-moi ce pauvre homme, disait ma mère. Cinquante ans avec votre grand-mère… »

Après toutes ces années, notre départ vers le sud ressemblait pour ma mère à une forme de revanche, surtout à un moment où ma grand-mère était très malade. C'est du moins ainsi que je l'ai perçu.

« Ils sont sur le point de divorcer », insistait Lina. Dans mes souvenirs, elle avait toujours espéré que mes parents se séparent. « Les hommes et les femmes ne sont pas faits pour vivre ensemble, a-t-elle continué alors que nous faisions nos bagages. Ce sera la meilleure décision qu'ils aient jamais prise. » Elle avait quatre ans de plus que moi et possédait une sagesse qui me semblait irréprochable, au point que j'ai longtemps cru moi aussi que nos parents se sépareraient, tôt ou tard.

Derrière le souhait de ma mère de partir dans le Sud, une autre raison s'imposait, plus pressante. Après la mort de mon grand-père, on avait parlé d'héritage, et du peu qu'il possédait, lui qui avait autrefois dirigé une entreprise de distribution de pièces détachées automobiles, implantée dans tout le Nord-Est. Il y avait un *shophouse* à K., un village non loin de l'endroit où vivait ma grand-mère, loué à un prêteur sur gages pour une somme dérisoire ; un terrain aride dans le Sud que mon grand-père avait acheté juste après la guerre ; et une petite somme d'argent liquide à la banque, destinée à payer les factures de la maison de retraite, mais finalement inutile, étant donné qu'il avait refusé de quitter son domicile, même aux dernières semaines de sa vie. Lorsque mon grand-père est décédé, mon père a été chargé de se rendre chez l'avocat pour l'ouverture du testament. Tout cela n'intéressait pas ses deux frères, qui avaient de bons métiers et vivaient à l'étranger. Lors de ce rendez-vous, mon père avait découvert que cette modeste fortune serait divisée à parts égales entre ses frères et lui, à l'exception d'un bien : le terrain situé dans le Sud, vingt hectares de jungle broussailleuse et de terrains agricoles, qui reviendrait exclusivement à ma mère.

« Ça ne vaut rien, avait-elle déclaré, s'efforçant de paraître indifférente, voire un peu accablée par la nouvelle. Mais il faut quand même qu'on aille s'en assurer. »

Au cours des semaines qui avaient précédé notre départ, ma mère était pleine d'une énergie que je ne lui avais jamais vue, préparant des sacs de vêtements et des colis de nourriture comme si nous projetions un long voyage de plusieurs mois, et dans l'éventualité de ne jamais rentrer. Mes sœurs riaient de ces savants préparatifs. « Enfin, quoi, j'ai consulté la carte, il n'y a que quatre ou cinq heures de route, s'est écriée Lina. Pourquoi s'agite-t-elle comme si nous allions vivre dans un autre pays ?

— Combien de temps partons-nous ? » ai-je demandé à ma mère, en la regardant plier soigneusement des serviettes et les glisser dans un sac en raphia.

Elle a haussé les épaules. « Cela dépend.

— Cela dépend de quoi ?

— De ce qu'il y aura là-bas. »

Le jour du départ, Lina m'a réveillé avant l'aube. « Dépêche-toi, si tu ne te lèves pas en vitesse pour prendre ton petit-déjeuner, les vieux cinglés vont se fâcher. Ils ont déjà tout chargé dans la voiture. »

À cette période, je me sentais tout le temps fatigué. « Une poussée de croissance tardive », avait déclaré une voisine quand ma mère s'en plaignait. Mes os s'allongeaient, expliquait-elle, tous les muscles étaient étirés en tous sens, de sorte que, même en dormant, j'étais épuisé par cet effort de croissance. Je détestais l'idée que mon corps se transforme dans mon sommeil, indépendamment de ma volonté. J'étais également troublé par le caractère tardif – j'aurais dix-sept ans dans quelques mois – de ce changement, que je considérais comme un signe d'anormalité. Pourtant, c'était vrai, j'étais tout le temps épuisé et, ce matin-là, c'était une véritable lutte que de sortir de mon lit. Monter dans une voiture pour me rendre dans un endroit que je ne connaissais pas était bien la dernière chose dont j'avais envie. J'ai bu un verre d'eau et me suis forcé à avaler un morceau de pain. « Il vaut mieux manger quelque chose, m'a prévenu ma mère. La route va être longue. »

Fong attend devant la maison, il balaie du regard la rangée d'arbres au loin, guettant l'arrivée d'une voiture, mais il ne voit rien. Elle est en retard, cette famille qui arrive de la capitale. Peut-être qu'il a écrit la mauvaise date sur le calendrier accroché au mur de la cuisine. Il leur a téléphoné ce matin, mais il n'a rien entendu d'autre que l'écho inquiétant et creux d'une ligne téléphonique sonnant dans le vide. Il déteste les téléphones et il est content que celui de la maison retentisse rarement ces temps-ci.

De là où il se trouve, sous la véranda, il observe la pelouse devant la maison, qui ne cesse de rétrécir. Pourquoi s'obstine-t-il à appeler la véranda « la véranda », et la pelouse « la pelouse » ? Ni l'une ni l'autre ne sont plus ce qu'elles étaient ; ces mots sont des vestiges du passé. Il y a quelques années, plusieurs pilotis de charpente qui soutenaient le toit de la véranda ont été fauchés par un camion manœuvrant en marche arrière, et la plate-forme en bois s'est fendue sous le poids des poutres effondrées. Fong avait pensé appeler Jack immédiatement pour lui raconter ce qui s'était passé, mais c'était le milieu de la nuit et Jack n'avait pas la réputation de quelqu'un de patient. Dans le meilleur des cas, il se montrait brusque, et il était connu pour ses sautes d'humeur. On entendait de nombreuses histoires à ce sujet : après une dispute avec son père vieillissant, il avait repris le volant en le laissant seul dans un relais routier, à des kilomètres de chez lui ; une autre fois, il avait enfermé son fils de cinq ans toute une journée dans la salle de bains parce qu'il avait mouillé son lit ; une autre fois encore, il avait verrouillé le portail de leur maison parce que sa fille de quinze ans n'était toujours pas rentrée, quelques minutes après le couvre-feu de vingt-deux heures qu'il lui avait fixé (elle était apparue peu après et avait dû secouer la grille).

Fong n'avait pas voulu se confronter à la mauvaise humeur de Jack à une heure si tardive, et le lendemain matin, après avoir évalué les dégâts, il avait décidé que la meilleure solution serait de démolir cet appendice branlant et de le remplacer par autre chose de moderne et de solide. Il y avait tout juste la somme suffisante dans la caisse de la ferme ; il n'aurait pas besoin de demander davantage d'argent à Jack. Puisqu'il n'avait pas réclamé de nouveaux fonds, le fait que la nouvelle véranda en béton ne ressemble pas du tout à l'ancienne lui serait pardonné. Un jour, Fong avait téléphoné pour lui annoncer une inondation. Jack lui avait répliqué : « Tu es le *gérant* de la ferme… autrement dit, c'est à toi de *gérer* les choses », comme si Fong pouvait contrôler la météo. Jack ne s'était pas inquiété de la maigreur de la récolte, uniquement d'une ponction potentielle sur les finances de la ferme pour réparer les dégâts.

D'ailleurs, l'argent avait toujours été la source des tensions entre Fong et Jack. Il comprend les rouages bien lubrifiés de l'argent, il mesure sa capacité à rabaisser les uns et les autres, même un homme comme Jack Lim, qui passe sa vie à essayer de résoudre des problèmes mathématiques. « Grâce aux mathématiques, on peut comprendre tout ce qui se passe dans le monde », avait déclaré Jack à Fong, lors d'une visite à la ferme, plusieurs années auparavant. Il travaillait sur une pile de papiers étalés sur la table de la cuisine, de sorte que les autres devaient dîner accroupis sur des tabourets bas, leurs assiettes disposées devant eux sur des pages de papier journal recouvrant le sol. Personne ne s'était plaint, ils avaient volontiers dégagé de la place pour le travail de Jack, plus important que leur repas. Fong avait regardé ces papiers, captivé par les images de belles formes bulbeuses ou de variations parfaites de carrés, qui ne lui évoquaient pas du tout des calculs mathématiques, mais plutôt les fruits d'une hallucination, d'un rêve.

Jack avait remarqué la fascination de Fong pour son travail et s'était mis à commenter – il saisissait toutes les occasions de faire étalage de son érudition. « C'est ce qu'on appelle des *fractales* », avait-il expliqué, mais il s'était limité à une ou deux phrases, avait souri puis s'était replongé dans ses calculs. Fong ne serait jamais capable de saisir ne serait-ce que les bases du travail de Jack ; quand il le lui expliquait, chacun de ses mots jaillissait comme un bref coup de lame, une insulte qui exposait le fossé les séparant.

Pourtant, côté argent, il n'y avait jamais eu de fossé entre eux. Ils savaient ce que l'argent pouvait accomplir et qu'il était capable de maintenir la hiérarchie qui les séparait. L'équation mathématique était simple : argent de Jack + statut = dépendance de Fong + travail perpétuel. Qu'obtiendrait-on si l'on retranchait l'argent de Jack pour l'ajouter au travail de Fong ?

(Le fait que Fong ait été le conducteur du camion qui s'était écrasé contre la véranda n'avait pas arrangé les choses. Des amis, une beuverie à Kota Tinggi : une histoire banale.)

Il attend, et il se souvient que la pelouse s'étendait jusqu'au bord du cours d'eau, avant la construction du barrage en amont, quand le niveau de l'eau était plus élevé. Ses bordures soignées donnaient à la maison un aspect plus civilisé, voire attrayant. Le vieil homme l'avait semée dans les années soixante, lorsqu'il y avait encore suffisamment d'ouvriers agricoles pour des tâches aussi futiles que la tonte du gazon. Aujourd'hui, des buissons touffus ont empiété sur l'herbe, au point que cela ressemble davantage à une clairière au hasard d'une forêt qu'à une *pelouse*. Il a beau régulièrement tailler les broussailles envahissantes, il ne peut les empêcher de gagner du terrain. Fong sait que Jack aura un mot à dire à ce sujet, qu'il fera un commentaire en passant pour montrer que rien n'échappe à sa réprobation, même s'il prétend ne pas se soucier de la gestion de la ferme. Les derniers mois de sécheresse ont tari le filet d'eau du ruisseau, ce n'est plus qu'un fossé profond tapissé de mauvaises herbes.

Le ruisseau la pelouse la véranda.

Des vestiges.

Nous étions sur la dernière marche, en haut de l'escalier de la véranda, et nous nous disputions sur le nom à donner à cet endroit – la justesse des noms nous semblait importante.

« Un marécage asséché, a dit Lina. Un terrain vague, voilà ce que c'est. »

Pendant le trajet, mes parents avaient commencé par appeler notre destination « la ferme », et même « la ferme familiale », ce qui donnait à la fois l'impression d'un vaste terrain et d'une partie de notre héritage, même si nous n'y étions jamais allés. L'idée d'être propriétaires terriens semblait absurde, d'autant plus en contemplant le terrain sauvage et négligé qui s'étendait devant nous. Il est vrai qu'il y avait des arbres au loin, plantés de manière plus ou moins ordonnée, mais qualifier cet endroit de ferme relevait de l'exagération – où étaient les machines, les ouvriers, la division des terres en parcelles bien délimitées ?

« Je déteste cet endroit, a soupiré Yin en s'éventant avec un journal replié. Il fait si chaud, et c'est sinistre. » Elle avait ramené ses cheveux en arrière, pour se dégager le visage. Cette année-là, sur le point de quitter la maison afin d'aller à l'université, elle se les était laissés pousser. Elle s'était mise à porter un autre style de vêtements – des chemisiers fluides et légers, des pantalons en coton, des jupes – rien de trop excentrique, et certainement rien qui soit susceptible de susciter des commentaires de la part de mon père. Elle savait jusqu'où elle pouvait aller avec lui et quand il fallait battre en retraite. Sa nouvelle façon de s'habiller accentuait de plus en plus sa ressemblance avec ma mère ; c'est peut-être pour cela que mon père l'approuvait.

*

Lina et Yin partageaient une chambre avec deux lits étroits. La mienne se trouvait au bout du couloir, séparée des autres par un débarras rempli de cartons recouverts d'une bâche bleue. Par terre à côté du lit, un mince matelas avait été posé. Bien que personne ne me l'ait signifié, je savais que j'étais censé occuper ce lit et que quelqu'un d'autre dormirait au sol près de moi. Dès le début, j'ai eu l'impression d'être un intrus.

La chambre était peinte d'un vert qui au fil des ans s'était estompé pour devenir presque blanc, et les murs étaient dépourvus de toute décoration, excepté un calendrier affichant la photo d'une jeune femme en maillot de bain, assise sur un rocher près d'une chute d'eau. Il était à la page du mois de juillet, alors que nous étions déjà en décembre.

Lorsque je suis descendu, les autres étaient réunis dans la cuisine, ils prenaient un goûter, en ce milieu d'après-midi. Il y avait une assiette de biscuits à côté d'un plat de ces fruits du dragon écarlates, des pithayas coupés en tranches, et des gouttes de jus aux couleurs vives avaient perlé sur la table.

« Ton lit, ça va ? » m'a demandé Fong, le responsable de la ferme. J'ai cru comprendre qu'il vivait sur la propriété depuis de nombreuses années. Il était désolé qu'il fasse si chaud, il n'avait pas connu un temps pareil depuis 1984, ou bien était-ce 1985, il était incapable de s'en souvenir. C'était tout de même mieux que les tempêtes qu'ils avaient eues l'année précédente, ou pire encore, il y a vingt ans, lorsque la ferme avait été inondée et que l'électricité était restée coupée pendant des semaines.

« Tu n'es pas responsable du temps qu'il fait », a dit ma mère en versant une cuillerée de café instantané dans une tasse d'eau chaude destinée à mon père. Il lisait un journal et a tendu la main vers la tasse sans lever les yeux.

Fong a continué de s'excuser pour les choses qui n'allaient pas dans la maison : il avait eu l'intention de changer les tabourets en plastique sur lesquels nous étions assis, ils étaient si vieux, probablement plus vieux que les enfants ; les fenêtres ne fermaient pas correctement ; certaines marches de l'escalier étaient inégales ; il n'y avait pas assez d'aération. Cela devait être difficile pour nous qui venions de la ville, où nous étions habitués aux climatiseurs et aux ventilateurs modernes qui tournaient à grande vitesse.

Tout en parlant, armé d'un chiffon humide, il essuyait le dessus des meubles de cuisine. « Je pensais avoir nettoyé la maison, mais il y a de la poussière partout. Ce fichu climat…

— Arrête, Fong », a dit ma mère. À cette exclamation soudaine, mon père a levé un instant les yeux avant de se replonger dans son journal. Je ne saurais dire si son ton était autoritaire ou compatissant. Fong a cessé de nettoyer et il a rincé le chiffon sous le robinet, avec des mouvements plus lents. Comme si le fait d'entendre le commandement de ma mère avait quelque chose de familier, ou même de réconfortant. « Viens, assieds-toi et mange quelque chose avec nous, a-t-elle ajouté, d'une voix plus douce cette fois.

— Je n'ai pas faim », a-t-il répliqué en s'installant à côté de moi sur un tabouret qui grinçait chaque fois qu'il changeait de position. Sans qu'on lui ait rien demandé, il nous a donné des nouvelles de la ferme – au début de l'année, il avait embauché trois ouvriers indonésiens, des gars travailleurs qui habitaient dans l'entrepôt juste à côté des récoltes, de sorte que, pendant un certain temps, il n'y avait plus eu de vol, aucune crainte de perdre des outils ou des machines, les hommes gardaient un œil sur tout ; mais ensuite, au début de l'année, avec l'arrivée de la sécheresse, il n'y avait plus eu assez de travail pour continuer de les employer, alors l'un d'eux était parti – vous savez comment ils sont, ils peuvent disparaître du jour au lendemain – et les deux autres avaient trouvé du boulot dans les environs. Parfois, quand il y avait assez à faire, ils revenaient aider, sinon il n'y avait que lui – et Chuan, quand il était dans le coin, ce qui n'arrivait pas si souvent.

« Comment va ton fils ? » s'est enquise ma mère.

Fong a haussé les épaules. « Pareil, toujours le même.

— C'est-à-dire ? Tu oublies que nous ne l'avons pas vu depuis dix ans. Je ne sais même pas quel âge il a, exactement. » Ma mère s'est levée pour refaire bouillir de l'eau.

« Dix-neuf ans. Totalement ingérable, en ce moment. Il n'en fait qu'à sa tête – il n'écoute jamais rien de ce que je dis. »

Ma mère a ri. « À cet âge-là, ils sont tous comme ça. C'est normal.

— Sui Ching a raison, a commenté mon père en buvant une gorgée de café. Regarde ce que nous devons supporter, de nos jours. »

Lina a pris une poignée de biscuits et s'est dirigée vers la porte. « Je vais me promener. Si je me fais dévorer par des tigres, ce n'est pas la peine de récupérer mes restes.

— Il ne reste plus de tigres par ici. Des léopards peut-être, mais pas de tigres », a rectifié mon père – il n'avait sans doute pas autant parlé à Lina depuis des mois. Elle était revenue de l'université de Penang exactement un an auparavant, les cheveux coupés court, presque à ras, et arborait un minuscule piercing au nez. Ma mère avait été la première à exprimer sa consternation, car Lina, comme Yin, avait hérité de sa chevelure épaisse et chatoyante, très admirée de ses amis. Elle avait aussi un tatouage au poignet – « Juste un tatouage temporaire, m'avait-elle confié, mais ne leur dis *pas* ! Je veux qu'ils croient que c'est un vrai » – visible chaque fois qu'elle allumait une cigarette, une nouvelle habitude que je la soupçonnais d'avoir prise en grande partie pour mettre la patience de mon père à l'épreuve.

Une fois Lina partie, mon père a soigneusement replié son journal et demandé à Fong ce que fabriquait exactement Chuan. Il a pris sa mine d'instituteur, en se penchant en avant et en posant les coudes sur la table.

Fong a expliqué que Chuan avait trouvé un emploi à temps partiel au 7-Eleven de la ville, à environ huit kilomètres, ce qui n'était pas génial, mais, sans diplôme, il avait du mal à trouver un boulot correct. Fong lui avait expliqué qu'il devrait commencer au bas de l'échelle et gravir les échelons. Le problème, maintenant qu'il était totalement indépendant, c'était que Fong ne pouvait plus vraiment savoir ce qu'il fabriquait, au juste. Un jour, un ami de Fong l'avait aperçu dans un restaurant de bord de mer près de Tanjung S. – à une heure d'ici –, en compagnie d'une fille, au milieu de l'après-midi, alors qu'il était censé être au travail. Parfois, il ne rentrait pas de la nuit, voire deux nuits de suite, sans prévenir Fong. Au début, ce dernier s'était inquiété, il avait même appelé la police, mais les policiers ne s'étaient guère intéressés à la chose – à quoi bon ? Un jeune Chinois qui ne rentre pas à la maison pendant quelques jours, qui s'en soucie ? Lorsqu'il avait demandé à Chuan pourquoi il n'avait pas appelé ou envoyé de SMS, devinez ce qu'il avait répondu ? Plus de crédit. C'était ça, son excuse. Pourtant, il n'arrêtait pas d'envoyer des SMS, de téléphoner à Dieu sait qui.

« Ça va aller, lui a assuré ma mère en entendant le sifflement de la bouilloire. Il est jeune, il a toute la vie devant lui.

— Toute la vie, hein, a gloussé Fong, d'un rire feutré, éteint. C'est exactement ce qu'il me raconte. Qu'il est jeune. Pourquoi faudrait-il qu'il soit aussi sérieux, à son âge ? C'est le problème quand on échoue dans toutes les matières et qu'on quitte l'école à dix-sept ans, a poursuivi Fong. Toutes ces années devant soi, sans avoir aucune idée de ce qu'on peut en faire. »

Fong a pris un biscuit et l'a cassé en deux. Chuan avait toujours été indépendant, même petit, a-t-il ajouté. Fong étant seul pour s'occuper de lui, il fallait bien qu'il le soit, mais maintenant, il n'avait plus de comptes à lui rendre, ni à lui ni à personne d'autre. Il gagnait son propre argent, désormais, il pouvait faire ce qu'il voulait – c'était ce qu'il répliquait à Fong chaque fois qu'ils se disputaient.

« Qu'est-ce que je peux répondre à ça ? » Il a enfourné la moitié du biscuit.

« Pas grand-chose, a répondu ma mère. Tu as fait de ton mieux, c'est difficile d'élever un enfant seul.

— C'est un bon garçon, a admis Fong. De temps en temps.

— Il pourrait peut-être retourner à l'école, a suggéré mon père. Acquérir quelques compétences techniques, ou quelque chose dans ce genre-là, sinon il va finir par gâcher sa vie. »

Je savais que ce dernier commentaire me visait en partie. À l'école, je n'étais pas nul, mais je ne réussissais pas brillamment non plus. Mes professeurs s'en fichaient, ils avaient trop d'élèves à surveiller, et d'ailleurs, dans des écoles comme la nôtre, l'échec était plus fréquent que la réussite. Je n'avais pas eu d'ennuis graves. Pas de quoi se plaindre, votre fils est tout à fait ordinaire, avait récemment dit l'un de mes professeurs à mon père. Mon père, qui était lui-même enseignant, avait pris cela comme une insulte.

« L'école, ce n'est pas fait pour tout le monde, a décrété ma mère. Cela ne sert à rien de forcer ton fils à étudier s'il n'en a pas envie. »

Fong a acquiescé. « Je ne peux pas le forcer à faire quoi que ce soit.

— J'imagine qu'il pourrait toujours travailler à la ferme, prendre ta relève et assurer la prospérité de l'affaire. » Mon père s'est levé et a plié son journal.

« Alors, Chuan va rentrer, ce soir ? ai-je demandé. Cela ne me dérange vraiment pas de dormir par terre.

— Cela pourrait te faire du bien, t'endurcir un peu. » Mon père s'est étiré en bâillant. « Je vais m'allonger un moment avant le dîner.

— Prends le lit, a proposé Fong. Vraiment. Qui sait quand ce stupide gamin va rentrer ? Je lui ai annoncé ce matin que vous arriviez, mais il m'a dit qu'il enchaînait deux services, alors peut-être qu'il ne reviendra pas avant demain matin. »

Yin et moi sommes sortis chercher Lina. Nous nous sommes éloignés de la maison en direction des champs aux herbes hautes et épineuses et de la forêt qui s'étendait devant nous. D'un côté du chemin, un étroit ruisseau serpentait, masqué de temps à autre par des roseaux ; de l'autre côté, nous pouvions apercevoir des pièces de métal rouillées, les débris d'une vieille voiture, envahis par les lianes et les mauvaises herbes, et plus loin un hangar ou une grange – une bâtisse ouverte sur les côtés, avec un toit en métal. Une nuée d'oiseaux s'est posée brusquement dans les arbres au-dessus de nous, en poussant des cris stridents. Nous avons ri nerveusement au bruit qu'ils faisaient, qui semblait presque humain et d'une vulgarité comique, différent de tout ce que nous avions pu entendre auparavant. Nous nous sommes dirigés vers le hangar, mais nous nous sommes rendu compte qu'il était beaucoup plus éloigné que nous ne le pensions.

« Je parie que c'est là-bas qu'elle est », ai-je dit.

Yin a acquiescé. « Elle s'échappe toujours aussi loin qu'elle peut. »

La chaleur était moins cuisante à présent et les arbres étendaient peu à peu leurs ombres sur le chemin. Une poussière granuleuse s'était infiltrée dans nos chaussures, nous écorchant les pieds et ralentissant notre marche. Un animal gris est sorti lentement d'un bosquet et Yin a poussé un petit cri de surprise, ce qui a stoppé la créature traversant sans bruit le chemin devant nous – un cerf, qui semblait ne pas nous avoir repérés jusqu'à cet instant. Il nous a regardés, a levé la tête, flairant l'air et, ne détectant aucune menace, il s'est lentement frayé un chemin au milieu des herbes avant de s'enfoncer dans la forêt. Dans ce moment d'immobilité, sous l'effet de la lumière tombante, le cerf nous a semblé d'une magnificence presque irréelle. Nous avions été surpris par sa taille et sa présence, alors même que c'était nous qui étions les intrus.

Yin s'est arrêtée et m'a pris le bras. Je n'aurais pas su dire si c'était pour me rassurer ou pour se rassurer elle-même.

Nous avons dû nous protéger les yeux contre les rayons obliques du soleil. Malgré cela, nous ne voyions Lina nulle part.

C'était le deuxième jour de décembre. Il restait quatre semaines dans le mois.

Sui sait à quoi ressemble la maison avant même qu'elle apparaisse à la sortie du virage. Au cours des dix dernières années, elle a imaginé ce moment du retour à maintes reprises, et recrée chaque détail de la bâtisse à mesure qu'elle s'en approche : perchée sur le terrain en pente douce, fondue sur l'arrière-plan sombre de vieux hévéas ; la peinture verte du bardage en bois, délavée par le temps, au point d'en paraître presque incolore, et la ligne irrégulière du toit. Maintenant, la maison miroite au loin, comme en lévitation au-dessus du sol et, ne parvenant pas à fixer le regard dessus à cause de la voiture qui bringuebale sur la route cahoteuse, Sui est incapable d'évaluer à quelle distance elle se situe. Elle a toujours semblé hors de portée.

Elle ne se fait aucune illusion sur son romantisme ou sa beauté. Au fil des ans, elle a reçu de temps à autre quelques bribes d'informations sur la maison et le domaine, et les a prises en compte pour s'en reconstituer une image. En 1991, après des pluies diluviennes, une partie du toit s'est effondrée – heureusement, c'était celle qui se trouvait au-dessus de la buanderie, qui abritait la cuisine et les toilettes, et au lieu de tuiles d'argile, qui auraient été trop coûteuses, elle a été remplacée par de la tôle ondulée. L'élégant hémicycle d'arbres que son beau-père avait planté près d'un demi-siècle plus tôt avait été déraciné par une tempête (combien, avait-elle eu envie de demander – tous ?). La belle véranda en bois avait été envahie par des termites, des coléoptères ou d'autres insectes nuisibles, et il avait fallu lui substituer une terrasse moderne en béton. Jack avait mentionné ces événements en passant, après coup, comme autant de réflexions laconiques.

Notre stupide monnaie n'a désormais plus aucune valeur, les Américains nous entubent, nous n'avons pas les moyens d'acheter une nouvelle voiture, et d'ailleurs, l'ancien verger a été entièrement arraché.

Tu as vu, le meilleur pote du Premier ministre a été arrêté en Australie avec une valise remplie de billets de banque, quelle bande d'escrocs, ah, et j'ai entendu dire que le ruisseau de la ferme avait été contaminé par des rejets toxiques.

Je suis bon pour être promu, tu imagines, ton mari pourrait décrocher un poste en or ! Je t'ai dit que le gérant de la ferme était malade depuis quelques mois ?

Toxique. Quelques mois. Elle avait gardé ces informations pour elle, en silence, et attendait le bon moment pour demander plus de précisions à Jack, mais, depuis plusieurs jours, il ne parlait que de son nouveau poste éventuel, ce qui était à l'évidence plus utile à la famille que ses propres préoccupations – ses espoirs et ses angoisses. Elle se rendait compte que les choses qui comptaient pour elle à cet instant étaient secondaires par rapport à ce qui le tourmentait lui. Elle avait du mal à ne pas voir toute sa vie conjugale sous cet angle.

Ils ne tarderont plus à arriver, désormais. Ils ont quitté la route principale, laissé derrière eux le bitume gris et ralenti en s'engageant sur le chemin de terre. Il semble moins accidenté qu'avant, et un peu plus large. Sui se souvient de la première fois qu'elle est venue ici, il y a plus de vingt ans, les branches en surplomb effleuraient la carrosserie ; elle aurait pu tendre la main, si elle avait voulu, et caresser les feuilles. Mais cette fois la forêt semble à bonne distance de la voiture, et le feuillage est recouvert de la poussière rouille pâle soulevée par le véhicule.

Jack a franchement ralenti, le moteur de la Volvo toussote lorsqu'il rétrograde en première. Si Fong pouvait goudronner tout ce foutu chemin, dit-il, et il marmonne un juron, deux syllabes sèches en hokkien. L'un des enfants tousse sur la banquette arrière – Jay, évidemment, toujours observateur, toujours aux aguets. Celui-là, elle doit le garder à l'œil. Contrairement à ses sœurs, il ne dit pas grand-chose ; elle se demande parfois ce que recèle son silence. Jusqu'à cet instant, ils ont été calmes, tous les trois – ils somnolent, s'imagine-t-elle, mais les secousses de la voiture les ont réveillés, et maintenant les filles gémissent et se plaignent. On est déjà arrivés au bout du monde ? Pourquoi on roulerait pas jusqu'au Sahara, ce serait moins loin. On veut de l'eau.

Les vitres sont remontées pour faire barrage à la poussière à l'extérieur, et la climatisation de la voiture n'a jamais fonctionné correctement. Sui sent des gouttes de sueur lui picoter le front et elle s'essuie le visage avec une petite serviette carrée. Elle a du mal à respirer. Elle se demande qui sera à la maison, si quelqu'un sera là pour les accueillir. Personne, peut-être.

Enfin, la voilà, plus petite que dans ses souvenirs, mais moins délabrée que dans son imagination. Ni les rapiéçages en zinc sur le toit ni la terrasse moderne, bon marché et incongrue, ne peuvent rien changer à la façon dont la maison occupe le terrain qui l'entoure, presque dissimulée à la vue, mais d'une certaine manière intacte, malgré tout.

En cette première matinée, lorsque je me suis réveillé, la maison était silencieuse. Je m'étais endormi rapidement, même si j'étais tendu à l'idée d'occuper la chambre de Chuan. Je l'imaginais trouver un corps étranger dans son lit, à son retour. Ma présence l'aurait irrité, et c'était la crainte de cette irritation qui me mettait mal à l'aise. À un moment donné, j'ai cru l'entendre entrer dans la chambre, j'ai eu beau essayer de me lever, je n'ai pas pu, et je suis resté allongé, épuisé, plus ou moins endormi, mais pas complètement. Sors de mon lit, l'ai-je entendu proférer dans mon demi-sommeil. *Jay. Enfin, qu'est-ce que tu fous ici ? C'est quoi, cette histoire, tire-toi de là.* Peut-être que je rêvais, car à mon réveil, le mince matelas était resté inoccupé. J'avais posé mon sac à côté – et personne ne l'avait déplacé non plus.

En bas, Yin était dans la cuisine. Elle avait lavé et séché les assiettes et les verres du petit-déjeuner et les avait soigneusement empilés sur la table, à côté d'un numéro de *Vogue* qu'elle avait apporté de la maison. Elle le regardait tout en essuyant la poêle avec des gestes souples et méthodiques et n'a levé les yeux que lorsque je lui ai demandé où étaient les autres. « Dehors, quelque part, a-t-elle répondu en haussant les épaules.

— Besoin d'aide ? »

Elle a secoué la tête. « Ça va. J'aime pas le désordre, tu le sais bien. » Sur la table, son téléphone s'est mis à vibrer, le petit écran carré s'illuminant en vert par intermittence. Elle l'a fixé quelques secondes, mais l'a laissé sonner en continuant à essuyer une poêle qui était déjà sèche.

Dehors, dans la lumière éblouissante du matin, la ferme semblait dénuée de vie. Mes parents remontaient la pente vers la maison, en traversant la clairière où nous nous étions garés, ma mère se protégeant le visage avec un journal afin que son teint d'une pâleur notoire, dont elle était très fière, ne brunisse pas au soleil. Elle détournait le visage de ses rayons, ou peut-être de mon père, car, de loin, on aurait pu prendre le journal pour une barrière dressée pour éviter de le voir marcher à côté d'elle. Elle était quelques pas devant lui et s'avançait à grandes enjambées.

« Tu t'es enfin décidé à te lever, m'a lancé mon père alors qu'ils approchaient de la maison.

— Tu as mangé ? m'a demandé ma mère en entrant dans l'ombre de la véranda, sans cesser de s'éventer avec le journal.

— Il ne restait plus rien.

— J'ai tout débarrassé, a répondu mon père en s'affalant dans un vieux fauteuil en rotin qui a grincé lorsqu'il s'est assis. Des mouches s'attaquaient à la nourriture, et de toute façon, ça va être bientôt l'heure du déjeuner.

— Où est Lina ?

— Dieu seul le sait. Fong n'est pas le seul à avoir un enfant intenable. » Il a retiré ses lunettes de soleil et les a remplacées par sa paire habituelle, aux fines montures en acier qui le faisaient paraître plus âgé qu'il n'était, alors qu'on le considérait déjà comme vieux. À l'arrêt de bus du quartier, quand on attendait pour se rendre à l'école, les autres enfants se moquaient souvent de lui. C'est ton grand-père ? Les personnes âgées me faisaient l'effet d'êtres fragiles, à la merci des autres, mais mon père était tout le contraire.

Il a de nouveau retiré ses lunettes et les a essuyées avec un petit chiffon qu'il gardait plié dans la poche de sa chemise – c'était une de ses habitudes, nettoyer compulsivement les verres –, et, lorsqu'il m'a regardé en clignant des paupières, ses yeux semblaient pâles et ses joues creuses. J'essayais de l'imaginer en vieillard, frêle, faible, incapable de se tenir debout sans mon soutien et reconnaissant lorsque je le prenais par le bras pour l'emmener faire une brève promenade dans le jardin. J'aimais me livrer à ce jeu de temps en temps, l'imaginer dépouillé de son pouvoir. Je me sentais alors plus à l'aise avec lui, presque son égal. Mais je savais que, même lorsqu'il aurait atteint quatre-vingt-dix ou cent ans, il serait toujours celui qu'il était à présent.

« Enfile des chaussures convenables et va rejoindre les autres.

— Qui ?

— Fong et les hommes. Dans le hangar.

— Pourquoi ? »

Mon père s'est tourné vers moi et m'a regardé droit dans les yeux. Dans ces moments-là, je comprenais ce que ressentaient ses élèves, en quoi exactement ils avaient pu le détester dès qu'il entrait dans la salle de classe. Sa silhouette mince, osseuse, accentuait la sévérité de son allure ; son immobilité vous donnait l'impression d'avoir commis un délit avant même d'y avoir songé. Quand il vous dévisageait, vous finissiez par vous voir comme il vous voyait, affecté d'une sorte de carence.

« Ils manquent de main-d'œuvre. Ils ont besoin d'aide, m'a-t-il expliqué posément. Tu dois grandir un peu, endosser des responsabilités dans la vie. Un peu de travail physique t'endurcira. »

On avait beaucoup parlé de mon passage à l'âge adulte ces derniers mois, mais personne n'était vraiment capable de m'expliquer en quoi cela consistait. Il avait été question de mes résultats scolaires médiocres, de commentaires d'autres parents du quartier sur des changements de mon comportement : ma timidité, le fait que je n'aimais pas le sport, que j'évitais les autres garçons à l'école – même ceux qui avaient été mes amis jusqu'alors. Ils racontaient à leurs parents qu'il se passait un *truc bizarre* chez moi. Les voisins s'interrogeaient. Est-ce que j'allais bien ? Ces questions étaient exprimées avec inquiétude. Pourquoi avais-je manqué l'école deux jours de suite, juste après les vacances ? (Mes parents n'étaient même pas au courant de ces absences.) Pourquoi m'endormais-je si souvent pendant les cours ? Depuis quand étais-je devenu si *renfermé* ?

Les adolescents – vous savez comment ils sont ! En public, ma mère essayait d'en rire, mais, à la maison, elle était constamment rongée par l'inquiétude. Le problème n'était pas tant chez moi, mais plutôt dans ce que la vie me réservait. D'ici deux ou trois ans, j'aurais fini le lycée et je devrais soit trouver un emploi, soit aller à l'université, et, dans les deux hypothèses, les choses ne s'annonçaient pas bien. Mes parents espéraient que j'opterais pour la seconde solution, même s'ils savaient qu'ils n'auraient pas les moyens de payer les frais de scolarité, et qu'il n'y avait pas d'emplois.

Cette année-là, on avait beaucoup parlé d'argent, ou plutôt du manque d'argent, non seulement dans ma famille, mais partout en ville. Une semaine, il y avait eu une ruée sur les retraits, des rumeurs circulaient sur des distributeurs de billets vides, et de longues files d'attente s'étaient formées devant les banques, tant les gens se sentaient acculés. Les gros titres étaient sombres, un brouillard constant de mauvaises nouvelles provenant de toute la région. La Thaïlande, la Corée, l'Indonésie – tous ces pays étaient dans la même situation que nous. « C'est la faute des États-Unis, répétaient les amis de mes parents, reprenant les communiqués du gouvernement. L'Occident veut nous étrangler. » Le Premier ministre est intervenu à la télévision, il a imputé la crise au FMI, à George Soros, aux « Juifs », à tous ceux qui lui venaient à l'esprit. Chacune de ses déclarations nous faisait rire et nous en avons conclu qu'il avait perdu la raison, mais nous avions tout de même peur.

À l'école, en l'espace de quelques jours, juste avant la fin du trimestre, cinq garçons de ma classe ont dû partir parce que leurs parents avaient perdu leur emploi et ne pouvaient plus financer un logement dans la capitale. Ces familles sont retournées en province, où elles pouvaient au moins habiter chez des proches jusqu'à la fin des troubles, même si personne ne savait combien de temps cela durerait. Dans la salle de classe, on avait retourné leurs chaises à l'envers sur leurs pupitres vacants, comme pour commémorer des vies révolues. Ils étaient désormais relégués dans le passé, et nous ne parlions plus d'eux.

Je savais que j'allais devoir décrocher une bourse, mais mes notes n'étaient pas prometteuses. J'étais condamné, comme disait mon père, à une *existence médiocre*. Je ne savais pas exactement ce qu'était une existence médiocre, mais je pensais qu'elle ressemblait à celle de mon père. Il était professeur dans un collège technique de seconde zone et venait d'être écarté d'une promotion, pour la deuxième ou la troisième fois depuis que j'étais en âge de comprendre ce que signifiait travailler pour gagner sa vie, et cette fois cela semblait sans appel. Il approchait la soixantaine et aurait dû penser à la retraite, mais la frustration le poussait à continuer – comme si, en refusant d'abandonner, il faisait preuve d'une résolution supérieure invisible à tous sauf à lui-même. Plus il s'embourbait dans son travail, plus il était sévère avec ses enfants, surtout avec moi, comme s'il avait peur d'être contaminé par moi et par mes échecs scolaires.

« Mais je suis censé aider comment ? ai-je protesté.

— Fais ce qu'ils te demandent. Tiens-toi correctement. » Il s'est redressé dans son fauteuil et il a fermé les yeux.

*

Dans le hangar, j'ai trouvé deux hommes qui chargeaient des cageots en plastique bleu remplis de fruits dans une petite camionnette au plateau découvert.

Le premier déposait ces cageots sur le rebord du plateau, le deuxième les récupérait et les empilait soigneusement, calant un cageot contre l'autre avec la précision rythmique des jeux vidéo auxquels on jouait au lycée. Fong se tenait à proximité, fumant une cigarette en rentrant sa chemise à moitié déboutonnée dans son pantalon. Il avait les cheveux mouillés, comme s'il venait de sortir de la douche ; d'un endroit invisible, j'entendais de l'eau gicler.

Fong a souri et retiré sa cigarette de sa bouche. « Qu'est-ce que tu fais ici ? m'a-t-il demandé à voix basse, en détachant chaque mot, ce qui lui donnait un air patient, presque aimable.

— Papa m'a dit que vous aviez besoin d'aide.

— *Hai*, a-t-il soupiré, aussi lentement que lorsqu'il parlait. On n'a pas besoin d'aide. On a presque terminé. Regarde, a-t-il dit en désignant les deux hommes, Budi et Eka sont revenus travailler par ici quelques jours. On aura très bientôt fini.

— Je pourrais les aider à porter ces trucs, ça leur ferait gagner du temps.

— Ces trucs », a répété Fong en rigolant. Je me demandais à quoi ma vie aurait pu ressembler s'il avait été mon père. Quand il riait, j'avais l'impression que nous étions les protagonistes d'une farce que j'aurais fomentée, alors même qu'il avait l'âge de ma mère. Je l'imaginais marié à ma mère. Un mari jeune et plein de vitalité l'aurait-il encouragée à se montrer plus énergique et amusante qu'elle ne l'était, ou se serait-elle lassée de son côté juvénile ? Je m'interrogeais : était-ce un père indulgent et négligent, contrairement à Jack qui était rigide et autoritaire ? « Tu veux parler de la récolte », a-t-il repris en tirant une longue bouffée sur sa cigarette avant de la jeter sur le sol en béton du hangar et de l'écraser avec insistance sous sa semelle. « Tout est tellement sec qu'il faut faire attention à la moindre étincelle. Une fois que tu as vu un incendie de forêt, tu n'as plus jamais envie de revoir ça.

— Tu en as déjà vu un, par ici ? »

Il a hoché la tête. « Il y a longtemps. Toute cette partie de terrain s'est enflammé. » Il a vaguement désigné un endroit derrière moi. Heureusement, il avait repéré le départ de feu, une lueur orange qu'il avait d'abord prise pour un reflet du soleil couchant. Il venait d'emménager à la ferme et tout lui était étranger, même la lumière. Plus tard, il avait retrouvé un jerrican d'essence. Quelqu'un avait provoqué l'incendie, il ne savait pas qui – des gosses qui jouaient dans les parages, probablement.

Le bruit d'eau s'est arrêté et un jeune homme est apparu au coin du hangar, il se séchait les cheveux avec une serviette. Il était torse nu, dans un short trop grand pour lui, aux couleurs du FC Liverpool ; porté au-dessous de la taille, il révélait les saillies pointues des os de ses hanches. À chaque pas, le bas du short virevoltait autour de ses genoux. Ça donnait l'impression qu'il aurait pu à tout moment tomber autour des chevilles. Sans qu'il se présente, j'ai compris que c'était lui dont je monopolisais la chambre. Il avait les traits de son père : un nez fin et des yeux clairs, la peau hâlée par le travail en plein air. Ses cheveux étaient rasés sur les côtés, avec une longue frange teinte en blond sale.

« Voici notre héros », s'est exclamé Fong avec son ton de voix lent et jovial, mais ça n'a pas fait rire

Chuan. Il s'est éloigné pour aller récupérer son tee-shirt, suspendu à un crochet. Il l'a enfilé, et les mots *VENICE BEACH* sont apparus sur sa poitrine au-dessus d'un soleil couchant et de la cambrure d'une vague. Fong lui a lancé un trousseau de clés, qu'il a rattrapé sans même regarder ; sa main s'est simplement ouverte et refermée, et les clés étaient serrées dans son poing.

Les hommes chargeaient les derniers cageots. Fong a regardé sa montre. « Tu ferais bien de te grouiller, a-t-il ajouté.

— Je sais, je sais », a répondu Chuan en se dirigeant vers la camionnette, côté conducteur.

Fong s'est tourné vers moi. « Et si tu accompagnais notre héros en ville… histoire de le surveiller, qu'il ne roule pas trop vite ? Et de vérifier qu'il ramène tout l'argent que le grossiste lui donne ! »

Budi et Eka sont montés sur le plateau du véhicule, ils ont relevé le portillon métallique avant de se serrer contre les caisses, les genoux repliés sur la poitrine.

Chuan a tourné la clé deux ou trois fois avant que la camionnette hoquette et démarre.

*

La campagne défilait devant nous, la forêt laissant place à des plantations de palmiers à huile avant de reprendre ses droits, un flou de végétation verte et terne ponctuée de petits groupes de maisons en retrait de la route. Des adolescents et des femmes âgées sur leurs scooters s'engageaient tranquillement sur la chaussée, donnant parfois l'impression de filer droit sur nous, mais se déportant toujours juste à temps. De toute façon, nous ne roulions pas vite, et eux non plus ; tout était ralenti par la chaleur. Même les chiens errants qui traversaient le macadam ne prenaient pas la peine de trotter.

La poussière s'engouffrait par la fenêtre ouverte et me faisait tousser. Chuan a plongé la main le long de son siège et m'a tendu une bouteille à moitié bue. L'eau était désagréablement tiède, ayant manifestement traîné là depuis un certain temps.

« Tu n'es pas habitué à la chaleur, m'a-t-il dit.

— Il ne fait pas plus chaud ici qu'à la maison.

— Mais je parie que tu ne passes pas beaucoup de temps dehors, quand tu es là-bas. » Il m'a regardé, ses yeux glissant de mon visage à mes bras puis à mes genoux, comme pour se prouver qu'il avait raison et que je n'étais pas fait pour ce climat.

« Tu es rentré tard, hier soir ? ai-je demandé, prêt à m'excuser d'avoir pris son lit.

— Je ne suis pas rentré. » Il a cherché le paquet de Marlboro qui était tombé entre nos sièges, et je le lui ai attrapé. Lorsque je l'ai ouvert, j'ai vu qu'il n'en restait qu'une. Je l'ai prise et la lui ai tendue avant d'écraser le paquet dans ma main. Il l'a coincée entre ses lèvres et a cherché le briquet dans sa poche. « On en rachètera en ville, a-t-il marmonné.

— Alors, tu étais où ? » ai-je insisté. Je ne savais pas s'il souriait ou s'il tirait simplement une bouffée sur sa cigarette.

« Chez une amie, près du travail. J'ai fait le service de nuit, j'ai fini tard. Ça ne valait pas le coup de rentrer.

— Une amie ?

— Oui. Tu n'as pas d'amis, toi ? Je fais ça tout le temps quand je travaille tard. Le lendemain, j'ai toujours un jour de congé. Je me fais une grasse matinée ou je rentre aider à la ferme s'il y a des choses à faire. Comme aujourd'hui. Mais ça ne va plus durer très longtemps, je vais me barrer d'ici. J'irai peut-être à Singapour.

— Et ton père, il va faire quoi ? »

Il a haussé les épaules. « Le vieux fait ce qu'il veut de sa vie, je fais ce que je veux de la mienne.

— Ta journée de congé, tu vas l'occuper à quoi ?

— Toutes ces questions… tu es toujours aussi fouineur ? »

Nous approchions de la périphérie de la ville, les villages laissaient place à des rangées de maisons de plain-pied alignées le long des rues, le même genre de maisons que l'on voyait partout dans le pays, dans des quartiers résidentiels tous identiques, à la périphérie des villes de province. Elles n'avaient que vingt ou trente ans, mais elles avaient déjà l'air délabrées, la peinture blanche piquée de mousse, les gouttières bouchées par les mauvaises herbes et tout un tas de sacs en plastique, de boîtes de conserve et d'autres débris.

Au feu rouge, Chuan a passé la tête par la fenêtre et sifflé pour attirer l'attention de quelqu'un. Il l'a fait en introduisant deux doigts sous la langue comme un acteur dans un film, et le son que ce geste a produit, soudain et puissant, m'a fait sursauter. Une jeune femme s'est retournée, elle a relevé le nez ; elle avait les yeux baissés, comme si elle mesurait la distance à chaque pas qu'elle faisait ou cherchait à éviter les trous dans le trottoir, mais elle s'est arrêtée net. Chuan a sifflé encore un coup, et elle a fait un signe de la main, avant de s'approcher de nous. Elle portait d'immenses lunettes de soleil noires et sa frange était teinte de la même couleur blond sable que les cheveux de Chuan.

« Tu trimes encore pour le vieux ? lui a-t-elle demandé.

— C'est l'histoire de ma vie, a répliqué Chuan. Je vais te dire, puisque tu te soucies tant de moi, je vais lui annoncer que tu iras travailler à ma place. Il te paiera un supplément pour les horaires de nuit. »

Elle a relevé ses lunettes de soleil au-dessus de son front. « Tu es tellement drôle. » Elle a ri, et des rides se sont dessinées autour de ses yeux et sur son front. « C'est qui, le gamin ? » Elle a eu un mouvement de menton dans ma direction.

« Mon cousin, a-t-il répondu.

— Tu as un cousin, toi ? Première nouvelle. Du côté de ton père ou de ta mère ?

— C'est quoi, cet interrogatoire, aujourd'hui ? C'est pas vraiment mon cousin, juste un parent éloigné qui est en visite pour quelque temps. »

Des voitures klaxonnaient derrière nous, mais Chuan ne semblait pas les entendre ; elles se sont mises à nous dépasser en déboîtant sur la voie opposée, en accélérant et en klaxonnant encore en nous doublant.

« On se voit ce soir ? a demandé la jeune femme alors que Chuan remettait le moteur en prise.

— Qu'est-ce que j'en sais ? » a-t-il répondu tandis que nous redémarrions. Elle a lâché un juron, un borborygme que je n'ai pas compris, et Chuan s'est esclaffé.

« C'est ta petite amie ? ai-je demandé.

— En quoi ça te regarde ? »

Autour de nous, les rues étonnamment larges de la petite ville étaient sillonnées de voitures et de scooters, mais de nombreux magasins avaient fermé définitivement, leurs vitrines recouvertes d'une couche de chaux blanche qui masquait l'intérieur, rendant impossible de discerner quel type de commerce avait prospéré dans ces espaces désormais vidés de tout. Des affiches aux couleurs vives portant le nom d'agents immobiliers avec leurs numéros de téléphone portable étaient collées sur les vitres, annonçant la vente ou la location des enseignes, mais il était évident qu'elles ne trouvaient pas preneurs ; pas étonnant que Chuan ait espéré louer une chambre en ville. Devant une banque, une longue file de clients attendait patiemment pour entrer. Le distributeur automatique avait été condamné par des planches, et j'en ai conclu que ces gens essayaient de retirer un peu d'argent.

« Elle s'appelle Jessie, a fini par lâcher Chuan, sans répondre à ma question. On travaillait au même endroit. »

À notre arrivée, le grossiste nous attendait déjà près du marché. « Vous êtes en retard », a-t-il grogné. Il avait la peau lisse, presque luisante, et les yeux enfoncés dans les joues. « Je ne sais pas pourquoi je me donne la peine de venir vous attendre à l'heure. » Je suis descendu et je me suis dirigé vers l'arrière du camion, en laissant Chuan parler à l'homme. Je ne voulais pas assister à leur conversation – l'autre avait l'air à la limite de la brutalité, et je redoutais la manière dont Chuan risquait de réagir, le conflit qui pourrait s'ensuivre.

Budi était debout sur la plate-forme et nous tendait les cageots, à Eka et à moi. Suivant l'exemple d'Eka, j'ai porté chaque cageot à l'ombre, tout près de là. Ils n'étaient pas très lourds et j'ai été surpris de m'en tirer aussi facilement. Le marchand a fait le tour du camion et nous a regardés décharger. « C'est tout ? a-t-il demandé. Ton père m'avait promis le double de ce que vous aviez apporté la dernière fois. »

Chuan a préféré en rire, et j'ai cru m'être trompé du tout au tout, ne rien comprendre à la manière dont les gens de la campagne se parlaient entre eux. Il se pouvait que ces deux-là plaisantent. « C'est les meilleurs produits du monde », a répliqué Chuan. Il s'est approché du marchand pour lui taper amicalement dans le dos, mais l'autre a repoussé sa main.

« Ne fais pas l'idiot. À chaque livraison, la récolte est de plus en plus maigre. Tout ce qui pousse dans votre ferme merdique va bientôt mourir. »

J'ai pris un cageot des mains de Budi et, quand je me suis retourné, mon soulier a buté sur une pierre. Ne lâche pas cette caisse, ne la laisse pas tomber… me suis-je dit en tombant. Je me suis d'abord reçu sur un genou avant d'être projeté en avant, puis mon menton a heurté le coin du cageot qui a fini par m'échapper des mains. Comme ils étaient étranges, ai-je pensé, ces fruits ovales qui roulaient en tous sens sur la route poussiéreuse. Le marchand s'est baissé pour en ramasser un. Il l'a brandi devant le visage de Chuan. « Ça, regarde comme c'est petit, lui a-t-il fait. C'est aussi minable que ta bite. C'est une blague ? Je t'en donne cinq cents, pas plus. »

Nous avons ramassé les fruits éparpillés à terre et fini de décharger le reste. Ensuite, nous nous sommes arrêtés dans un magasin pour acheter des cigarettes et quelques baos au poulet. Chuan s'est dirigé vers les armoires réfrigérées, d'où il a sorti trois bouteilles de Carlsberg. Quand il m'a demandé de quoi j'avais envie, j'ai répondu que je voulais la même chose, mais il s'est contenté de rire. « Tu plaisantes », a-t-il dit en me tendant plutôt un Pepsi. On est restés dehors pour finir nos boissons et il a donné un billet de dix ringgits à chaque homme.

« Je suis désolé, ai-je dit à Chuan alors que nous étions à mi-chemin de la maison.

— Pourquoi ? Ce n'est pas ta faute si ce type est une enflure.

— Je ne sais pas comment j'ai pu renverser les fruits. Ça se passait bien, et d'un coup, tout a roulé par terre.

— C'est pas grave. Il nous les a pas payés, de toute façon.

— Je sais. Désolé quand même. »

Il s'est tourné vers moi, en plissant un peu les yeux, l'air concentré, comme s'il me remarquait pour la première fois. « Tu saignes », m'a-t-il signalé en se touchotant le menton pour m'indiquer l'endroit où se trouvait la blessure. Il a pris une petite serviette coincée entre le tableau de bord et le pare-brise et me l'a tendue. Je l'ai pressée contre mon visage, elle était chaude.

« Tu sais, le pire, c'est que ce type a raison. Notre ferme est en train de mourir. » Chuan a regardé la route et a essayé d'attraper le paquet de cigarettes qui était encore tombé dans la séparation entre nous. Je lui en ai donné une, comme je l'avais fait précédemment. « Mon père ne peut pas s'en sortir, avec ou sans moi. Cette année, la sécheresse a tout détruit.

— Ça s'appelle El Niño, ai-je réagi. Ça veut dire "le petit garçon". Ne me demande pas pourquoi on l'appelle comme ça.

— De quoi ? »

Je lui ai expliqué qu'il s'agissait d'un phénomène climatique cyclique, causé par le mouvement des courants chauds dans le Pacifique. Je lui ai répété ce que j'avais lu dans les journaux et entendu à la télévision : nous subissions le plus grave épisode d'El Niño jamais observé. Ce n'était pas seulement ici, à la campagne, que l'approvisionnement en eau était faible : même en ville, nous avions subi des coupures. Certains jours, lorsque nous ouvrions les robinets, il n'en sortait qu'un filet de liquide boueux et brunâtre. Ailleurs dans le monde, il y avait des inondations terribles. La moitié de la Chine était sous les flots.

Chuan écoutait attentivement, en me jetant un regard de temps à autre. « Eh bien, s'est-il exclamé. À cause de ce Gamin, on est tous dans la merde. »

On a ri. Le Gamin était un bel enfoiré, et dangereux avec ça !

À mesure que nous approchions de la ferme, les routes se vidaient, seules quelques voitures nous croisaient de temps en temps, dans la direction opposée, retournant en ville. Je commençais déjà à identifier quelques points de repère indiquant le chemin du retour : la colline en forme de triangle, basse et irrégulière, la maison en bois à l'abandon au milieu d'un champ de mauvaises herbes, le panneau publicitaire défraîchi vantant une crème blanchissante pour le visage.

Les mannequins souriaient toujours, blanchis sous le soleil ; le papier s'était décollé, de sorte qu'à la place de l'oreille d'une des filles, il n'y avait plus qu'un grand trou, comme si elle écoutait la forêt. Si je me perdais, pensais-je, il me suffirait de chercher cette fille à l'oreille creuse, et je serais alors capable de retrouver mon chemin.

« Ce soir, tu rentres à la maison ? ai-je demandé à Chuan. Ou tu restes chez ton amie ? »

Il s'est tourné vers moi, presque souriant. Il a tiré une dernière bouffée sur sa clope avant de me la tendre. La fumée a formé une volute au bout de la cigarette, comme un point d'interrogation.

Que dire d'une femme qui est déjà enceinte le jour de son mariage ? Dieu merci, elle n'était enceinte que de trois mois, et la rondeur de son ventre était dissimulée par une robe habilement coupée, suffisamment ample pour détourner l'attention de sa silhouette, mais pas trop, afin d'éviter de suggérer qu'elle cachait quelque chose. Ses goûts vestimentaires, disons (tâchons de rester correct) *peu conventionnels*, et le fait qu'elle aille toujours *à contre-courant* jouaient en sa faveur. Ainsi, lorsqu'elle est apparue au mariage dans sa robe peu flatteuse qui tombait droit des épaules aux chevilles, ce fut considéré comme le summum de la mode. Elle est un peu rebelle, disait-on, avant que tous les hommes ne finissent ivres et que tout le monde oublie sa tenue. Il est vrai qu'à l'époque, les jeunes s'habillaient différemment, surtout dans les villes, avec ces pantalons ridicules à pattes d'éléphant, l'ourlet traînant dans la poussière, tous ces tissus imprimés de volutes ou de motifs géométriques dans des variantes de brun et d'orange, les hommes laissant leurs cheveux longs, les femmes les coupant court. Pourtant, même comparée à la majorité de ceux-là, Sui se démarquait.

Le foulard rouge vif qu'elle nouait autour de sa tête lorsqu'elle sortait dîner dans ce vaste restaurant chinois si bruyant sur Imbi Road, avec ses lunettes de soleil et son ample chemisier gris – elle avait l'air d'une ouvrière du bâtiment rêvant d'être Jackie Kennedy.

C'est du moins ce qui se racontait dans la famille de Jack. Leurs commentaires n'étaient pas tout à fait injustes, Sui elle-même devait l'admettre. Sur les photos de mariage, elle détonnait, une excentrique. Même sur les portraits d'elle et de Jack, elle portait son voile sur la tête ajusté de biais, la main sur la hanche comme si elle posait pour la couverture d'un de ces magazines destinés aux femmes modernes, importés de Hong Kong, du Japon ou d'Australie. La posture guindée de Jack n'arrangeait rien, raide, les bras le long du corps. Son costume était aussi terne qu'il était permis d'imaginer pour un homme comme lui, un professeur de mathématiques qui trouvait les vêtements et les cérémonies futiles, insignifiantes. Il souriait par devoir, comme s'il avait des choses plus importantes à considérer. Certes, ils avaient quinze ans d'écart, mais ils auraient pu être nés à des époques complètement différentes : lui au siècle dernier, elle ayant remonté le temps depuis le prochain millénaire. Le contraste était si fort que leur couple semblait moins relever de l'union que de la collision.

Ce n'était pas le seul choc visible qui se produisit pendant le mariage. La famille du côté de Sui, récemment arrivée de la campagne – un village si obscur qu'il leur fallait dire, comme elle, qu'ils habitaient près de Batu G, en soi déjà provincial, mais au moins identifiable sur une carte –, s'agglomérait par petits groupes au banquet, leurs postures voûtées donnant l'impression que les tables rondes étaient beaucoup plus grandes qu'en réalité. Lorsque Sui et Jack étaient montés sur la scène de la salle de bal de l'hôtel Merlin, levant leurs verres pour porter un toast, les proches de la mariée lui apparurent comme éclairés par un projecteur. Leurs chemises blanches à manches courtes et leurs pantalons bouffants, identiques pour les hommes et les femmes, semblaient être une insulte à l'élégance rutilante de la famille de Jack. Elle s'était toujours considérée comme particulière et ses beaux-parents comme conservateurs, mais elle réalisait maintenant que c'était tout le contraire : elle faisait partie de ces ternes villageois et la famille du côté de Jack lui paraissait extravagante, tandis qu'ils levaient leurs verres, miroitant dans la lumière. Les siens devaient regarder autour d'eux pour comprendre quoi faire ensuite. Ils ne savaient pas s'ils devaient rire des blagues pendant les discours, pas trop non plus quand applaudir ou lever leur verre. Ils avaient l'air perdus, ces pauvres villageois. S'il vous plaît, avait-elle envie de leur crier, fondez-vous dans la masse, *changez !* Lorsqu'elle leva le sien, elle se rendit compte qu'elle pleurait. Trop d'émotion, diraient les gens plus tard – des larmes de joie !

Le photographe se tenait à côté d'elle, la lumière aveuglante du flash rendant la pièce fantomatique et blanche. « J'ai pris une photo de votre point de vue, leur a expliqué le photographe, comme cela, même lorsque vous serez très âgés, vous vous souviendrez exactement de ce que vous avez vu à cet instant. »

« C'est l'heure de se réveiller », a dit Fong d'une voix douce, d'abord grave, puis plus pressante. *Réveillez-vous.* Il est retourné dans le couloir à pas si légers que les planches n'ont pas craqué une seule fois. Première chose que j'ai faite en me redressant, j'ai jeté un œil vers le matelas de Chuan au pied du lit. Même dans l'obscurité, j'ai pu voir qu'il était rentré la nuit précédente et qu'il avait dormi là. L'oreiller avait été repoussé dans un coin, et le mince drap de coton qui lui servait de couverture était à moitié déplié. Je pensais avoir peu dormi – j'avais attendu son retour –, mais je ne l'avais pas entendu entrer, se déshabiller, se coucher et se réveiller. Il faisait si sombre à cette heure-là, ai-je songé. La lueur de ma montre était la seule source de lumière : il était cinq heures huit.

Je m'étais plié à une routine qui surprenait mes parents : chaque jour, je me levais à temps pour rejoindre les hommes et les aider dans leur travail. La sécheresse de cette année-là avait laissé peu de fruits sur les arbres, m'avait expliqué Fong, mais il restait toujours des travaux d'entretien, de la terre à défricher, des arbres à élaguer. J'apprendrais en compagnie de ces hommes, m'avait-il assuré ; je prendrais le coup de main.

Lorsque je suis descendu au rez-de-chaussée, Fong préparait du café instantané en le remuant si doucement que la cuillère n'émettait qu'un léger cliquetis contre les parois de la tasse. À cette heure de la journée, comme je l'ai vite appris, les bruits se figeaient soudain, en contraste avec la cacophonie de l'heure du coucher, lorsque les insectes de la jungle étaient les plus bruyants et qu'on avait l'impression que toute la forêt allait s'engouffrer par les murs de la maison. Dans la quiétude d'avant l'aube, le silence était si profond que même le léger crissement de mes sandales en caoutchouc sur le sol semblait une intrusion dans ce calme. Fong versa un peu de lait concentré dans la tasse et remua à nouveau le café. Il posa la tasse sur la table, pour moi.

« Je n'ai pas le droit de boire de café, ai-je dit.

— Pourquoi ? »

J'ai haussé les épaules. « Mon père estime que je suis trop jeune. »

Il a quand même fait glisser la tasse vers moi. « Si tu vas travailler, tu as besoin de forces. » Il a tartiné quelques tranches de pain blanc de margarine et de confiture de fraises. Il a brandi le pot de confiture et m'a souri. « J'ai acheté ça spécialement pour toi, j'ai pensé que tu aimerais. »

J'ai acquiescé. En fait, à la maison, nous ne mangions jamais de confiture, ni de fraises ni autre. Mon père avait beaucoup lu sur la nutrition et considérait le sucre comme un poison ; il ne voulait pas nous savoir exposés à ce genre d'aliments nocifs.

« Où est Chuan ? ai-je demandé en mangeant en vitesse. Il est allé en ville ?

— Non, il ne travaille là-bas que trois ou quatre jours par semaine. Il travaille dehors avec les autres. » Il a désigné les champs au loin d'un geste de la main.

Dès que j'ai franchi le seuil de la maison, j'ai aperçu les lumières du hangar, une simple lueur fluorescente dans l'obscurité. J'ai marché rapidement dans la pénombre, surpris que le chemin me soit déjà si familier.

« Regardez qui est là », s'est écrié Chuan lorsque je suis entré dans la lumière aveuglante. Budi et Eka étaient occupés à fixer ce qui ressemblait à des sections de tuyaux en caoutchouc pour former un long tube, et Chuan avait des pièces de métal dans les mains : une lame, une chaîne, une sorte de mécanisme. « Le gamin va nous aider aujourd'hui.

— Salut, *gamin* », se sont écriés les hommes en riant. Ils ont répété le mot cantonais que Chuan avait utilisé, qui était devenu mon nom, comme si je n'en avais pas déjà un. *Sai lo, sai lo*, m'interpellaient-ils par-dessus le bruit de ce qui nous occupait.

Je les ai regardés poursuivre leur travail, chacun d'eux ayant des gestes si précis que je me sentais maladroit, même si je restais immobile. « Qu'est-ce que je peux faire ? » ai-je demandé, mais personne n'a levé les yeux. Finalement, Chuan a répondu. « J'essaie de réfléchir à quelque chose.

— Je ferai tout ce que vous faites. »

Il a levé les yeux vers moi, d'abord brièvement, vers mon visage, puis vers mes jambes et mes pieds, et du simple fait de son regard sur moi, je me suis senti physiquement inadéquat. Il essayait de déterminer si mon corps pourrait supporter les rigueurs d'une journée de travail en plein air, et je savais que j'avais déjà échoué à ce test. « Le problème, a-t-il dit avec la même patience qu'affichait son père, c'est qu'aujourd'hui on se charge de tâches pénibles. Défricher du terrain. Tu ne sais pas te servir d'une tronçonneuse ou ce genre de chose. » Il a désigné un monceau d'outils, et c'était vrai, je n'avais jamais rien vu de tel. « Si tu ne sais pas t'en servir, c'est dangereux.

— Pourquoi tu ne m'apprends pas ? »

Il a souri. « On va devoir bientôt s'y mettre. Il ne nous reste plus beaucoup de temps avant qu'il fasse chaud. Pourquoi tu ne restes pas juste ici ? » Il s'est aspergé de déodorant, un parfum âcre et musqué que je connaissais de l'école, où certains garçons plus âgés l'utilisaient après les matchs de football, les relents chimiques et sucrés du parfum se mélangeant à la sueur pour produire une odeur qui aurait dû être désagréable – qui *était* désagréable –, mais que je continuais à respirer. (La publicité à la télévision mettait en scène un célèbre acteur métissé qui, s'étant appliqué le déodorant sous les aisselles après son entraînement, voyait les femmes s'approcher mystérieusement de lui lorsqu'il marchait dans la rue, tout sourire.)

« Je vais quand même venir, je verrai bien si je peux apprendre quelque chose. »

Il a simplement haussé les épaules, mais je l'ai suivi avec les autres jusqu'aux champs.

À un moment donné au cours de la matinée, la lumière a changé, le soleil est devenu éclatant, aussi soudainement qu'il s'était assombri en fin d'après-midi.

Il n'y avait presque aucune transition entre le jour et la nuit. Nos vies en ville devaient être sujettes exactement au même changement brusque, mais je ne l'avais jamais remarqué. Les lampadaires s'allumaient automatiquement, tout comme les phares des voitures, et il émanait tant de lumière des immeubles de bureaux et d'habitation que nous avions perdu toute notion de distinction entre voir et ne pas voir.

J'ai suivi les hommes vers le champ, un verger de jeunes plants flétris par la sécheresse, qui avaient fini par mourir. Les cerfs avaient écorcé les arbrisseaux, les rendant vulnérables aux maladies ; ils n'avaient pas survécu à leur seconde année. Au-delà du faisceau lumineux de la lampe frontale de Budi, je distinguais à peine les contours des arbres et j'essayais de rester près de Chuan pour ne pas me laisser distancer, mais tout à coup, ils se sont tous éloignés du groupe et dispersés au milieu du champ, et je me suis retrouvé seul. J'ai entendu les machines démarrer et le bruit sec des hautes herbes coupées au ras du sol, ponctué de temps à autre par le grincement d'une lame sur la pierre. Par instants, guidé par le son d'un engin qui se rapprochait, j'entrevoyais un corps avant qu'il ne disparaisse à nouveau. L'air sentait l'essence et les feuilles écrasées.

Le jour se levait rapidement et, en quelques minutes, j'ai pu discerner les silhouettes de Budi, Eka et Chuan, voir la couleur des bandanas qu'ils s'étaient noués autour de la tête, le numéro 76 sur l'ourlet du short de Chuan qui flottait autour de ses genoux. Je savais que je devrais bientôt me réfugier à l'ombre des arbres ; le soleil était déjà brûlant sur mes bras nus. Peut-être que

Chuan avait raison : je n'étais pas fait pour le plein air, mon corps était trop faible.

Je me suis assis sous les arbres pour observer les trois hommes tailler les hautes herbes ; une fois leur travail terminé, le verger semblait plus grand et plus morne qu'auparavant. Ils sont alors venus s'asseoir avec moi à l'ombre, admirant le résultat de leur travail et évaluant ce qu'il restait à faire. Je leur ai tendu des bouteilles d'eau que j'avais apportées avec moi dans un vieux sac à dos, la seule tâche qui m'avait été confiée. Chuan a rejeté la tête en arrière et s'est versé de l'eau dans sa bouche ouverte sans toucher la bouteille avec ses lèvres, et j'ai observé sa pomme d'Adam monter et descendre. Un peu d'eau a coulé sur ses joues, sa gorge et son tee-shirt, mais cela ne le dérangeait pas, il était déjà trempé de sueur. Putain, a-t-il lancé en s'adossant contre un tronc, mais personne n'a rien dit d'autre. Ils avaient travaillé pendant près de trois heures et, bien que le terrain fût désormais débarrassé des mauvaises herbes montant jusqu'aux cuisses qui le recouvraient, l'ampleur de la tâche qui restait à accomplir était évidente. Ils devaient abattre tous les arbrisseaux qui poussaient sur le terrain, creuser la terre et la préparer pour accueillir de nouvelles plantes.

« Allez, on s'y met », s'est écrié Chuan, mais il est resté immobile une minute ou deux. Budi et Eka ont pris les devants et Chuan les a suivis en leur indiquant différentes parties de la plantation. Presque simultanément, ils ont démarré leurs tronçonneuses et je les ai regardés abattre méthodiquement un jeune arbre après l'autre, le faîte tremblant quelques instants avant de s'effondrer. Au grondement des tronçonneuses, je devinais quand l'un des hommes rencontrait des difficultés, ralenti par un sujet récalcitrant. De temps en temps, j'entendais Chuan jurer en cantonais, ou l'un d'eux donner aux autres des instructions que je ne pouvais pas discerner au milieu du bruit. Assis à l'ombre, je me sentais inutile, mais que pouvais-je faire pour les aider ? Je voyais bien que même leurs corps, minces, agiles et puissants, finiraient vaincus par cette ferme. Il y avait tellement d'arbres, tellement d'obstacles. Après une heure entière de travail, le champ semblait inchangé. Face à cette terre, ils étaient impuissants, et leur impuissance me rendait encore plus impuissant.

De retour dans le hangar, Chuan m'a proposé de l'aider à nettoyer les machines ; il m'a montré comment utiliser un chiffon imbibé d'huile pour essuyer les lames et enlever l'herbe, les feuilles et les éclats de bois. Il n'y avait pas d'urgence, je pouvais le faire à mon rythme. Budi et Eka se lavaient, puisant de l'eau avec un seau en plastique plongé dans un grand pot en terre cuite. Une fois la toilette terminée, ils ont rincé leurs tee-shirts dans le seau, les ont essorés vigoureusement avant de les nouer autour de leur cou et de partir sur leurs scooters. Le tissu humide leur permettrait de garder le cou au frais et le dos à l'abri du soleil. Je ne savais pas où ils allaient – dans une auberge voisine où ils créchaient avec d'autres travailleurs indonésiens, m'a expliqué Chuan.

J'ai travaillé pendant qu'il se récurait. Il s'est vidé le premier seau d'eau sur la tête, en lâchant un gémissement sourd de soulagement ou de douleur. Il s'est aspergé d'eau, un seau après l'autre, avec autant de méthode et de rythme qu'auparavant, lorsqu'il maniait la tronçonneuse. Il avait un savon qu'il utilisait pour se laver le torse et les mollets, puis il a glissé une main à l'intérieur de son short et s'est frotté l'entrejambe avec une main, patiemment mais vigoureusement. Je me suis senti rougir. Je n'étais pas gêné, j'avais déjà vu d'autres garçons et hommes nus, à la piscine municipale et dans les vestiaires, alors pourquoi rougissais-je ?

J'ai continué de nettoyer les lames d'une débroussailleuse que j'avais posée sur un banc en pierre devant moi. Le métal était noirci par des années d'utilisation, recouvert de graisse et lisse au toucher. J'ai passé légèrement le bout des doigts sur le tranchant et ai senti les imperfections.

Le bruit de l'eau qui se déversait a cessé et, lorsque j'ai levé les yeux, Chuan venait d'enlever son short mouillé et il en enfilait un propre et sec. La peau de ses fesses était plus claire que celle de son torse.

« Attention, tu pourrais te couper », m'a prévenu Chuan en s'essuyant les cheveux avec une serviette tout en s'approchant. Il est resté un moment devant moi, il m'observait, concentré sur ce que je faisais. « C'est bien, a-t-il ajouté. Vraiment bien. »

J'ai levé les yeux vers lui, et j'ai remarqué que son nombril proéminent ressortait de son ventre plat. Un minuscule bouton de fleur recroquevillé.

*

Ce soir-là, la famille a pris place à la table ronde de la cuisine. Elle n'était pas très stable, même après que Fong eut calé un petit morceau de bois sous l'un des pieds pour mieux l'équilibrer. C'était une de ces tables pliantes que l'on trouve dans les restaurants de rue, recouverte d'un mince placage en plastique imitant le marbre vert pâle. La table entière donnait l'impression de pouvoir s'effondrer à tout moment.

Ma mère et Yin avaient préparé un grand bol de soupe agrémenté de travers de porc, de racines de lotus et de cacahuètes. Mon père souhaitait que nous consommions des aliments nutritifs sous forme liquide à chaque repas. Il répétait toujours qu'il ne fallait pas s'alourdir l'estomac avec de la viande et du riz. C'était la raison pour laquelle il était encore si mince, même à son âge. Son enthousiasme m'avait amené à détester la soupe, et je devais faire semblant de l'avaler par petites gorgées chaque fois que nous étions réunis à table. Ma mère avait également préparé des courges amères sautées avec une pâte de piment que Fong avait trouvée au marché où elle l'avait envoyé avec une liste de courses ; de petits poissons frits pleins d'arêtes, et deux ou trois plats à base de tofu. C'était comme si elle s'était donné le plus grand mal pour cuisiner sciemment des plats que je n'aimais pas.

« C'est ce que nous mangions quand nous étions petits, quand nous vivions à la ferme, a-t-elle expliqué, anticipant mes reproches.

— La nourriture paysanne est très bonne pour la santé », a observé mon père, qui avalait sa soupe par petites cuillerées.

Fong portait son bol à la bouche et le buvait à grands bruits. « C'est digne des empereurs de Chine. »

Mon père a jeté un regard à Fong, sans rien dire.

Lina se tenait près de l'évier, elle se tartinait des tranches de pain avec la confiture que nous avions mangée au petit-déjeuner. Elle s'est préparé un sandwich à trois étages et l'a emporté dehors, sous la véranda, pour le manger seule. J'entendais Chuan aller et venir à l'étage, dans la chambre que nous partagions désormais, juste au-dessus de la cuisine.

« Comment s'est passée ta journée de travail avec les hommes ? » m'a demandé mon père. Il maniait sa cuillère dans la soupe avec une telle élégance qu'il me semblait parfois qu'il jouait un rôle.

« Bien, ai-je répondu.

— As-tu appris quelque chose d'utile ?

— Oui, j'imagine. » La journée n'avait rien eu de remarquable, mais j'ai soudainement ressenti le besoin de la protéger de mon père, de la préserver de son interrogatoire.

« Raconte-nous ce que tu as fait.

— Des trucs. Rien de spécial.

— Tu veux dire rien.

— Ils ont défriché ce petit terrain, a expliqué Fong. Vous savez, celui qui se trouve juste avant le premier tamarinier, près du lac. Il y a beaucoup à faire : couper les broussailles, les petits arbres. Je ne peux plus me charger de ce genre de choses, maintenant, j'ai trop mal au dos !

— Hum. » Mon père a réfléchi un instant à cette information. « Mais toi, qu'as-tu fait au juste ?

— Il a surtout travaillé avec les débroussailleuses, il a coupé l'herbe. Ça nous a fait gagner beaucoup de temps », a précisé Chuan en entrant dans la cuisine et en ouvrant le réfrigérateur. Il avait l'air si enjoué, si désinvolte que personne n'aurait pu deviner qu'il mentait. Il a jeté un rapide coup d'œil à l'intérieur, puis a refermé le réfrigérateur. Il était rempli de légumes et de viande que ma mère avait prié Fong d'acheter au marché, rien que Chuan puisse grignoter. « Le gamin a beaucoup bossé. Les tronçonneuses étaient un peu compliquées à manier pour lui, mais il faut du temps pour s'y habituer. »

Sans réfléchir, mon père a scruté mes jambes pour y déceler une preuve de mes travaux. Je ne m'en étais pas rendu compte, mais je m'étais écorché à certains endroits où je m'étais frotté à des souches masquées par les broussailles, ou lorsque j'avais trébuché et étais tombé.

« Écoute-le, on dirait un grand patron, a rigolé Fong. Qui est-ce que tu traites de gamin, alors que tu en es un toi-même ? »

Ma mère s'est levée et elle a attrapé le bol de soupe à moitié vide pour le remplir à la marmite sur le feu. « Tel père, tel fils, toi aussi, tu n'es encore qu'un enfant. »

Ma mère avait raison : il y avait quelque chose d'enfantin dans le visage de Fong lorsqu'il souriait, malgré les rides profondes qui se formaient sur son front et autour des yeux.

Chuan s'est servi un verre d'eau au robinet et l'a bu d'un trait. « Tu ne manges pas ? » J'ai poussé du pied le tabouret en plastique qui était libre, l'invitant à s'asseoir à côté de moi.

« Je sors.

— Avale quelque chose avant de partir », a suggéré ma mère en remplissant un bol de soupe et en le posant sur la table devant la chaise qui aurait dû être la sienne.

Il était déjà sur le départ. « Je mangerai avec mes amis en ville. »

Fong a poussé un soupir théâtral en portant le nouveau bol de soupe à ses lèvres. « Je ne sais pas qui sont ces amis. »

Le scooter de Chuan a démarré dans la cour, il a accéléré, et son vrombissement métallique a déchiré la nuit. La route serait plongée dans l'obscurité sur tout le trajet jusqu'à la ville.

Enfin, les voilà, la vieille Volvo blanche ralentit et s'immobilise dans la cour, en face de la maison. Alors que Fong se dirige vers la voiture pour accueillir la famille, les portières s'ouvrent presque simultanément, comme actionnées par un mécanisme automatique, et les enfants sortent presque instantanément, dans un jaillissement de rires et de membres. Ils parlent tous en même temps, chacun essayant de couvrir les paroles des autres, et la clarté de leurs voix est étrange, elles résonnent dans la cour et se propagent au-dessus des arbres ; trop fortes pour la ferme, normalement silencieuse passé le milieu de l'après-midi, une fois que les hommes ont terminé leur besogne. Fong se rend compte qu'il se renfrogne ; il doit lisser les rides de son front et relâcher le visage pour esquisser un sourire. Pourquoi est-il si perturbé par le bruit qu'ils font ? Cela signifie-t-il que cet endroit – sa maison – n'est ordinairement que mélancolie et que le temps a épuisé toute la vitalité de la ferme ? Toute sa vitalité, à lui ? Ce doit être le cas. L'apparition soudaine de la vie l'a fait se sentir sans vie.

Jack sort de la voiture et lève la main pour le saluer, un flottement de la main avant de s'échiner à ouvrir le coffre, mais la serrure est coincée et refuse de céder. Pourquoi ne s'achète-t-il pas une nouvelle voiture avec tout cet argent ? Il a conduit la même jusqu'ici, il y a près de dix ans, et à l'époque déjà, elle n'était pas neuve. Jack regarde Fong, la mine sévère. Cela le gêne d'avoir à demander de l'aide à Fong, surtout devant ses enfants ; il est trop fier, mais en même temps, il sait qu'il a besoin de lui. L'un des enfants s'est approché pour aider son père. Ce doit être l'aînée, pense Fong. Elle s'appuie sur le coffre avec son coude, presse fortement sur la serrure qui s'ouvre brusquement. Elle s'essuie les mains sur son short et regarde son père, comme si elle attendait des louanges, mais rien ne vient. Immédiatement, elle commence à décharger la voiture, passe à l'action pour surmonter sa déception, qui a été si brève qu'elle ne l'a même pas ressentie comme telle, pense Fong ; elle est habituée à ce manque de reconnaissance. Personne d'autre ne pourrait le remarquer à part Fong, car il a vécu cela très souvent dans sa vie. Ce qu'elle n'a pas encore compris, se dit-il, c'est que plus elle cache sa peine d'être négligée, plus les gens l'ignoreront. Il aimerait pouvoir le lui dire, mais il sait que c'est impossible. Au lieu de cela, il lance : « Bonjour, sacré trajet, vous devez être fatigués. » Jack se retourne et hausse les épaules. « Beaucoup de monde sur la route, avec les vacances, hein ? »

La jeune fille n'est plus une enfant. Sa sœur semble plus jeune ; Fong sait qu'elle a l'âge de son propre fils. Elle est au seuil de l'âge adulte, mais n'a pas encore franchi le pas, comme sa sœur. Elle est également plus menue, et ses mouvements plus hésitants lui confèrent l'élégance de la jeunesse. Sa délicatesse est un point d'interrogation : s'accroche-t-elle trop longtemps à l'adolescence ou sa sœur a-t-elle grandi trop vite ? Elle lui rappelle sa mère à cet âge. Seul le garçon, qui s'éloigne vers les arbres, est encore un enfant ; une version frêle de Jack, avec les mêmes cheveux, les mêmes yeux, la même démarche, le même détachement.

Comme lui, ils ont tous vieilli, à présent, mais alors qu'ils se préparent pour les années qui s'ouvrent devant eux, Fong a stagné, ce qui est étrange, songe-t-il, car à la ferme son corps est constamment en mouvement. C'est comme si plus il travaillait, moins il évoluait. Bientôt, le seul changement sera le déclin, déjà annoncé par la nature changeante de la douleur qu'il ressent ces derniers temps. Ce ne sont plus ces brèves crises aiguës causées par une épaule luxée ou un poignet cassé, mais des problèmes plus légers, persistants : le mal de dos qui s'est estompé pour mieux revenir de façon permanente, l'entorse au pied qui fait encore mal trois ou quatre mois après la chute. La dernière fois qu'ils sont venus, Fong a essayé d'aider le garçon à lacer ses chaussures jusqu'à ce que son père intervienne, les petits doigts de porcelaine de l'enfant esquissant des gestes maladroits. Aujourd'hui, le garçon tient un petit jeu entre ses mains tout en marchant, et ses doigts remuent avec une telle dextérité qu'ils lui semblent flous, comme un effet de la lumière de fin d'après-midi. Il se demande à quoi ils ressembleront tous les deux dans dix ans.

Dix ans. Jack aura alors presque soixante-dix ans, mais il sera sans doute encore alerte et aura le pied léger. Quelle ironie, quand on sait qu'il a passé toute sa vie derrière un bureau, tandis que les journées de travail physique à la ferme ont ralenti Fong. Il est vrai que les cheveux de Jack sont désormais sillonnés de mèches grises, ce qui lui va bien. Fong l'avait toujours considéré comme un vieil homme dans un corps de jeune homme, et maintenant, il semble être enfin devenu le vrai Jack.

« Fong, tu as l'air en pleine forme… tu as pris du poids ? demande Jack en lui tendant une valise à porter dans la maison. La vie à la ferme doit être très prospère. » Ils rient, non parce que c'est drôle ou par obligation, mais parce qu'ils savent que ce n'est pas vrai.

En regardant les enfants courir vers la maison, leurs sacs à dos multicolores en bandoulière, Fong s'interroge : combien de temps leur enthousiasme va-t-il durer avant de se muer en ennui ? La nouveauté de la campagne va finir par s'estomper. Quand ils étaient enfants, il y avait plus à faire : pêcher dans le lac, essayer de surprendre les varans qui se prélassaient au bord du ruisseau et faire semblant d'être des dinosaures ; un jour, il avait même sorti son fusil pour tirer sur les écureuils qui s'attaquaient aux papayers, une activité qu'il avait crue passionnante pour les enfants, mais qui les avait tous fait pleurer et refuser de sortir de leur chambre pendant une journée entière. Il les avait amadoués avec des bonbons et du chocolat vendus dans la petite épicerie d'Izhan à Lok Heng, et il avait acheté leur pardon avec des cadeaux. Malgré leur âge, ils avaient compris la nature transactionnelle de son offre ; c'étaient les enfants de Jack, après tout, il leur avait déjà enseigné ce que signifiait donner et recevoir, que chaque chagrin pouvait recevoir compensation. Les équations étaient plus simples à l'époque, quand ils étaient tous plus jeunes.

Fong sort les derniers bagages de la voiture et ferme le coffre. Il sait qu'il y a quelqu'un à l'avant, sur le siège passager : la femme de Jack. Il se penche pour soulever un sac en raphia, croise son regard dans le rétroviseur, mais elle ne le voit pas, elle est penchée vers le miroir pour essuyer quelque chose au coin de son œil, une poussière, une irritation. Elle a encore la mine renfrognée lorsqu'elle sort de la voiture et l'aperçoit, et il se rend compte qu'inconsciemment, il reproduit son expression.

« Sui, dit-il. Ça fait longtemps. »

Elle protège son front du soleil avec une main, et l'ombre sur son visage empêche Fong de discerner si elle sourit ou grimace. « J'ai vraiment faim, répond-elle. Y a-t-il quelque chose à manger ? »

La journée commence. Le fracas et le claquement des cageots et des outils sur le sol en béton. La sueur sur les corps des hommes, même à cette heure-ci. Les néons suspendus aux poutres métalliques sont trop lumineux, et malgré cela, Jay ne voit pas clairement ce qu'il fait. Puis ils s'aventurent entre les arbres, leurs lampes frontales projetant un halo de lumière dans l'obscurité, l'herbe haute parsemée de rosée qui s'évaporera aux premiers rayons du soleil. D'où est venue cette moiteur ? La sécheresse dure depuis si longtemps que Jay a du mal à imaginer la source de cette humidité.

Parfois, ils surprennent des animaux qui traversent le chemin devant eux : des sangliers, de grands félins de la jungle ou des cerfs qui émergent du sous-bois et se glissent sur le sentier avant de s'immobiliser soudainement dans la lumière des lampes frontales. Jay se souvient de ses cours de chimie, où il a appris que les matières visqueuses se solidifient instantanément au contact d'une autre substance. Les humains et les animaux se regardent fixement, et à ce moment-là, je ne suis pas certain de savoir qui est le plus surpris.

Sui observe Fong se diriger vers la maison en portant les sacs, l'un des cartables des enfants en bandoulière, sa valise dans la main droite et un panier de provisions dans l'autre. Elle remarque qu'il boite légèrement en traversant la cour, mais c'est peut-être juste à cause des bagages. Quand il gravit les marches devant elle, il semble plus lourd que dans son souvenir, il monte en peinant à chaque pas. Elle se dit que le temps déforme les souvenirs, que tout le monde a une vision enjolivée de son passé, comparé à la réalité de sa vie présente. Lorsque nous imaginons ce que nous étions il y a cinq, dix ou vingt ans, nous voyons toujours quelqu'un de plus en forme, de plus courageux, de plus vif, de plus beau que nous ne l'étions réellement. Elle sait qu'elle a tendance à idéaliser le passé, même si elle n'a que peu de raisons de le faire. C'est peut-être précisément pour cela qu'elle a développé une tendance à imaginer une version plus rose de son histoire personnelle, dans laquelle les personnes qui l'entourent paraissent sous leur meilleur jour, leurs défauts et leurs faiblesses s'estompant.

Peut-être que Fong a toujours boité légèrement et qu'elle l'a simplement oublié ; peut-être n'est-il pas si joyeux et sans complications, le contraire de son mari sombre et imprévisible, à qui elle compare tous les hommes. En réalité, elle n'a rencontré Fong qu'en quelques occasions. Si elle devait compter le nombre de jours qu'ils ont passés ensemble, cela ne totaliserait même pas un mois. Mais depuis quand mesure-t-on la connaissance que l'on a de quelqu'un à l'aune de la longévité ? Parfois, vous rencontrez une personne et vous n'avez pas seulement l'impression de la comprendre : vous la comprenez vraiment. La situation inverse confirme la règle : elle a beau être mariée à Jack depuis vingt ans, elle a l'impression de ne pas le connaître du tout. Elle est incapable d'anticiper ses humeurs, elle ne sait toujours pas s'il va rentrer du travail plein d'entrain et d'optimisme, parler sans laisser les enfants ni elle en placer une, ou s'il va passer le dîner en silence. Ce qu'il fait quand il n'est pas à la maison, où il va, qui il voit, tout cela ne la concerne plus.

Comment te sens-tu ? demande-t-elle à Fong. Elle est toujours curieuse de sa santé après la maladie qu'il a eue l'année dernière, ou était-ce l'année d'avant ? Les dates se brouillent dans sa tête.

Comment je me sens par rapport à quoi ? dit-il avec un sourire, en posant soigneusement les bagages dans un coin de la pièce. Les draps sur le lit sentent le détergent et le soleil, ils sont si frais et impeccables qu'elle n'ose pas poser son sac à main et le serre maladroitement contre elle.

J'ai entendu dire que tu as été malade l'année dernière. C'était grave ?

Non. Il hausse les épaules. Pas vraiment.

C'était quoi ? La maladie, je veux dire.

Je ne sais pas. Je suis tombé, je me suis blessé à une jambe, j'ai dû subir une petite opération, puis il y a eu des complications et je suis resté à l'hôpital un certain temps. À mon retour à la maison, j'étais très fatigué, trop fatigué pour travailler, alors je suis resté quelque temps au lit. Mais je vais bien maintenant.

Un certain temps, quelque temps – combien de temps ? Sui perçoit sa propre irritation.

Tu me connais, je ne me souviens jamais de ce genre de choses ! Il répond avec une gaieté forcée, mais son front se plisse, et elle voit bien qu'il essaie de se souvenir des détails de la maladie, sans y parvenir. Elle l'imagine dans ce service de l'hôpital local, voire dans la capitale provinciale si le problème était grave, des médecins à son chevet qui tentent de lui expliquer la complexité de son opération, les raisons pour lesquelles ils sont intervenus, la nature des complications survenues, lui fournissant les résultats de ses analyses sanguines, les diagnostics possibles et les différents traitements – et tout cela lui aurait complètement échappé. Il n'aurait entendu que des mots et des phrases inconnus, des termes médicaux compliqués qui ne signifiaient rien pour lui. Il n'avait aucun antécédent médical – pas à sa connaissance, en tout cas – et ne disposait d'aucun vocabulaire sur lequel s'appuyer pour interroger les médecins. Il ne s'intéresse pas à sa santé ni à son corps, ce qui contrarie Sui.

L'idée de le voir allongé sur un lit d'hôpital dans une salle étouffante, somnolant inconfortablement, ignorant tout de la maladie qui le retient là, lui fait penser à Jack – encore cette comparaison, elle doit arrêter ! – et sa façon de décrire le moindre symptôme infime chaque fois qu'il se sent mal, éliminant méthodiquement chaque pathologie possible jusqu'à parvenir à une explication plausible, qu'il confirme à l'occasion d'une visite rapide chez le médecin, lequel le contredit rarement.

« Je connais mon corps mieux que n'importe quel médecin », avait-il affirmé un jour, ce que Sui avait trouvé amusant, à l'époque. Elle venait de cesser d'être son élève, mais elle était toujours fascinée par les déclarations grandiloquentes de son professeur, même si elle n'ignorait pas qu'il s'agissait de folles exagérations, et peut-être les admirait-elle précisément parce qu'elle les savait fausses. Il avait attrapé un rhume, un jour, après une soirée à Lumut, où ils s'étaient arrêtés sur le chemin du retour après avoir rendu visite à sa famille. Ils avaient prévu de faire une brève halte pour dîner avant de reprendre leur trajet vers Kuala Lumpur, mais la route les avait conduits le long d'une plage où l'eau semblait propre et calme, et ils étaient sortis prendre l'air. Allons nager, avait proposé Jack, et il s'était déshabillé, ne gardant que son caleçon avant de plonger dans l'eau. Elle l'avait regardé depuis le rivage, lui avait souri tandis qu'il l'éclaboussait comme un enfant cherchant à attirer l'attention de sa mère. Lorsqu'il était sorti, il faisait presque nuit et il n'avait rien pour se sécher. Le lendemain matin, il frissonnait, il toussait, et ils avaient tous deux cru qu'il s'était enrhumé. Le jour suivant, il avait déclaré : « J'ai une pneumonie. » Leur médecin avait confirmé presque immédiatement ce diagnostic et l'avait fait hospitaliser. « Tu vois ? J'avais raison », lui avait-il signifié lorsqu'elle lui avait apporté une boîte de gélules Essence of Chicken de la marque Brand et quelques mandarines. « Je sens chaque petit changement en moi », avait-il ajouté en se passant la main sur la poitrine. C'était comme si toute sa sensibilité à la vie était canalisée vers l'intérieur, sans rien laisser pour les autres.

« J'ai préparé à manger, dit Fong. Je savais que tu aurais faim. Tu as toujours faim. »

Sui sourit. L'image qu'il a d'elle remonte à vingt ans, lorsqu'elle avait un métabolisme différent, lorsqu'elle était une tout autre personne. Comme il est agréable de se retrouver face à cette image de soi-même, préservée par un autre et qui vous est à présent offerte comme la vérité. La version mince et toujours affamée de la jeune femme de vingt ans d'alors n'était pas aussi heureuse qu'il le pense. Elle essaie néanmoins de comprendre ce qu'impliquait réellement sa maladie : une cheville cassée, une plaie ouverte, une opération, des complications, une septicémie, des antibiotiques.

« Oui, allons manger », dit-elle, avant de se rendre compte qu'elle se tient entre lui et la porte.

Elle entend Jack en bas, qui transporte les derniers sacs dans la maison et les pose lourdement sur le sol.

J'ai appris à récolter différents types de fruits – ramboutan, papaye, carambole, pitaya. Au bout de quelques jours, il était facile de repérer les fruits cachés parmi les feuilles et de les détacher d'un coup sec avec mon couteau. C'était la clé, la rapidité. Comme le disait Chuan, « il faut être rapide mais délicat, car les fruits sont fragiles ; on ne peut pas simplement les jeter dans les paniers, il faut les déposer doucement ». Nous devions terminer avant que le soleil ne tape trop fort et avant que les autres ne partent pour d'autres travaux. Budi et Eka travaillaient dans une usine voisine où ils mettaient des ananas en conserve, et ils devaient y être à dix heures. Chuan jonglait avec ses horaires au 7-Eleven, et si nous finissions tôt, il pouvait se reposer quelques heures avant de se rendre en ville pour commencer son service. Ce n'était pas un travail très intéressant, il le savait, mais c'était un emploi régulier qui lui rapportait un petit salaire. Il n'avait pas besoin d'accumuler des heures supplémentaires, *pas comme à la ferme* ; ça, je l'avais déjà compris.

De toute façon, il n'y avait pas grand-chose à faire. La longue période de sécheresse avait rendu les arbres malades et fragiles, et les fruits étaient petits, rares et souvent abîmés. « Ça ne sert à rien », avait déclaré Chuan un jour où nous travaillions seuls. Il avait brandi une grappe de ramboutans qu'il venait de couper de l'arbre, noircis et rabougris, prématurément flétris par la sécheresse. « Personne ne paiera quoi que ce soit pour ça. » Il les a jetés dans un panier avec les autres fruits que nous avions cueillis ce jour-là. Un nuage de mouches à fruits s'est élevé du tas ; ce que nous venions de récolter avait déjà commencé à pourrir. J'ai continué, mais Chuan est retourné vers le hangar. « Tu perds ton temps ! » a-t-il crié sans se retourner. À l'ombre relative du verger, je pouvais travailler à mon rythme et j'avais une excuse pour m'éloigner de la maison. Je n'avais pas envie de rentrer et d'expliquer à mon père pourquoi j'avais arrêté de travailler pour la journée, alors j'ai continué. Après avoir fini, j'ai traîné les paniers jusqu'au hangar et j'ai rangé les fruits dans les cageots. C'était comme un jeu d'enfant, où il fallait juste insérer une forme dans une autre pour que l'ensemble s'emboîte. J'ai créé des motifs composés de différentes formes et couleurs. J'ai trié tous les fruits abîmés et à moitié pourris et j'ai construit des pyramides jusqu'à ce que le sommet des triangles s'effondre. Qu'importe ? Tous, les bons comme les mauvais, finiraient jetés de toute façon.

Quand je suis rentré à la maison, l'heure du déjeuner était passée depuis longtemps et il n'y avait plus personne. L'après-midi s'évanouissait lentement dans la chaleur et j'étais content d'être seul.

Le lendemain, ce fut la même chose, et le jour d'après aussi. Budi et Eka ne se sont pas présentés ; ils étaient coincés à l'usine. Chuan faisait des heures sup au 7-Eleven et passait ses nuits loin de chez lui. Je commençais à m'habituer à la solitude de la journée, loin de la maison et de ses habitants. Je continuais à récolter tous les fruits que je trouvais, commençais à comprendre le terrain, à comprendre ce qui séparait chaque petit verger du suivant, des parcelles d'herbe et d'arbustes qui menaçaient d'envahir les arbres fruitiers. Les chemins qui sillonnaient la ferme étaient recouverts d'herbes hautes rendant la progression difficile, mais ils étaient toujours là, attendant d'être explorés. De temps en temps, j'entendais au loin le bruit d'une voiture qui démarrait, reconnaissant notre vieille Volvo qui quittait la cour pour s'engager sur le chemin de terre partant de la ferme. Si j'étais assez proche, je voyais mon père seul dans la voiture, agrippé au volant, tendant le cou comme s'il était tiré par une force invisible. Je voyais Lina descendre le chemin à vélo sur un vieux biclou qu'elle avait trouvé dans une remise derrière la maison ; j'entendais ma mère appeler Yin une ou deux fois, sa voix étonnamment claire et limpide depuis la cour. Mais sinon, j'étais seul jusqu'au soir, lorsque nous rentrions tous à la maison à l'heure du dîner, mangions un peu – parfois ensemble, parfois non – avant de nous retirer dans nos chambres respectives. Dans l'air chaud et immobile de la campagne, nous ne ressentions plus le besoin d'être ensemble.

Dans ma chambre, pendant ces longues soirées, en regardant les papillons de nuit voleter désespérément autour de l'unique ampoule qui pendait au-dessus de moi, je me demandais ce que faisait Chuan après son service de nuit. J'essayais d'imaginer sa vie, ses amis, s'il était avec Jessie, la femme que nous avions rencontrée en arrivant en ville. Je pensais au type de lit dans lequel il dormait probablement : petit, un sommier en acier, avec un matelas tout simple, plus confortable que tous ceux que nous avions à la maison. C'était sans doute pour cela qu'il préférait passer ses nuits ailleurs. Peut-être avait-il une chambre à lui ; c'était bien mieux que de partager la sienne avec quelqu'un qu'il connaissait à peine.

J'avais apporté quelques livres de la maison, que j'étais censé lire avant les cours : des livres d'histoire, de géographie, un manuel de mathématiques que mon père avait choisi et deux romans destinés à améliorer mon anglais. Chaque fois que j'en ouvrais un au hasard, il m'était impossible de me concentrer. La lumière était trop faible, il n'y avait pas d'air et chaque bruit était amplifié. À travers les murs minces, j'entendais mes sœurs étouffer leurs rires et mon père tousser théâtralement pour nous faire savoir qu'il était encore réveillé et que nous devions dormir. Un chien aboyait seul au loin, deux aboiements hésitants ponctués d'une pause, suivis d'un jappement plus court et plus aigu, comme s'il communiquait en morse. Cela commençait chaque soir lorsque je m'apprêtais à éteindre la lumière ; et chaque fois, je me figeais, pensant que le chien avait été alarmé par le retour de Chuan, mais ce n'était jamais le cas.

*

J'étais en train de transporter un panier rempli de fruits dans le hangar lorsque Chuan est arrivé sur son scooter. Je ne l'avais pas vu depuis trois jours. « Qu'est-ce que c'est que ça ? a-t-il demandé en voyant les caisses de fruits que j'avais soigneusement emballés et rangés.

— Des fruits, ai-je répondu. À ton avis, qu'est-ce que ça pourrait être d'autre ? »

Il a fait le tour des caisses empilées et en a soulevé une ou deux. « C'est toi qui as ramassé tout ça ? »

J'ai acquiescé. « Je n'avais rien d'autre à faire.

— Tu n'étais pas en train d'étudier ? Avec tous ces livres dans ta chambre.

— C'est ta chambre à toi. Quand comptes-tu t'y installer ? »

Il a pris un fruit étoilé et l'a soulevé comme s'il s'apprêtait à me le lancer. Puis il l'a remis dans son cageot. « Je pense qu'on peut en tirer un peu d'argent.

— Tu es fou », ai-je répondu, mais j'ai commencé à l'aider à charger les caisses dans le camion. Je voulais aller en ville avec lui. Il était encore tôt et nous aurions toute la journée loin de la ferme.

« Il faut se dépêcher », a-t-il dit en regardant l'heure. Ses journées étaient si différentes des miennes, pensais-je, si implacables. Il passait constamment d'une tâche à l'autre, d'un endroit à l'autre. Il venait de terminer une longue journée de travail et était déjà sur le départ ; il était revenu juste pour repartir. Mes journées à la ferme étaient vides, mais j'ai alors compris que mes journées en ville l'étaient aussi. L'école, le sport, les soirées à la maison… Tout n'était qu'attente. Plus je voulais que le temps passe, plus il semblait s'étirer. Je me demandais si Chuan avait déjà souhaité le contraire de ce qu'il avait. Je me suis demandé s'il ne voulait pas que le temps ralentisse, comme il avait ralenti pour moi.

Nous sommes allés dans un endroit de la ville où les gens se rassemblaient pour vendre des produits frais, principalement des fruits et des légumes, ou du poisson pêché dans la rivière. L'offre était maigre, disposée sur des nattes à même le sol. C'était à peine un marché, juste un regroupement de personnes et de voitures, mais c'était courant ces temps-ci, selon Chuan. Les gens avaient besoin d'argent, alors ils vendaient tout ce qu'ils avaient pour en gagner un peu plus, et on pouvait acheter des articles beaucoup moins cher ici qu'au marché principal – c'est pourquoi il y avait toujours du monde.

« Regarde ça », ai-je remarqué en montrant une petite carpe couleur boue. Un long ver blanc était sorti de sa bouche et se frayait un chemin sur le marbre brillant de l'œil du poisson. Je l'ai regardé se faufiler lentement dans les branchies et me suis demandé combien il en restait enroulés dans les entrailles du poisson, ou peut-être dans son cerveau. Les poissons avaient-ils un cerveau ? J'aurais dû le savoir grâce à mes cours de biologie, mais je l'avais oublié. J'avais lu quelque part que les vers faisaient partie de notre corps et que pratiquement toutes les espèces vivantes en abritaient. Je me suis souvenu de la première fois où j'avais découvert un ténia provenant de mes intestins, cette étrange sensation qu'une partie vitale de mon intérieur était douloureusement expulsée de mes entrailles, puis, plus tard, l'horreur de voir ce ténia se tordre et s'enrouler dans les toilettes, le dégoût d'avoir abrité une telle créature en moi tout en l'ignorant parfaitement. Le poisson était mort, mais le ver qu'il transportait était toujours vivant. J'imaginais un gros ver blanc à l'intérieur de moi, attendant le moment propice pour sortir et ramper sur mon œil. J'ai cherché Chuan, mais il était loin devant moi, il posait le premier cageot sur le sol, à côté d'un vieil homme qui vendait des bottes de légumes fanés.

Nous avons vendu ce que nous pouvions, c'est-à-dire la majeure partie de ce que nous avions apporté, et nous avons vidé le reste sur un monceau de fruits en décomposition dans un fossé voisin, le reliquat des produits invendus de la journée. Un chien et deux chats tournaient prudemment autour du tas, reniflant avec intérêt. En temps normal, la pluie de fin d'année aurait dévalé les égouts et emporté les déchets dans la rivière en contrebas. Mais aujourd'hui, ils pourrissaient sous la chaleur. L'odeur de décomposition était sucrée, légèrement enivrante.

« Tes fruits ont eu beaucoup de succès, a lancé Chuan, tout sourire, en comptant l'argent.

— Ce ne sont pas mes fruits, c'est les tiens.

— Peu importe », a-t-il dit en brandissant les billets. Il n'y en avait pas beaucoup. « C'est ça qui compte. »

Nous avons marché vers le croisement des deux rues principales où se trouvaient les magasins les plus fréquentés. D'un geste rapide de la main, il m'a montré le 7-Eleven où il travaillait, niché entre un prêteur sur gages musulman et une banque. Tout en marchant, il saluait les gens qu'il connaissait. Nous nous sommes rendus à l'épicerie chinoise où nous nous étions déjà arrêtés et qui, selon Chuan, était l'endroit le moins cher de la ville pour acheter de la bière, et vendait également des cigarettes à bas prix – le propriétaire avait un frère qui les introduisait clandestinement depuis la Thaïlande. Il devait faire attention à ses dépenses, en ce moment, car il venait de verser un acompte pour une chambre qu'il avait visitée, en ville. Elle n'était pas très chère, mais il devait encore acheter un lit, un petit réfrigérateur et d'autres choses de ce genre.

« Quand déménages-tu ? »

Il a haussé les épaules. « Je ne sais pas trop. Peut-être le mois prochain.

— Déjà ? me suis-je écrié, plus alarmé que je ne l'aurais voulu.

— Nouvelle année, nouvelle vie, a-t-il répondu en ouvrant la porte d'un des réfrigérateurs. Pourquoi, ça t'intéresse ? Tu seras déjà loin. De retour à ta vie normale. »

Il a acheté deux canettes de bière et un paquet de cigarettes pour lui, ainsi qu'une bouteille de Coca, sans me demander ce que je voulais. Nous avons traversé la rue et nous nous sommes assis sur une plate-forme en bois rudimentaire, à l'ombre d'une grande canopée formée par de vieux arbres, à côté de quelques motards qui faisaient une halte. Je sentais que les hommes nous observaient, mais Chuan ne semblait pas s'en apercevoir.

« Ton père, ça ira, quand tu auras déménagé ? lui ai-je demandé. Il sera tout seul à la ferme. » Depuis l'ombre profonde des arbres, les rues semblaient presque blanches sous le soleil. C'était ce moment de calme après le déjeuner, quand les gens étaient retournés au travail ou, comme nous, s'abritaient de la chaleur.

« Comment tu veux que je le sache ? » a marmonné Chuan. Il a renversé la tête en arrière pour boire une longue gorgée de bière et j'ai regardé les plis de son cou se contracter et se relâcher, se contracter, se relâcher. Il s'est essuyé la bouche avec le dos de la main et m'a tendu la canette. J'en ai bu une petite gorgée et ai essayé de ne pas grimacer sous l'effet de cette amertume surprenante. Il a ri. « Tu t'habitueras. » J'ai pris une autre gorgée, plus longue, et me suis essuyé la bouche comme il l'avait fait. Il a allumé une cigarette, tiré une bouffée et me l'a tendue. Je l'ai tenue entre le pouce et l'index comme lui et j'ai inhalé lentement, sentant l'agréable brûlure dans ma gorge, jusqu'au fond de ma poitrine. J'ai retenu mon souffle et j'ai imaginé la fumée dans mes poumons. Combien de temps pourrais-je la retenir, me suis-je demandé. Une volée de corbeaux s'est agitée dans les arbres au-dessus de nous, un léger bruissement d'ailes ondulant à travers les branches avant de retomber dans le silence, comme une vague se posant sur le sable.

« Regarde », a-t-il dit en désignant quelqu'un qui roulait à vélo à contresens, du mauvais côté de la route, tout près de nous. C'était Lina, qui portait comme souvent une casquette de baseball à l'envers pour se protéger le cou du soleil. Elle était déjà passée lorsque Chuan l'a appelée ; elle s'est retournée dans notre direction, elle avait des lunettes de soleil enveloppantes aux verres bleu argenté qui brillaient dans la lumière. Elle s'est arrêtée brusquement, maintenant l'équilibre de son vélo avec un pied au sol, ignorant les klaxons des scooters qui approchaient. Elle a relevé ses lunettes de soleil et plissé les yeux pour nous chercher dans la pénombre, puis a marché à côté de son vélo dans notre direction.

Alors qu'elle quittait la lumière éblouissante de la rue et entrait dans l'ombre projetée par les arbres, j'ai soudainement eu envie de lui crier de partir, de nous laisser tranquilles. Au lieu de cela, j'ai demandé : « Que fais-tu ici ?

— Qu'est-ce que *vous* faites là ? » Elle a retourné sa casquette pour que la visière soit de nouveau à l'avant et elle a posé ses lunettes de soleil dessus. « Les parents n'arrêtent pas de demander où vous êtes. Je leur ai dit que je vous avais vus travailler quelque part dans les champs. »

Chuan a ouvert la deuxième canette de bière et la lui a tendue. Elle a acquiescé en signe de remerciement et pris une grande gorgée. « Beurk, a-t-elle grimacé. De la Carlsberg tiède. C'est immonde. » Mais elle a continué à boire, tout en regardant la cigarette que je tenais. « Si les parents te voyaient, tu serais mort.

— Non, je ne serais pas mort. Je serais juste comme toi.

— C'est-à-dire ?

— Excommuniée.

— Si seulement. »

Chuan lui a tendu le paquet de cigarettes, et lorsqu'elle a eu un geste de la main pour le prendre, il a aperçu le tatouage qu'elle s'était fait faire plus tôt dans l'année. Une colombe planant au-dessus du caractère chinois désignant le « jade ».

« C'est ton nom, pas vrai ? » a demandé Chuan.

Elle a acquiescé en allumant la cigarette, qui tremblait entre ses lèvres. Lors de ses premières vacances à la maison, mon père lui avait interdit de fumer dans le jardin. Elle fumait juste devant l'entrée du garage, qu'elle laissait jonchée de mégots écrasés sur le macadam. C'était un espace public, disait-elle, elle pouvait donc faire ce qu'elle voulait. Lors de son séjour suivant, elle a révélé une nouvelle passion pour les groupes de rock malais, qu'elle écoutait à plein volume. Lorsque mon père lui a crié d'arrêter, elle les a remplacés par les Indigo Girls, en chantant et en imitant un faux accent américain.

« Tu te souviens de ta dernière visite à la ferme ? a demandé Chuan. Tu es tombée dans le lac et tu as failli te noyer. Vos parents étaient furieux et c'est moi qui ai été tenu pour responsable. Quand tu es partie, mon père m'a frappé si fort que je me suis enfui et que je me suis caché pendant deux jours.

— Tu l'as bien mérité, a rétorqué Lina en écrasant la canette de bière vide et en la rendant à Chuan. Tu as essayé de me pousser.

— Je n'ai pas fait exprès, nous étions juste en train de jouer et tu es tombée.

— Je ne me souviens vraiment pas de cette époque, a dit Lina. Nous n'étions que des enfants. Ce n'est pas ma faute si ton père est un imbécile. C'est peut-être pour ça qu'il s'entend bien avec le mien. » Elle a remis ses lunettes de soleil et réajusté sa casquette.

« Où tu vas ? ai-je demandé.

— Cette épave aurait bien besoin de nouveaux pneus, a-t-elle répondu en tenant le vélo par le guidon. La chaîne est un peu rouillée, les pédales doivent être resserrées. Je cherche un magasin de réparation dans le coin.

— Va voir le mécanicien du garage à côté du magasin de téléphonie dans cette rue, a répondu Chuan. Il s'y connaît en vélos, il pourra t'aider. Je peux t'accompagner, si tu veux.

— Non, ça va », a répondu Lina en poussant son vélo. Elle s'est retournée et nous a regardés, mais derrière ses lunettes de soleil, il était difficile de deviner son expression. Je crois qu'elle souriait. « Je vous laisse à vos occupations.

— Tu m'en dois une », lui a lancé Chuan. Sans se retourner, elle a levé le bras et lui a fait un doigt d'honneur.

Il a ri. « Elle est cool, ta sœur. »

Quatre années seulement nous séparaient, Lina et moi, mais elle avait toujours appartenu à un univers distinct, si ce n'était celui des adultes, du moins celui qu'elle s'était créé, détaché du mien. Je ne me souvenais pas que nous ayons joué ensemble quand nous étions enfants, ou alors cela avait été si rare que cela ne nous avait pas marqués. Elle n'était pas du genre à s'énerver souvent, mais les autres gamins du quartier gardaient quand même leurs distances. Mieux valait éviter de se frotter à elle, telle était sa réputation. Je ne savais pas si cela la rendait cool ou non.

« Allons chercher Jessie, a proposé Chuan en époussetant l'arrière de son short et en jetant la canette de bière dans les buissons. Elle va bientôt sortir du travail. »

Nous nous sommes dirigés vers un salon de coiffure, le B'Friendz, dont la façade peinte couleur argent était visible depuis la rue. Jessie y travaillait comme shampouineuse et femme de ménage, un emploi temporaire en attendant de trouver mieux, m'avait dit Chuan. Il semblait que tout le monde attendait autre chose de mieux. De l'autre côté de la rue, nous l'avons aperçue assise sur les marches en béton, devant le salon, en train de fumer une cigarette et d'envoyer des SMS sur son téléphone. Apparemment, il n'y avait pas beaucoup de clients, elle avait fini un peu plus tôt et se demandait quoi faire. Elle avait envie d'aller au cinéma dans le nouveau centre commercial qui venait d'être construit. J'avais déjà vu ce centre commercial, un petit bâtiment de deux étages niché entre deux rangées de *magasins*, à l'emplacement d'un ancien parking. Elle avait envie de voir un nouveau film américain, *À armes égales*. Ou celui sur les strip-teaseurs, mais ça ne vaut peut-être pas le coup, avait-elle dit – la censure aurait sûrement coupé toutes les scènes avec des hommes nus, et quel intérêt de voir un film comme ça si on ne pouvait pas voir d'hommes nus ? Chuan et elle ont rigolé, et je me suis senti rougir.

« Quoi ? Tu n'aimes pas voir des hommes nus ? » s'est-elle écriée, changeant soudainement d'expression pour devenir sérieuse. Sa question est restée en suspens tandis qu'elle attendait une réponse. Puis elle a éclaté d'un rire joyeux et exagéré, comme celui des comédiens des émissions de variétés à la télévision, une explosion soudaine de couleurs dans cette rue chaude et terne. « Je plaisante ! Ne prends pas cet air de chien battu. » *Sai lo, sai lo*. Comme tout le monde, elle utilisait ce même mot en cantonais chaque fois qu'elle s'adressait à moi.

Chuan riait aussi, mais moins fort que Jessie, plutôt d'un petit rire étouffé.

« Ne le taquine pas, a-t-il dit. Il n'est pas habitué aux filles comme toi.

— Qu'est-ce que ça veut dire ? » a rétorqué Jessie en écartant ses cheveux de ses tempes d'un geste du doigt. Ses ongles étaient vernis d'un violet foncé et depuis la dernière fois que je l'avais vue elle avait des mèches dans sa frange, des mèches doré foncé qui retombaient sur son front.

La bière m'était montée à la tête et j'avais un peu le tournis.

« C'est un bon garçon de la ville, a dit Chuan, en passant au mandarin, avec une drôle de voix et un ton qui voulait paraître formel. Il n'est pas habitué à notre humour. »

Nous avons marché jusqu'au centre commercial et Jessie a raconté à Chuan les dernières nouvelles de leurs amis, qui semblaient tous être des filles. A-Hsiao était tombée de son scooter et s'était cassé une dent ; Rina avait trouvé une dent humaine dans la salade de chou qu'elle avait achetée au KFC ; Manju était malade après avoir bu trop de granités bleus dans le nouveau café du centre commercial. Qui étaient tous ces gens ? J'observais Chuan pour déceler le moindre signe d'inquiétude ou de préoccupation qui aurait pu trahir une relation plus intime avec l'une d'entre elles, mais je n'ai rien vu.

L'air du centre commercial dégageait une odeur de renfermé, avec une légère âcreté, et nous savions que la climatisation ne fonctionnait pas. C'était peut-être la bière, la cigarette ou la chaleur, en tout cas je me sentais mal. J'essayais de suivre Chuan et Jessie, et des taches lumineuses et colorées sont apparues devant mes yeux. *Sai lo. Enfin, qu'est-ce que tu fabriques ici, petit ?* Je sentais l'amertume de la bière au fond de ma gorge et j'ai eu une envie soudaine, irrépressible, de vomir. Au milieu de l'espace entre les magasins, il y avait un bac de pierre carré rempli de palmiers et d'autres végétaux. Ils semblaient avoir été plantés récemment, à leur vert luxuriant et brillant, peut-être même étaient-ils en plastique. Je m'y suis précipité et j'ai dégobillé à leur pied, en regardant l'écume s'infiltrer dans le terreau. Je me suis effondré, adossé contre le bloc de béton. Pourtant, même cela me demandait trop d'efforts, et je me suis laissé lentement glisser sur le sol, dur et frais. Au-dessus de ma tête, un panneau de verre surplombait le bac, contenant le ciel dans un carré parfait. Les extrémités de certaines plantes se courbaient vers le soleil, et pourtant elles étaient brunies par la pourriture. Comme c'était merveilleux que quelque chose puisse à la fois mourir et lutter pour rester en vie. La lumière était trop vive, et j'ai dû fermer les yeux.

*

Il y avait aussi des arbres. Cet endroit offre un répit, non seulement à moi, mais aussi à d'autres comme moi.

Je me trouve à l'extrémité des terrains de sport, abrité du bâtiment principal de l'école par une rangée de remises en béton remplies de tables et de chaises cassées, de poteaux métalliques et de drapeaux défraîchis qui servaient autrefois lors des cérémonies marquant le jour de l'Indépendance, mais de nos jours les enseignants n'ont plus l'énergie nécessaire pour organiser des défilés, et nous, les élèves, sommes trop heureux d'être libérés d'une obligation supplémentaire. Nos vies sont remplies de devoirs, nous n'en voulons plus, alors ces totems de la nation restent désormais tristement entreposés. Peut-être célébrerons-nous l'arrivée du millénaire, mais alors, je ne serai plus là.

Il est tard, les portes de l'école sont fermées et nous ne sommes pas censés traîner. Il n'y a rien à voler, rien qui vaille la peine d'être détruit ou défiguré ; tout est imprégné d'une telle grisaille naturelle que même les ternes graffitis des dépendances ressemblent à de la décoration. À cet endroit, personne ne me trouvera, dans cet espace dégagé enjambant un profond fossé où stagnent toujours des eaux grises et des sacs en plastique accrochés à des branches tombées. Au-delà, des restes de la clôture métallique gisent dissimulés dans les broussailles, mais, pour la plupart des gens, cette clairière, encerclée par une végétation dense et protégée par l'ombre profonde des arbres en surplomb, est un endroit trouble qu'il vaut mieux éviter. Même les petits durs ne s'aventurent pas par ici, craignant des dangers inconnus : des voleurs, des toxicomanes et qui sait quoi d'autre. Il est vrai qu'on trouve souvent des seringues usagées sur le sol, que je dois repousser dans les buissons, ainsi que des chiffons et des mouchoirs sales qui contrastent avec la terre noire. Curieusement, cela ne sent pas la merde, comme on pourrait s'y attendre, mais on y décèle plutôt de vagues odeurs de feuilles humides et de nourriture cuite, évoquant le curry doux, ce qui n'est ni agréable ni désagréable, mais me fait toujours penser que quelqu'un était là juste avant moi, pour jouir d'un moment solitaire, comme moi. C'est peut-être l'odeur de la solitude.

C'est un endroit où les gens s'échappent, à la recherche d'un bref répit. À l'avenir, je me retrouverai dans des endroits similaires, souvent à l'ombre des arbres, au bord d'un lac ou d'une rivière, dans l'ondoiement des dunes du bord de mer ou dans un parc au cœur d'une métropole en été, à la lumière déclinante, et je me souviendrai de cette clairière, avec son parfum particulier de solitude, je me souviendrai de la mélancolie qui semble être l'émotion que partagent tous ceux qui visitent cet endroit et le revendiquent comme leur, de sorte que, même lorsque je serai seul, je me sentirai relié aux autres. Cette enclave, comme toutes les enclaves, est séparée du monde extérieur et de ses terreurs par la plus ténue des frontières, en l'occurrence une rangée de petits débarras et un bosquet. Dans des temps à venir, à des endroits que je n'ai pas encore découverts, la barrière entre la paix et la brutalité sera peut-être une voie ferrée, un ravin, un affleurement rocheux, de basses rambardes et un portail verrouillé la nuit, une barrière qui n'en est pas vraiment une ; car, une fois à l'intérieur du refuge, je serai encore en mesure d'entendre tous les bruits du monde extérieur – le rugissement de la circulation, les mères qui cajolent leurs enfants, les couples qui se disputent, les groupes d'hommes ivres qui chantent, les sirènes des ambulances et des voitures de police – et je me rendrai compte que rien, en vérité, ne me sépare de la folie du monde ; pourtant, une fois à l'intérieur de ce périmètre, je me sens protégé, comme si, aussi étrange que cela puisse paraître, j'en faisais partie. C'est peut-être l'odeur de la sécurité.

J'ai découvert cet endroit par hasard, pendant les activités sportives obligatoires après l'école, alors que j'observais un match de football depuis le bord du terrain. Les sports d'équipe étaient ce que je trouvais le plus déroutant à l'école, et le football était l'activité que je redoutais le plus. Chaque fois que je voyais le ballon rouler vers moi, je paniquais, tâchant de ne pas reculer de terreur, comme s'il était porteur d'une espèce de maladie contagieuse. Que devais-je faire de cet objet étrange qui roulait maintenant à mes pieds ? À la maison, j'ai essayé de m'entraîner à le frapper pour ne pas avoir l'air aussi maladroit à l'école, mais je ne comprenais même pas pourquoi j'essayais. Le ballon roulait de manière totalement aléatoire, ne se comportait pas comme je voulais. Sur le terrain, le professeur et les autres garçons me criaient des ordres incompréhensibles. Passe. Regarde derrière toi. Saute. Cours plus vite. Joue plus fort. Frappe. Des instructions que mon corps ne saisissait pas. Et puis, lorsque je ne parvenais pas à faire ce qu'on me demandait, les insultes, toujours les insultes, qui n'avaient désormais plus rien de remarquable. Il y avait des rouspétances et je finissais rapidement remplacé. Souvent, on ne me demandait même pas de jouer, ce qui me convenait très bien. Tout ce que j'avais à faire, c'était regarder.

Ce jour-là, j'étais assis dans l'herbe occupé à lire lorsque le ballon a roulé près de moi. Les garçons sur le terrain ont crié. Le ballon a heurté une pierre et décrit une chandelle dans les hautes herbes derrière moi, rebondi devant les remises et atterri dans les arbres au loin. Les garçons m'ont beuglé d'aller le récupérer. Alors que je me levais et commençais à marcher péniblement vers les arbres, je les ai entendus ricaner et j'ai su qu'ils m'observaient. Le ballon avait disparu dans cet endroit où personne ne voulait ou n'osait aller, et les ballons qui finissaient là-bas étaient généralement considérés comme perdus à jamais. J'allais prouver ma valeur à l'équipe, j'allais récupérer leur bien le plus précieux. Sans hésiter, j'ai dépassé les bâtisses et, en m'approchant des buissons, j'ai remarqué d'étroites ouvertures dans les broussailles, presque imperceptibles pour quiconque ne les cherchait pas. Je me suis faufilé à travers l'une d'elles et me suis retrouvé dans une clairière plus large et plus aérée que je ne l'aurais imaginé – de l'extérieur, les arbres semblaient impénétrables. Un groupe d'environ six ou sept garçons s'était rassemblé sur les troncs d'arbres tombés au fond de la clairière, juste avant qu'elle ne cède la place au fossé. C'étaient les garçons qui étaient la cible des insultes les plus cruelles à l'école – les pédés, les tapettes, etc. – et des brimades les plus intempestives. Ils ne méritaient pas qu'on les frappe – cela aurait été trop facile pour les petits durs –, alors on leur collait plutôt du chewing-gum dans les cheveux, on les faisait trébucher dans les escaliers, on leur parlait d'une voix aiguë, on les appelait *Miss* Hashim ou *Miss* Tan – même certains de nos enseignants s'y mettaient. À l'école, je les évitais, et chaque fois que je voyais l'un d'eux se faire bousculer d'un coup d'épaule par un autre garçon, je détournais la tête. Je faisais semblant de ne pas entendre les insultes, je riais pour que personne ne remarque que je rougissais. Lorsque j'entendais l'un de ces mots, ou quelqu'un les traiter de fille, d'une voix aiguë, j'avais l'impression qu'ils parlaient de moi.

Lorsque j'ai pénétré dans leur espace, ils ont levé les yeux. Ils étaient assis en tailleur, le dos droit, chacun coiffait son voisin. Durant ces heures creuses d'après l'école, ils s'étaient maquillés. L'un d'eux m'a regardé fixement avec ses yeux soulignés d'ombre bleue et ses faux cils, et m'a envoyé un baiser avec ses lèvres brillantes de gloss violet. Un frémissement de rire a parcouru le groupe, comme une brise fraîche soufflant dans la clairière. J'ai souri, mais ils m'ont ignoré et se sont remis à coiffer leurs amis.

Je me suis souvenu que j'étais censé chercher le ballon de football, mais je ne le voyais nulle part. Depuis le terrain, les garçons m'appelaient. Comme c'est étrange, ai-je pensé : il y avait désormais un extérieur et un intérieur, et j'étais content d'être là où j'étais. À cet instant, pour la première fois, j'ai ressenti le besoin de faire partie d'un groupe plus grand, d'être ami avec d'autres gens. Le soleil de l'après-midi filtrait à travers les arbres au-dessus de ma tête ; de petits cercles de lumière blanche tremblaient sur le sol de la clairière.

Le lendemain, je suis retourné dans cette clairière à la même heure, mais il n'y avait personne. J'ai attendu les garçons que j'avais vus, mais personne ne s'est montré. Après une heure passée seul, je me suis moi aussi senti partie intégrante de cet espace.

Depuis lors, cet endroit est devenu un refuge. C'est là que je viens passer une heure ou deux seul avant de rentrer chez moi. Ce moment m'apaise et me fortifie, me prépare à affronter mes parents et leurs questions insistantes sur mes résultats scolaires, ainsi que les disputes entre ma sœur et mon père lors de nos repas quotidiens en famille, qui sont devenus une torture. Je viens toujours ici seul, je n'ai jamais révélé mes visites à personne, car cela reviendrait à admettre que je suis comme les autres garçons qui viennent ici – ceux qui, dès que l'école avec ses règles est terminée pour la journée, se vernissent les ongles et écoutent Mariah Carey – et je n'ai pas encore leur courage.

Pourtant, aujourd'hui, j'ai enfreint cette règle. Je ne me sens pas si courageux, plutôt imprudent. Je suis ici avec Nizam, qui est une classe au-dessus de moi. Les détails de notre amitié jusqu'à ce stade n'ont pas d'importance. Seul le présent compte. Nous sommes assis l'un à côté de l'autre, sur le large tronc où les garçons étaient montés la toute première fois que je suis venu ici, et il me parle de sa famille, qui vit loin de la capitale, dans une petite bourgade dont le nom ne me dit rien. Il en parle comme si je devais la connaître, comme si c'était le centre de l'univers, et je comprends que, pour lui, c'est le cas. En ville, il vit dans une chambre partagée avec des parents éloignés, mais il ne souhaite pas être ici. Il a de grandes difficultés à l'école, encore plus que moi, il échoue dans toutes les matières et il est impatient que cette épreuve se termine pour pouvoir retourner dans sa bourgade côtière, où tout le monde le connaît. Il me décrit la plage, qui s'appelle Pantai-quelque chose ? (Je n'y prête pas attention.) Il adore y aller au coucher du soleil, juste pour être seul.

Tu aimerais cet endroit, me dit-il, je t'y emmènerai quand tu viendras me rendre visite. Une fois qu'on en aura terminé avec l'école. Les couchers de soleil sont si lumineux qu'on peut parfois voir jusqu'en Indonésie.

Tu charries, me suis-je exclamé en riant. Le détroit de Malacca fait soixante kilomètres de large.

Je t'assure qu'on voit tout.

Il énumère les espèces de poissons que l'on peut pêcher en jetant simplement une ligne depuis la jetée. Kerisi, Selasih – la liste est longue, et je n'en connais aucun. A-t-il changé de position, pour que son genou touche maintenant le mien ? Les gens ne savent pas que tous les poissons que nous mangeons sont carnivores, ils se nourrissent uniquement d'autres poissons et de crustacés. Sa cuisse est contre la mienne, je perçois sa chaleur à travers le coton fin de mon pantalon et, subitement, je sens ma cage thoracique se contracter ; je ne sais pas si je respire trop vite ou si je ne respire plus du tout. Il continue de parler. Un mérou peut avaler un autre poisson tout entier : il ouvre simplement la bouche et le plus petit poisson disparaît, comme de l'eau. Il écarte les bras pour montrer la taille de ce poisson géant, puis l'une de ses mains se pose doucement sur ma cuisse.

Je m'apprête à déplacer la mienne pour rencontrer la sienne lorsque j'entends des voix, un bruissement de feuillage, puis quelques garçons apparaissent, ceux que j'ai vus auparavant, ceux que j'espérais croiser depuis tout à l'heure. Ils s'arrêtent et nous regardent, les sourcils levés, puis s'avancent vers nous et s'assoient là où il y a de la place sur le tronc d'arbre tombé, qui est accueillant, tant il est large et bas, lissé par le temps. L'un d'eux m'adresse un clin d'œil, dépose un baiser sur sa main et le souffle dans ma direction. Je lui fais signe en retour.

Nizam lâche un bruit, un claquement de langue contre ses dents pour manifester son agacement, et s'éloigne de moi en jetant son sac à dos sur son épaule d'un mouvement rapide. Il s'éloigne d'un pas vif, mais j'ai envie qu'il reste et parle aux autres. Je me lève et j'essaie de le suivre, mais il a déjà dépassé les appentis et est entré sur le terrain de sport, se dirigeant vers les portes de l'école au petit trot.

Les jours suivants, chaque fois qu'il me voit, il détourne la tête ou regarde juste au-dessus, derrière moi, pour éviter mon regard. Est-ce mon imagination ou a-t-il changé sa façon de marcher pour imiter les garçons qui jouent au football et écoutent du heavy metal ? Comme eux, il a les cheveux ras sur les côtés et tourne la tête pour cracher sans raison quand il avance d'un pas lent dans le couloir qui mène à la cantine. Comme moi, il a toujours été solitaire, mais soudain, il a des amis, des garçons plus âgés qui font partie du groupe de footballeurs. Un jour, ils descendent les escaliers alors que je vais dans la direction opposée pour aller en cours. Je pense qu'ils vont me bousculer et se moquer de moi, le traitement habituel, mais, au lieu de cela, j'entends une insulte, proférée par deux d'entre eux. Je n'entends pas précisément l'enchaînement des mots, mais les distingue tous les trois : *cina*, *babi* et *bapuk. Porc chinois pédé porc pédé chinois pédé porc chinois.* Je viens d'arriver en haut de l'escalier, je me retourne pour attraper le premier à ma portée, je tire un coup sec sur son sac à dos et je le sens perdre l'équilibre. Par ce geste, j'ai l'intention de lui faire du mal. Mais il recule, s'agrippe à la rampe et dans la lutte qui s'ensuit, nous tombons tous les deux dans les escaliers, nous nous recevons lourdement, et il est difficile de dire qui s'est fait le plus mal. Il se retrouve avec une côte fêlée, moi avec une main cassée. Le lendemain, en guise de punition pour m'être battu, je suis exclu de l'école pendant deux semaines. Mes parents sont informés et je sais que, pendant tout ce temps, ils ne me parleront pas.

Avant de quitter l'école ce jour-là, je retourne à la clairière et, bien sûr, il n'y a personne. Peut-être ai-je imaginé ces garçons, les ai-je fait exister pour qu'ils me tiennent compagnie dans un monde de ma création. Pendant les deux semaines qui suivent, je ne suis pas autorisé à quitter la maison, et après cela, je serai contraint de retourner en cours, et alors je sais que je ne reviendrai pas en ce lieu. Quelque chose a changé, mais je ne saurais le décrire. Il restera un mois avant la fin du trimestre, et quand je reviendrai après les vacances, il me faudra attendre près de deux ans avant de pouvoir partir pour de bon. Le temps est une épreuve à endurer ; il m'en reste trop devant moi. Je m'assois sur le tronc et j'écoute le silence. Pourquoi le temps ne s'accélère-t-il pas pour vous propulser dans une nouvelle ère, où vous pouvez devenir une personne différente, plus forte, plus calme, plus belle ?

Il n'y a pas de vent et les feuilles des arbres sont immobiles.

*

« Hé. Il va bien, Dieu merci. Merde. C'est ta faute, pourquoi tu lui as donné de la bière ?

— Je ne savais pas qu'il n'avait encore jamais bu.

— Ce n'est qu'un gamin.

— J'ai commencé à boire bien avant son âge.

— Mais toi, tu es une racaille, lui, c'est différent.

— Il est exactement comme nous.

— C'est vraiment ton cousin ou tu as inventé tout ça ?

— Va lui chercher de l'eau. »

Je les entendais parler, mais je n'ouvrais pas les yeux. J'étais plus à l'aise en restant juste comme ça, allongé sur le côté, à écouter Chuan et Jessie s'agiter autour de moi, et étrangement rassuré d'entendre de l'inquiétude dans leurs voix. Je me demandais où j'étais. Quelqu'un a allumé la lumière et m'a demandé si j'allais bien. « J'ai mal à la tête », ai-je répondu, et Chuan est allé me chercher du paracétamol et un verre d'eau d'une tiédeur désagréable. Je me trouvais dans une petite pièce au sol carrelé blanc brillant, les murs repeints de frais. Chuan m'a expliqué que nous étions dans l'appartement de Jessie, dans la chambre d'amis qu'ils avaient aménagée pour la louer à court terme, mais que personne ne voulait la louer – en ville, il y avait trop d'offres et pas assez de demande –, alors elle lui permettait d'y rester quand il finissait son service de nuit, pour qu'il n'ait pas à faire tout le trajet jusqu'à la ferme. Il y avait un petit poster encadré sur le mur en face de moi. Chuan l'avait choisi lui-même au supermarché de la ville, où ils vendaient ces photos, au rayon décoration. Je lui ai dit que c'était Van Gogh et il m'a répondu putain c'est quoi ça ? Je lui ai expliqué que c'était un tableau intitulé *Les Tournesols* et que l'original valait très cher, plusieurs dizaines de millions de dollars.

« Comment tu sais tous ces trucs-là ? » m'a-t-il demandé en regardant l'affiche comme si elle avait soudainement pris une nouvelle valeur.

J'ai haussé les épaules. « J'ai dû lire ça quelque part.

— J'aime les couleurs », a-t-il dit en fixant le tableau.

Jessie a consulté sa montre et s'est levée pour partir. Elle voyait un nouveau type et souhaitait minuter la chose pour arriver en retard, mais pas trop. Au début d'une relation, il faut veiller à ne pas paraître trop intéressée, sinon le garçon ne fait pas d'efforts, disait-elle. C'était leur troisième ou quatrième rendez-vous, et elle ne l'avait toujours pas laissé l'embrasser, car elle ne voulait pas qu'il la croie facile. « Je te donne des conseils gratis », a-t-elle ajouté en me regardant. Puis elle m'a fait un clin d'œil et elle est partie, en refermant doucement la porte de l'appartement derrière elle.

Chuan a continué de contempler l'affiche. Peut-être avait-il remarqué quelque chose de nouveau qu'il n'avait pas vu auparavant. Il portait un maillot de corps blanc et il avait à l'épaule droite une cicatrice récente, à peine recouverte d'une croûte, qui ressemblait à une virgule. J'avais envie de la toucher.

« Je ferais mieux de te raccompagner, a-t-il dit. Tes parents vont s'inquiéter. » Il a sorti son téléphone de sa poche et m'a montré l'heure : dix-neuf heures trente-cinq.

« Nous aurons tous les deux des ennuis de toute façon. Autant rester ici. »

Il a souri et m'a tapoté la jambe pour m'encourager à me lever, mais je n'ai pas bougé. Il a laissé sa main un instant sur mon tibia et m'a regardé. « Tu as une sale tête.

— Je vais bien », ai-je répondu, sans bouger, car je me sentais trop faible. Il a pris ma main dans la sienne et s'est levé, en tirant avec un effort théâtral, mais en réalité il n'entraînait rien du tout. « Allez, viens, on y va. »

À mon entrée dans le petit salon en L., je me sentais chancelant. Il y avait un canapé noir, trop grand pour cet espace, recouvert d'un plastique brillant texturé censé ressembler à du cuir. Il avait l'air tout neuf. Chuan m'a dit que Jessie l'avait acheté dans un magasin qui allait fermer définitivement, avec une bouilloire japonaise qui non seulement faisait bouillir l'eau, mais la gardait chaude pendant des heures. Sur le sol, il y avait une télévision et une PlayStation avec des fils qui traînaient partout dans la pièce. Ils n'avaient pas l'argent pour s'acheter un meuble sur lequel les mettre, a expliqué Chuan, et en plus, à quoi ça aurait servi puisqu'ils allaient tous les deux bientôt déménager.

Il est allé au réfrigérateur, a sorti de la glace du compartiment congélateur et l'a enveloppée dans une serviette fine qu'il a tordue pour former une boule compacte. Il m'a demandé de me retourner, et j'ai regardé par la fenêtre la ville plongée dans l'obscurité, éclairée çà et là par des taches qui ponctuaient la pénombre. Un réverbère clignotait, comme s'il était sur le point de s'éteindre et de virer au noir, mais il s'est remis à briller d'une lumière vive et constante. Chuan a pressé la poche de glace contre ma nuque, et le choc du froid m'a serré la gorge, mais, lorsque j'ai ouvert la bouche pour aspirer une goulée d'air, aucun son n'est sorti. Quelque part, un chien aboyait et quelqu'un chantait sur un karaoké. Je n'entendais pas clairement la musique, seulement la voix. Cela semblait être celle d'un enfant.

Au bout de quelques secondes, la glace a fondu et de minces filets d'eau froide ont coulé le long de ma colonne vertébrale et de mes omoplates. Je ne savais pas si c'était la chaleur de la nuit ou celle de ma peau qui faisait fondre la glace. Je ne souhaitais pas partir, mais, au bout d'un moment, Chuan m'a averti que nous devions vraiment y aller.

Il m'a tendu un autre verre d'eau et je me suis senti l'esprit plus clair.

Fong ne peut s'empêcher d'observer le comportement de Sui et Jack lorsqu'ils sont ensemble, ce qui n'arrive pas si souvent. La plupart du temps, l'un des deux trouve une excuse pour être ailleurs, sortir lorsque l'autre rentre, ou se souvient d'avoir laissé quelque chose à l'étage dès que l'autre descend, un échange de places si rituel et si prévisible que cela confine à de la courtoisie. Il est debout devant l'évier, en train de faire la vaisselle pendant que Sui termine son petit-déjeuner composé de pain et de kaya, lorsque Jack entre dans la cuisine. Sui se lève immédiatement, sans avoir fini. « Tu as bien dormi ? demande-t-elle. Je sortais juste faire un tour avant qu'il ne fasse trop chaud. » Elle débarrasse son assiette et sa tasse, et propose sa chaise à Jack.

Fong la regarde cheminer au-delà du ruisseau qui n'est plus qu'un fossé, suivre le sentier qui longe le champ devenu maintenant une forêt clairsemée, avant de s'arrêter plus loin et de regarder en direction des vergers qui sont encore, plus ou moins, des vergers. Elle reste là un moment, les bras croisés, admirant le paysage. Jack sort de la maison avec sa tasse de café, marche lentement vers elle. Lorsqu'il arrive à sa hauteur, ils se tiennent l'un près de l'autre, se parlent sans se regarder. Il désigne un endroit au loin, son bras se déplace en arc de cercle, définit une zone, ou peut-être une idée, un fantasme, maintenant que la ferme n'existe plus telle que dans leur souvenir. Puis ils s'immobilisent, le regard retenu par cette vue, qui n'est pas vraiment une vue, juste un fouillis de feuillage. Pendant un instant, Fong pense que l'un d'eux va tendre la main et toucher l'autre, mais Sui se retourne et repart vers la maison, ni rapidement ni lentement non plus. C'est peut-être ainsi que fonctionne la vie conjugale. Tout le monde se sent obligé d'être ensemble tout le temps, mais en réalité, c'est le contraire, pense Fong : peut-être ne réussit-on à survivre que dans des espaces séparés. Mais qu'en sait-il ? Il a été marié moins de deux ans.

Amours d'adolescence, mariage précoce, un bébé, un maigre revenu, la ferme déjà en difficulté. Sa femme possédait un diplôme d'études secondaires, elle avait trouvé un emploi à Singapour, une séparation temporaire imposée par la nécessité qui était rapidement devenue permanente. Comme deux vies pouvaient rapidement se détacher l'une de l'autre, même si la vérité était peut-être qu'elles n'avaient jamais été très proches depuis le début. Cette séparation rapide et invisible était certainement une situation que Jack avait vécue, tout comme Fong ; c'était peut-être la seule chose qu'ils pouvaient prétendre avoir en commun.

On ne peut pas appeler ça un verger s'il ne produit plus de fruits – nous étions d'accord là-dessus. Alors, qu'était donc cet ensemble d'arbres : une pré-jungle ? Ici, lorsqu'une parcelle de terre qui était autrefois une ferme n'est plus une ferme, ce n'est que l'affaire de quelques mois avant que la nature ne la reconquière.

« Tu n'as rien de mieux à faire de ta vie que de poser des questions stupides ? » a demandé Chuan en s'appuyant sur sa pelle et en levant les yeux vers Lina. Il respirait fort, mais sa voix était calme, presque monotone. Il portait des lunettes de soleil en plastique à monture blanche qui lui donnaient l'air d'un surfeur, surtout avec ses mèches blondes.

« C'est important d'appeler les choses par leur nom, lui a-t-elle répondu. Parce que, si cet endroit n'est plus une ferme, pourquoi tu t'embêtes à faire tout ça ? »

Budi, Eka et deux autres hommes dont je ne connaissais pas le nom – ils venaient d'arriver, je supposais qu'ils avaient été embauchés pour quelques jours – creusaient une tranchée peu profonde dans la terre, brisant le sol durci à coups de pioches et de pelles, tandis que Chuan et moi la déblayions sur un côté. Nous préparions le terrain pour un nouveau système d'irrigation, malgré les protestations de Chuan, qui affirmait que c'était inutile. Les arbres dépérissaient : la plupart étaient malades, non seulement à cause de la sécheresse, mais aussi après des années de négligence. Il m'a confié que, pendant toute son enfance, il n'avait pas été capable de s'en rendre compte ; chaque fois qu'il voyait Fong lutter contre une mauvaise récolte ou une infestation d'insectes, il pensait que c'était normal, que cela faisait partie de la vie d'un agriculteur. Ce n'est qu'en grandissant qu'il avait compris, il s'agissait simplement d'une question d'argent : son père rencontrait des difficultés parce qu'il ne pouvait pas se permettre d'acheter des engrais, des insecticides ou une nouvelle pompe. Maintenant que Chuan travaillait loin de la ferme, il parvenait à tout saisir clairement. Rien ne pouvait sauver cet endroit, et rien ne réussirait à convaincre son père de cette vérité.

« Je ne comprends simplement pas pourquoi, c'est tout, a déclaré Lina, les bras croisés, en nous observant au fond de la tranchée que nous avions creusée.

— Si tu comprenais tout dans la vie, tu ne serais pas humaine. » Chuan a repris le travail et j'ai considéré ça comme un signe que je devais en faire autant.

« Fong nous a demandé de nous en charger », ai-je répondu mollement. J'appréciais le réconfort de la routine ; peu m'importait la raison qui nous poussait à faire ça. C'était une chose qui nous appartenait, à Chuan et à moi.

« Si tu veux passer ta vie à faire ce que les autres te disent, c'est ton problème. »

La terre était cuite. Les hommes devaient s'y attaquer ferme jusqu'à ce qu'elle se détache en blocs aussi denses que de la pierre, qui s'effritaient ensuite en poussière avant de s'introduire dans notre bouche et nos yeux et nous laissaient une sensation de sable sur la langue. Nous crachions, mais le goût de la terre persistait – herbacé et amer. Lorsque nous nous sommes accordé une pause, les hommes ont allumé des cigarettes au clou de girofle qui, selon eux, aidaient à étancher la soif. J'ai répondu que cela n'avait aucun sens, mais ils ont juste rigolé. Ils m'ont proposé un kretek, mais j'ai préféré prendre une Marlboro de Chuan. « Un jour, vous autres, vous apprendrez à fumer des Gudang Garam comme les vrais hommes, a lancé Budi.

— Peu importe ce qu'on fume, a répliqué Chuan. Nous mourrons tous d'un cancer du poumon de toute façon.

— Laisse-moi essayer », ai-je dit, et l'un des nouveaux ouvriers m'a tendu son kretek. Le goût était amer et piquant, mais aussi sucré, et, surtout, c'était celui de la nouveauté. Après deux ou trois bouffées, il m'était déjà aussi familier que si j'avais fumé ces cigarettes toute ma vie.

« Le garçon devient un homme, en fin de compte », a observé Budi en m'en tendant un autre, et le plus étrange, c'est qu'après ça je n'avais plus tellement soif – les hommes avaient raison. Nous avons repris le travail, et en pelletant la terre, j'ai réalisé que j'accomplissais chaque geste sans réfléchir ; mon corps travaillait au même rythme que les autres. Aussi loin que remontent mes souvenirs, j'avais toujours été conscient de mon corps et de ses limites. Cours plus vite, joue plus fort. Chaque geste me rendait conscient de ce que mon corps était incapable de faire. Comment réussirais-je à cesser de m'asseoir comme une fille ? Comment parviendrais-je à marcher comme un homme ? Parfois, j'avais l'impression d'avoir à réapprendre l'acte même de respirer, pour ne pas être différent des autres. À présent, soudainement, je ne redoutais plus mon corps, je ne craignais plus qu'il me trahisse. J'étais devenu insignifiant ; personne ne me regardait, personne ne se souciait de moi. Je m'attendais à chaque instant à ce qu'il me lâche, à ce que mes genoux se dérobent ou que mes épaules se crispent, mais cela n'arrivait pas. Je gardais le goût des cigarettes épicées et de la poussière rouge dans la bouche, et je résistais au besoin pressant de cracher. Ce jour-là, comme tous les autres, il faisait très chaud. J'avais l'impression que mon corps fondait dans le sol.

Chuan et moi sommes retournés au hangar couverts de cette fine poussière rouge. Lorsqu'il a retiré son tee-shirt, son torse était d'une autre couleur. Je n'ai pu m'empêcher de rire. « Tu dois vraiment te laver.

— Et toi alors ? m'a-t-il demandé. J'aimerais avoir un appareil pour te prendre en photo, là, maintenant. » Avec son index, il a tracé deux lignes sur mes joues et m'a montré la poussière sur le bout de son doigt. Son contact était frais et léger, effleurant à peine ma peau. « Maintenant, tu ressembles à un indigène d'une tribu perdue qui vient de sortir de la jungle. Plutôt beau, en fait. »

J'ai jeté un coup d'œil dans le rétroviseur de son scooter et j'ai vu mon visage, bouffi, rouge écarlate et sauvage.

« J'ai une idée », a-t-il dit avant de se diriger vers les bois. Il s'est arrêté pour s'assurer que je le suivais, puis il a continué. Nous avons suivi un chemin qui nous a fait traverser des vergers et des étendues de forêt jusqu'à ce que nous soyons loin du hangar et plus loin encore de la maison. Lorsque nous avons traversé le bosquet de tamariniers géants, j'ai su que nous étions près du petit lac que j'avais aperçu, mais que je n'avais jamais osé approcher.

Ses eaux noires semblaient dangereuses et j'avais trop entendu parler d'enfants s'étant noyés dans des étangs qui semblaient calmes mais étaient en réalité beaucoup plus profonds qu'en apparence – la fosse d'une ancienne mine d'étain s'était lentement remplie d'eau de pluie au fil des ans, pour former un lac parfaitement plat. Vous vous écartiez du bord, des hauts-fonds aux eaux chaudes, et le choc de l'eau froide et profonde vous coupait le souffle. Vous sombriez dans l'obscurité. Le pays était plein de ces mines, surtout dans le Nord, où vivait ma grand-mère. Je me souviens qu'un enfant près de chez elle s'était noyé, le fils d'un voisin qui avait à peu près mon âge. Selon les autres enfants qui étaient avec lui, il n'avait fallu qu'une minute ou deux pour qu'il succombe. Lorsque je suis passé devant son corps, qui avait été couché dans un cercueil devant la maison de sa famille, j'étais censé m'incliner et lui rendre hommage comme tout le monde, mais au lieu de cela, j'ai fixé son visage et je suis resté pétrifié. Nous n'étions pas amis, mais nous nous étions fait signe à plusieurs reprises. Nous nous ressemblions, même. Maintenant, il était mort et j'étais en vie. Ma mère était furieuse contre moi parce que je l'avais regardé fixement ; j'avais regardé la mort en face et elle allait devoir se rendre au temple pour me procurer une amulette afin de conjurer les mauvais esprits. Mon père a rejeté cette idée, l'a qualifiée de superstition et lui a interdit d'y aller. Comment peux-tu croire à ces absurdités, lui a-t-il lancé. On croirait que tu n'as reçu aucune éducation.

« N'aie pas peur », m'a dit Chuan, avec un geste de la main. Il s'est avancé lentement dans l'eau peu profonde, les bras tendus. Il a continué jusqu'à ce que l'eau lui arrive aux genoux, lapant le bas de son short. Derrière lui, la surface du lac semblait aussi plate et lisse qu'une feuille de verre. Il s'est penché en avant et s'est aspergé les bras et le corps, puis s'est débarbouillé le visage à pleines mains. Soudain, comme si ses jambes avaient fléchi, il s'est effondré et a disparu quelques secondes sous l'eau, avant de ressortir en poussant un cri qui a résonné dans le silence environnant, remplissant la forêt de vie. « Viens ! s'est-il écrié. Tu vas finir vieillard, si tu attends encore. » J'ai fait un pas vers le bord du lac, j'ai retiré mes chaussures et j'ai regardé l'eau trouble. Il a barboté vers moi, les mains tendues, et je me suis avancé pour aller à sa rencontre. La chaleur m'a rassuré, la vase était veloutée entre mes orteils. J'ai tendu la main pour me retenir à la sienne afin de garder l'équilibre, et nous étions dans l'eau jusqu'à la taille lorsque je l'ai senti me tirer par le bras et, soudain, je me suis retrouvé sous l'eau, battant mollement des pieds. Au milieu des bulles et du bruit sourd de l'eau, je pouvais l'entendre rire, puis je l'ai senti tout près, ses bras autour de moi, et juste au moment où je commençais à avoir du mal à respirer, il m'a soulevé pour que je me retrouve debout, ou plutôt à moitié accroupi, mais cela n'avait pas d'importance, car j'avais les idées claires et je respirais à nouveau. J'ai essuyé l'eau de mes yeux. *Regarde, tu es propre*, l'ai-je entendu dire, j'avais de l'eau dans les oreilles et sa voix résonnait comme un écho, mais elle était forte et libre – en fait, elle semblait différente, plus claire, comme celle d'un étranger. Il s'est jeté à nouveau dans l'eau avec un cri exubérant, tel un oiseau d'une espèce rare. J'ai réalisé que personne ne pouvait nous entendre, que personne ne savait que nous étions là.

Sui Ching et Jack se sont rencontrés alors qu'elle était en dernière année de collège technique, et elle avait abouti dans la classe où il enseignait, un cours de mathématiques obligatoire pour ceux qui souhaitaient devenir électriciens ou exercer d'autres métiers techniques – ce n'était pas le genre de métier qu'elle avait imaginé quand elle était enfant, mais c'était mieux que rien, et certainement un progrès par rapport à la petite exploitation maraîchère de ses parents. À l'adolescence, ses professeurs la félicitaient pour les dessins et les aquarelles qu'elle réalisait pendant la seule heure de cours hebdomadaire d'arts plastiques à l'école, et, dans ses rêves d'adolescente, elle s'imaginait devenir peintre, même si elle ignorait tout du monde des artistes et de la manière dont ils gagnaient leur vie. Cela semblait tout simplement à l'opposé de l'existence qu'elle avait connue jusqu'alors, dictée par des réveils matinaux et une routine stricte, afin d'aider ses parents au travail, et cela suffisait à l'attirer. Pourtant, même dans ses rêves, elle avait conscience qu'elle devrait trouver un véritable emploi avec un salaire. Elle était intelligente, savait lire couramment et calculer rapidement, et elle s'est bientôt retrouvée à gérer les revenus de ses parents, aussi modestes fussent-ils, mettant de côté suffisamment d'argent pour acheter de l'engrais et de nouveaux outils dès qu'elle le pouvait. « Cela s'appelle établir un budget », expliquait-elle à ses parents, peinant à contenir son exaspération. Pourquoi ne comprenaient-ils pas une chose aussi simple ?

Ce n'était pas seulement la notion de l'argent qui leur échappait. Ils ne comprenaient pas l'anglais, se débrouillaient à peine en malais, ne savaient pas écrire couramment en chinois. Elle avait seize ans et avait déjà la responsabilité de les accompagner à la banque pour ouvrir un compte, au commissariat et à la mairie lorsque l'un ou l'autre perdait sa carte d'identité ou son permis de conduire, ou encore au service de l'immigration pour leur procurer des passeports. Chaque visite dans un service administratif lui inspirait les mêmes questions : pourquoi tous les fonctionnaires de ces administrations l'appelaient-ils toujours Ah Moy ? Pensaient-ils vraiment que toutes les jeunes filles chinoises s'appelaient ainsi, et si oui, comment avaient-ils fini par retenir Ah Moy – pourquoi pas Ah Mei, Ah Ching, Ah Ling ? Qui décide de ces surnoms racistes ? Pourquoi ses parents ne pouvaient-ils pas perdre leur accent et parler correctement, afin que les gens de pouvoir ne puissent plus se moquer d'eux en répétant ce qu'ils venaient de dire en forçant le ton ? Pourquoi fallait-il que ses parents lui parlent en cantonais, avec un accent provincial à couper au couteau, même pour ceux qui ne comprenaient pas leur dialecte ? Parfois, elle avait envie de rire avec les fonctionnaires, pour montrer qu'elle était de leur côté. Elle ne savait pas si ces personnes, assises derrière des vitres en plexiglas, vêtues d'uniformes et portant des badges nominatifs, les méprisaient, sa famille et elle, parce qu'ils étaient chinois ou parce qu'ils étaient pauvres. Elle voulait être de ceux qui manifestaient ce mépris, pas de ceux qui le subissaient.

Qui était méprisant, et qui était méprisé au sein de sa propre famille ? Un jour, son père était entré dans sa chambre, il était resté sur le seuil, alors qu'elle était allongée sur son lit en train de lire un magazine et d'écouter une cassette de Tsai Chin qu'elle s'était achetée avec l'argent qu'elle avait gagné en travaillant après l'école. Il était venu l'admonester pour qu'elle travaille davantage à la ferme, mais elle avait fait la sourde oreille. Quand elle avait enfin levé les yeux, elle avait vu la haine sur son visage, la haine pour ce qu'il considérait comme sa paresse, qui l'emplissait de dégoût – à ses yeux, c'était méprisable. Il avait éteint le lecteur, extrait la cassette et tenté de la briser, mais il n'y était pas arrivé, il était trop faible ; ses mains, qui auraient dû être fortes après des années de travail de la terre, avaient été fragilisées par ce labeur, et il avait fini par jeter la cassette à terre, une marque d'autorité qui, tous deux le savaient à cet instant, était un signe d'impuissance. Ils avaient fixé le petit rectangle de plastique quelques instants, puis son père avait tourné les talons et était ressorti. Elle savait qu'il devait retourner cultiver son petit lopin de terre, et elle ne pouvait s'empêcher de le détester d'avoir à accomplir ce genre de besogne.

Elle avait continué de feuilleter les pages de son magazine en pensant très clairement : c'étaient eux ou elle, elle ne pourrait pas les sauver tous, et elle avait déjà arrêté son choix.

Plus tard, vivant dans la capitale, avec un peu d'argent économisé grâce à son travail, elle s'était inscrite à l'université et avait rencontré des gens qui parlaient couramment l'anglais, qui étaient partis à Singapour et à Hong Kong *en vacances*, qui allaient au cinéma, passaient du temps dans les restaurants pour le plaisir d'être ensemble, simplement pour discuter, sans autre but que de vivre un moment agréable. Elle s'était glissée dans ce mode d'existence comme s'il avait toujours été le sien. Son milieu familial lui semblait léger, sans importance, flotter loin d'elle. C'était le milieu des années soixante-dix et tout le monde était occupé à trouver un emploi, à se marier, à économiser pour s'acheter une petite maison moderne dans les nouvelles banlieues de Petaling Jaya, dans l'une de ces rues interminables et bien ordonnées, formant un quadrillage, avec de petits jardins devant les pavillons où l'on pouvait garer une petite Datsun. Elle aurait bien aimé en avoir une aussi – une maison davantage qu'un mariage, même si elle n'était pas opposée à cette dernière idée, elle n'y avait simplement pas réfléchi sérieusement. Il semblait y avoir tant à accomplir et à découvrir avant de se lier à quelqu'un et de fonder un foyer, tant d'endroits à visiter, tant de personnes à rencontrer. Elle pourrait peut-être apprendre une nouvelle langue, le japonais par exemple, car elle était fascinée par ses sonorités à la fois dures et douces, ainsi que par sa capacité de transformation. Elle avait appris quelques mots et les avait répétés devant le miroir, étonnée de voir à quel point cela faisait d'elle une personne différente. La fois suivante, elle s'était poudré davantage le visage pour s'éclaircir le teint, et lorsque les mots étaient sortis de sa bouche, elle avait eu l'impression d'habiter le corps d'une autre. La sensation n'était pas désagréable. C'était une forme de soulagement.

Lors d'un cours de mathématiques obligatoire qu'elle avait suivi, les autres élèves s'étaient plaints de l'inutilité de la leçon. La plupart d'entre eux étaient de jeunes hommes impatients d'obtenir leur diplôme et de se lancer dans la vie active. Ils n'avaient pas besoin de connaître l'algèbre s'ils voulaient devenir techniciens en électricité, disaient-ils, et ils avaient raison. Le fait que le professeur passe la plupart du temps à parler de notions abstraites telles que l'architecture des mathématiques et la manière dont on pouvait construire des images de l'espace à l'aide des mathématiques n'arrangeait rien. Si l'on y réfléchissait bien, disait-il, c'était comme la peinture ou la musique, c'était de l'art.

Les élèves avaient gloussé. Sui avait regardé autour d'elle ces jeunes garçons bruyants, des provinciaux comme elle. Elle était la seule femme de la classe et appréciait d'être l'exception dans un domaine dominé par les hommes. Une fille électricienne, qui aurait pu imaginer cela ?

Pourquoi voulez-vous obtenir ce diplôme ? lui avait demandé Jack un jour après les cours.

Parce que, a-t-elle répondu, je m'intéresse à l'art.

Il a ri. Alors vous êtes au bon endroit.

Au cours des semaines qui avaient suivi, le cours de Jack était le seul qu'elle attendait avec impatience. C'est inutile, murmuraient ses camarades en se passant des messages désobligeants sur Jack. Mais pour Sui, c'était précisément le caractère futile de l'entreprise de Jack qui rendait le cours intéressant. Elle ne comprenait presque rien à ce qu'il enseignait, mais elle admirait la façon dont il continuait à écrire des équations et des diagrammes au tableau, même si la moitié des étudiants étaient occupés à somnoler, affalés sur leurs bureaux.

À la fin du trimestre, il a annoncé qu'il avait trouvé un nouvel emploi ailleurs. Il rangeait soigneusement ses papiers dans son sac quand elle a remarqué la craie sur ses doigts, qui étaient plus fins et plus délicats que les siens. Je vais être professeur assistant en mathématiques à l'université.

Laquelle ? avait-elle demandé par politesse.

Il lui avait répondu, mais elle n'écoutait pas vraiment, cela lui était égal. Elle avait ajouté ceci : Ce sera mieux que d'enseigner ici.

Il avait sorti un morceau de papier soigneusement plié de sa poche et le lui avait tendu. Vous pouvez m'écrire à cette adresse. Il s'était éclairci la gorge. Enfin, si vous le souhaitez.

Bien sûr, avait-elle répondu en glissant le mot dans la poche de sa jupe sans le déplier. J'écrirai un jour – si je ne vous oublie pas.

Il avait ri et passé son sac à bandoulière sur son épaule. Bonne chance pour vos études, avait-il ajouté en partant.

Elle avait l'impression d'avoir perdu quelque chose, mais elle ne savait pas quoi.

Chuan étend les bras vers le ciel et tombe à la renverse dans l'eau. Non, il se *jette* dans l'eau. Peut-être tente-t-il d'accomplir un saut périlleux ; son dos forme un arc lorsqu'il disparaît dans une gerbe extravagante qui engloutit son cri. Les ondulations à la surface se transforment en petites vagues qui finissent par atteindre Jay ; il se tient à quelques mètres, dans les eaux peu profondes, n'osant pas s'aventurer plus loin. L'eau lui arrive déjà à la taille ; ses pieds glissent sur le fond vaseux. Il a l'impression de s'enfoncer lentement. Depuis combien de temps Chuan est-il sous l'eau ? Dix, vingt secondes ? Cela semble plus long. Jay a perdu toute notion du temps.

C'est l'après-midi, le soleil est encore haut, mais qui sait s'il est l'heure où les gens prennent leur pause déjeuner ou si le dîner approche ? Il semble inutile de déterminer précisément où Chuan et lui se situent par rapport au temps ou aux autres personnes qui les entourent. Ils sont échoués dans l'après-midi.

Peut-être dérivent-ils légèrement, mais il ne sait pas dans quelle direction.

Il scrute la surface à la recherche de bulles qui pourraient trahir la position de Chuan, mais le lac retrouve son aspect et Jay ne discerne rien dans les profondeurs troubles, pas même ses jambes, et soudain, il est pris d'une sensation de panique. Il s'attend à ce que quelque chose lui saisisse les jambes et l'entraîne au milieu de cette étendue d'eau isolée. Il imagine ce que cela pourrait être de se faire dévorer par un crocodile. Il a lu quelque part qu'ils sont incapables de mâcher leurs proies et doivent les loger sous des rondins au fond des rivières jusqu'à ce qu'elles se décomposent. Quand on trouverait le corps de Jay dans l'estomac d'un crocodile, tout le monde se demanderait pourquoi il était allé au lac. Quelle folie l'avait pris.

Wou-hoooou !

Chuan jaillit hors de l'eau, non loin de Jay – il a dû retenir son souffle et nager jusqu'ici. Il secoue la tête de gauche à droite pour chasser l'eau de ses cheveux et de ses yeux, et les pointes blondes de sa chevelure reflètent la lumière et semblent presque blanches. Sa voix, son exubérance transforment le lac et ses environs en un endroit apprivoisé, familier.

Allez, lance Chuan en prenant Jay par la main. Jay marche, trébuche, jusqu'à ce que ses orteils se libèrent de la vase et qu'il barbote pour rester à flot. Qu'est-ce que…, bredouille-t-il, mais il avale de l'eau et la recrache. Chuan le tire, les doigts agrippés à son poignet. Ils forment un attelage maladroit, deux corps essayant de rester proches l'un de l'autre, poussant vers le milieu du lac, et Jay commence à trouver trop difficile de s'accrocher à la main de Chuan et de rester à flot. Cette vague de peur le submerge à nouveau, mais seulement brièvement cette fois, et soudain, il ne sait pas comment, mais il est séparé de Chuan, qui se dirige vers la rive opposée. Jay songe à faire demi-tour. Ils ne sont pas tout à fait à mi-parcours, mais déjà loin de leur point de départ. Des roseaux masquent l'endroit où il se trouvait debout quelques instants auparavant ; il ne parvient même plus à distinguer son point de départ et un arbre tombé semble désormais lui barrer la route du retour ; mais la rive opposée paraît inaccessible, tant elle est éloignée. Il se maintient à la surface, hésitant.

Qu'est-ce que tu fous ici, Jay ?

Il plonge la tête dans l'eau et nage, comme il faut, ainsi qu'on le lui a appris pendant les cours de natation après l'école. Quand il était enfant, il avait basculé dans un bassin à poissons au zoo et ses parents avaient alors décidé qu'il devait apprendre à nager. Cela l'aiderait aussi pour son asthme, leur avait-on assuré, donc ce n'était pas une perte d'argent. Au début, il détestait se déshabiller devant les autres garçons, il détestait leurs gloussements et leurs doigts pointés. En leur dévoilant son corps, il avait l'impression de révéler ses propres désirs, et alors ils sauraient qui il était vraiment. Mais ses parents avaient insisté. Nous voulons un enfant qui ne soit pas malade et qui ne se noie pas, cela vaut la peine de dépenser cet argent, avait affirmé son père. Aujourd'hui, il se rend compte qu'il nage étonnamment vite, bien au-dessus des dangers indéfinissables qui existent au-dessous de lui. Lorsqu'il lève la tête pour vérifier sa position, il a dépassé Chuan et se trouve déjà au milieu du parcours. Une aigrette blanche le survole, en déployant ses ailes pour se stabiliser avant d'atterrir dans les herbes marécageuses qui bordent le lac. Elle plonge si près que Jay peut entrevoir les pupilles noires parfaites de ses yeux, deux billes de verre.

Il nage avec aisance, son corps porté par l'eau qui lui semblait si effrayante il y a quelques instants, et sans savoir comment, il sent que l'eau est maintenant assez peu profonde pour qu'il puisse se tenir debout. Il respire fort tout en cherchant Chuan, qui est toujours au milieu du lac. S'est-il déplacé depuis que Jay l'a vu pour la dernière fois ? Il semble flotter, sa tête se dresse et retombe sous l'effet de la fatigue. Jay se jette à l'eau dans sa direction et, en un rien de temps, il est à côté de lui.

En un rien de temps. Je ne me souviens pas en combien de temps tout cela s'est déroulé ; peu importe.

Chuan passe les bras autour du cou de Jay, son poids le ralentit et le fait un peu couler, mais ils se dirigent tous les deux vers la rive. Sauve-moi, *sauve-moi*, plaisante Chuan, et lorsque Jay ouvre la bouche pour répondre, il avale un peu d'eau, qui a un goût chaud et terreux. Tu ne sais même pas nager correctement, gargouille-t-il en relevant le menton pour garder la tête hors de l'eau. Les jambes de Chuan battent dans l'eau et heurtent celles de Jay, et, de temps en temps, son genou le frappe dans le bas du dos. Je me noie, je me noie ! s'écrie Chuan d'une voix théâtrale, resserrant le bras encore plus fort autour du cou de Jay, se rapprochant de lui, leurs têtes se touchant presque, et Jay sent son souffle contre son oreille, poisseux, étrange. Il aimerait que l'autre rive soit plus loin, ne serait-ce qu'un peu, vingt, trente mètres par exemple. Il veut que cette proximité dure encore un instant. Ils finissent par se détacher l'un de l'autre lorsqu'ils atteignent l'ombre projetée par les branches en surplomb ; ils sont en sécurité, maintenant.

Chuan nage à la manière d'un chien vers les eaux peu profondes, tandis que Jay glisse en une brasse qui le propulse vers la rive. Il se lève et se fraye un chemin à travers les racines submergées des arbres géants au-dessus de sa tête, puis se repose sur un tronc incliné en pente douce entre la rive boueuse et l'eau, en attendant que Chuan arrive. *Waaahh !* éructe Chuan en se hissant hors de l'eau et en écartant ses cheveux de son visage avec les deux mains. J'ignorais que tu savais si bien nager.

Je ne savais pas que tu nageais si mal, répond Jay. Je pensais que vous aviez tous grandi en jouant dans les rivières et les lacs.

Nous ne sommes pas comme vous, nous n'avons pas de clubs de loisirs sophistiqués où on apprend à nager.

Je ne vais pas dans un club de loisirs.

Tu nages très bien.

Cela te surprend ?

Non. Chuan rit. Il s'approche de Jay et se campe devant lui. Est-ce un défi ou une invitation ? Jay remarque le mouvement de la poitrine de Chuan, qui se soulève et s'abaisse, son ventre qui se contracte ; il halète, en tout cas plus fortement que Jay, qui ne se sent pas du tout essoufflé, et, dans le silence qui les entoure, Jay croit entendre les inspirations et les expirations de Chuan. Il remarque également les gouttes d'eau qui coulent de manière irrégulière sur le torse de Chuan et détourne le regard. Dans l'eau, de petits poissons virevoltent autour de ses chevilles, plongeant la tête pour lui mordiller les pieds.

Chuan s'assoit à côté de lui sur le tronc. Selon la légende, dit-il, une belle jeune fille est tombée amoureuse d'un…

Pourquoi est-ce toujours une belle jeune fille ? Ne me dis pas qu'elle avait besoin d'être sauvée, hein ? Ou bien avait-elle été abandonnée par un beau jeune homme ?

Tu peux te taire ? Chuan observe le lac. Bref, elle venait ici tous les jours parce que l'homme qu'elle aimait était fiancé à une autre, et elle trouvait cet endroit si paisible qu'elle y a passé toute sa vie seule, sans avoir besoin de personne. C'est pour ça qu'il est si calme.

Désolé, je vais vomir.

Tu es tellement cynique.

Il y a une note d'agacement dans la voix de Chuan, qui fait regretter à Jay ce qu'il a dit. Le soleil commence à décliner et ses rayons obliques illuminent la rive opposée, ambrés et sirupeux. Les ombres au-dessus de leurs têtes s'étirent maintenant plus loin sur le lac, formant d'étranges formes hypnotiques à la surface de l'eau. Il n'est ici que depuis un peu plus d'une semaine, mais il peut déjà anticiper les changements de lumière.

C'est une belle histoire, dit Jay. Un peu prévisible, c'est tout. La jolie jeune fille et tout ça.

Je sais, répond Chuan. Nous pourrions inventer la nôtre.

J'ai une idée.

Vas-y, surprends-moi.

Et si c'était un garçon ? Qui vient ici parce qu'il aspire à rencontrer un autre garçon ?

De petits oiseaux, peut-être des martinets, se dispersent dans le ciel. Jay se rend compte qu'il retient son souffle.

C'est bien, dit Chuan après un moment. J'aime bien cette histoire.

Lorsque nous sommes rentrés à la maison, une altercation a presque immédiatement éclaté. Il était tard à notre arrivée, et, c'était vrai, nous aurions pu nous dépêcher, avec la tombée de la nuit, nous savions à quelle heure les autres s'attablaient d'ordinaire pour le dîner. Mon père, en particulier, était un homme d'habitudes. Nous aurions pu marcher plus vite à travers les vergers, au lieu de quoi nous avons préféré prendre notre temps. Je voulais prolonger l'après-midi, repousser la soirée et ses inévitables moments de sociabilité, mais, à l'instant où nous nous sommes glissés à l'intérieur en faisant le dos rond, je n'ai rien dit. Quand nous avons franchi le seuil, les autres venaient de débarrasser le dîner, mais ma mère nous a signalé qu'elle nous avait laissé quelque chose à manger dans le réfrigérateur. « Vous allez bien, les garçons ? a-t-elle demandé. Vous avez beaucoup travaillé aujourd'hui.

— Beaucoup de nettoyage à finir, a expliqué Chuan. Et je voulais montrer le reste de la ferme à Jay, pour qu'il comprenne ce que mon très cher père souhaite que nous fassions. »

Ma mère s'est essuyé les mains sur une serviette. « Ton très cher père a toujours eu des projets ambitieux. » Elle s'est dirigée vers le réfrigérateur et en a sorti deux plats. « Dommage qu'il n'y ait pas de micro-ondes.

— Ce n'est pas grave, merci, de toute façon, nous allons dîner en ville », a répondu Chuan. Nous n'en avions pas discuté, mais, bien sûr, c'était exactement ce que je souhaitais.

« Nous, qui cela ? s'est enquis mon père. Je n'imagine pas Jay prendre une telle décision.

— Nous, c'est Jay et moi, a répliqué Chuan. Qui d'autre ? Nous avons discuté des différents choix possibles et, comme il était tard, nous avons décidé d'aller en ville.

— *Ne réponds pas* comme ça à M. Lim, s'est écrié Fong d'un ton soudainement sec et vif. On pourrait croire que je ne t'ai pas appris les bonnes manières.

— Pourquoi ? s'est étonné Chuan. Est-ce un crime d'aller dîner en ville ? »

Fong cligna des yeux comme s'il n'avait pas compris ce que Chuan venait de raconter. « Tu... » Nous avons attendu qu'il continue, mais sa phrase s'était fondue dans la nuit. Des geckos s'étaient rassemblés au plafond au-dessus de sa tête, attirés par les papillons de nuit qui voletaient autour de la lumière ; l'un d'eux s'est précipité sur sa proie, mais l'a manquée.

« Ce n'est pas grave, d'accord ? » ai-je dit en me tournant vers ma mère qui, à ce moment-là, semblait être la mieux placée pour apaiser les tensions, mais elle n'a rien répondu. Sa bouche pincée et son expression vide étaient sa stratégie habituelle face aux conflits. Quelles que soient ses convictions, elle n'allait pas risquer une confrontation.

Chuan a remis les deux assiettes de riz dans le réfrigérateur. « Allons-y, j'ai faim.

— *Chuan !* » s'est écrié Fong d'une voix étrange et étranglée, presque étouffée. Mon père a émis un son qui ressemblait à un petit rire et s'est tourné vers ma mère en hochant la tête, comme pour lui confirmer une conviction de longue date. Il a quitté la cuisine et s'est dirigé tout droit vers l'étage, trop fatigué ou trop noble pour prendre part à cette dispute désordonnée, et son départ soudain a encore accentué la tension. J'ai effleuré le coude de Chuan et lui ai fait signe pour que nous nous en allions. Alors que nous sortions, ma mère et Fong étaient assis face à face, aussi solennels que les statues d'un temple, belles et muettes.

Lina était sous la véranda, elle mangeait son sandwich à la confiture habituel en lisant un livre. Elle avait allumé quatre spirales anti-moustiques qui envoyaient des volutes de fumée si épaisses que nous pouvions à peine la discerner.

« Est-ce que tu pries Guan Yin ou quelque chose comme ça ? a ironisé Chuan.

— Je prie pour que vous ne reveniez pas ivres ou avec la gueule de bois comme la dernière fois, a-t-elle répondu sans lever les yeux.

— Ton livre est intéressant ? »

Elle l'a retourné, pour que nous puissions voir la couverture : *La Couleur pourpre*. « Trop difficile pour vos esprits simples », a-t-elle lâché.

Il a articulé silencieusement ces mots : « Va te faire foutre », et j'ai ri.

« Hé, s'est-elle écriée en posant son livre et en fouillant dans sa poche pour en sortir de l'argent. Tu peux m'acheter des cigarettes ? J'en ai plus et j'en ai vraiment besoin. »

Il lui a pris les billets et les a agités en l'air. « Et si je m'enfuis avec ton argent et que je ne reviens jamais ? »

Elle s'est replongée dans son livre. « Je m'en fiche. Je suis sûre que ça changera ta vie. Emmène mon frère avec toi tant que tu y es. Enfuis-toi avec Jay et vingt dollars et ne reviens jamais », a-t-elle ajouté d'une voix traînante, impassible derrière son nuage de fumée.

*

À notre arrivée en ville, le marché nocturne battait son plein. La musique résonnant dans les haut-parleurs, nous sommes passés devant les étalages de vêtements bon marché pour nous diriger vers les stands de nourriture. Chuan a marqué une pause pour regarder les maillots de football et s'est arrêté pour déplier un tee-shirt bleu et blanc avec un logo en forme de crocodile, qu'il a rejeté sur la pile en disant qu'il était « trop fake ».

« Ça veut dire quoi, trop fake ? ai-je demandé. Soit un truc est faux, soit il ne l'est pas.

— Je cherche simplement quelque chose de faux qui n'a pas l'air faux. »

Il connaissait la plupart des commerçants et discutait avec eux de leurs enfants et de leurs affaires. Une femme âgée, aux cheveux gris sous sa perruque violette, était assise au milieu de son étalage, entourée de robes à paillettes, et lui a demandé des nouvelles de Fong.

« C'est dommage que ton père n'ait pas de petite amie, a-t-elle lancé à Chuan. Il pourrait lui acheter une robe. Et pourquoi pas quelque chose pour la jeune fille avec qui tu passes tout ton temps ? » Mais Chuan a rejeté sa proposition d'un signe de la main et nous avons continué à marcher parmi la foule, en nous arrêtant devant un autre étalage où s'entassaient des vêtements de sport. La vendeuse était une Birmane, à peine plus âgée que mes sœurs, mais qui avait déjà deux jeunes enfants, dont un bébé sanglé à sa poitrine dans un tissu indigo. Elle vendait des articles importés de Thaïlande, provenant d'une usine qui fabriquait des logos Adidas et autres, qu'elle cousait sur des tee-shirts en coton et des sacs en nylon. Chuan a plaisanté en lui faisant remarquer que son stock était vieux – il avait déjà vu tous ses articles, et lui a demandé quand elle allait recevoir une nouvelle livraison. Elle a soupiré et levé les mains. Son frère travaillait comme transporteur à la frontière, mais il avait récemment été arrêté et, bien qu'il n'ait passé que quelques nuits en prison, il avait dû verser un pot-de-vin pour être libéré et était maintenant obligé de faire profil bas. C'était pour cette raison qu'elle n'avait rien reçu de nouveau récemment – et de toute façon, cela ne valait pas la peine de commander de nouveaux articles. Personne n'achetait rien ces derniers temps, a-t-elle ajouté. Les deux premiers mois après le krach, les affaires marchaient très bien, les contrefaçons étaient les seules pièces que les gens pouvaient s'offrir, mais à présent, tout le monde faisait attention à ses dépenses. Personne ne savait ce que l'avenir réservait. Elle avait entendu raconter que même les banques étaient à court d'argent, mais cela lui était égal, elle n'avait pas de compte bancaire. Enfin, quand même.

Chuan a fouillé dans un amoncellement de tee-shirts et en a sorti un du bas de la pile. Il était rouge à rayures blanches sur les manches et le devant. La Birmane l'a observé en souriant sans rien dire. Elle avait un beau visage avec des pommettes saillantes et le teint clair. L'aîné des deux enfants était assis sur le macadam à ses pieds et jouait avec un camion en plastique. « Le rouge est une belle couleur, a-t-elle remarqué. Ça te va bien.

— Ce n'est pas pour moi, a répliqué Chuan en plaquant le tee-shirt sur mes clavicules. Tiens-le comme ça et laisse-moi voir. »

J'ai maintenu le tee-shirt sous mon menton, en l'étirant jusqu'à mes épaules, et il a reculé d'un pas. « Que fais-tu ? ai-je demandé.

— Je veux t'acheter quelque chose, a-t-il répondu.

— Mais je n'ai pas besoin de vêtements.

— Qu'en penses-tu ? a-t-il demandé à la vendeuse. Ça lui va bien ?

— Très joli ! a-t-elle acquiescé en levant le pouce. Cette marque est très populaire en ce moment, elle plaît à tout le monde. »

J'ai regardé le logo et j'ai reconnu une marque que les garçons de mon école appréciaient.

« C'est italien, a dit Chuan. En tout cas, c'est censé l'être.

— Écoute, ai-je commencé. Je n'ai vraiment besoin de rien. Vraiment. »

Il a lissé le tissu du t-shirt pour l'aplatir contre moi. J'ai senti sa main glisser sur ma poitrine et mon ventre. « Je sais. Mais je veux t'acheter quelque chose. »

La vendeuse se tenait à côté de lui et elle a acquiescé. « Magnifique », a-t-elle ajouté en cantonais, avant de proposer une réduction qui m'a semblé extrêmement généreuse.

Une chanson américaine, très populaire cette année-là, a retenti dans un haut-parleur voisin, couvrant les autres rythmes. En classe, les garçons essayaient de reprendre des chansons de rap, mais c'était trop rapide pour qu'ils puissent comprendre les paroles en anglais, alors ils devaient se repasser le morceau plusieurs fois, tellement que, certains jours, je rentrais chez moi dans le bus avec les paroles dans la tête et ne savais plus si je les entendais vraiment ou si c'était juste mon imagination. Chuan a levé lentement la tête, comme pour humer l'air, et cela m'a rappelé le cerf que j'avais vu le jour de mon arrivée. « J'adore cette chanson, a-t-il fait.

— Moi aussi, ai-je répondu. »

Thinking of the day – when you went away. Il a chanté en play-back, en serrant un micro invisible et agitant l'index vers moi, en rythme. Il a fermé les yeux pendant son mini-concert improvisé, la femme birmane a éclaté de rire et s'est mise à danser, son bébé toujours endormi, blotti contre elle. Chuan s'est mis d'accord avec elle sur le prix, elle m'a serré la main et m'a dit qu'elle s'appelait Bennu. « Tu veux l'enfiler tout de suite, le tee-shirt ? m'a-t-elle demandé.

— Pourquoi pas ? » ai-je répondu. J'ai retiré le vieux, lesté de sueur et de saleté, et j'ai enfilé le nouveau tee-shirt rouge, qui était léger et frais sur ma peau. Bennu a pris mon tee-shirt usagé et l'a jeté dans un sac-poubelle. Alors que nous nous frayions un chemin dans la foule, j'avais l'impression qu'elle me regardait toujours.

Devant les étals de CD, nous avons feuilleté des albums de tout ce qui était en vente. Les vendeurs avaient placé dans ces albums les pochettes des CD et il y en avait des centaines, peut-être des milliers, trop pour les regarder tous. Nous nous sommes arrêtés aux trois ou quatre pages consacrées aux disques d'Anita Mui et Chuan m'a montré son nouveau disque. Il était sorti quelques mois auparavant, mais était déjà piraté.

« Mon père déteste la musique. C'est pour ça que la maison est toujours silencieuse, a déclaré Chuan en hochant la tête au rythme d'une version jazzy d'une chanson de Jacky Cheung.

— C'est pareil chez moi, ai-je répondu. » À la maison, on écoutait de la musique sur nos walkmans.

« Quand j'aurai mon nouvel appartement, je m'achèterai une grande télévision, un karaoké et une énorme chaîne hi-fi, a déclaré Chuan. Tu pourras venir me rendre visite et nous chanterons toute la nuit. » L'idée semblait totalement farfelue et pourtant, étrangement, réalisable, un mélange qui me faisait presque frissonner de plaisir. Toute l'année scolaire suivante me semblait soudain supportable. Chaque mois de janvier, j'étais pris d'une sensation de terreur intense. Cette fois-ci, je pourrais survivre à ces semaines interminables grâce à ma visite estivale chez Chuan, où je chanterais sur son karaoké et mangerais au marché et au nouveau restau de hamburgers. Cette idée m'a traversé l'esprit comme une vague de chaleur. J'aurais souhaité que nous ayons déjà un an de plus. Que nous soyons plus libres d'un an.

Nous avons dépassé la partie du marché où l'on vendait des fruits et des snacks, et avons finalement atteint les étals situés à l'autre bout, où des tables pliantes et des tabourets en plastique étaient installés de l'autre côté de la rue. Chuan a salué quelques personnes et nous nous sommes assis près du stand de roti. « J'ai envie d'un murtabak, m'a-t-il annoncé. Quelque chose de gras et de copieux. » Il a commandé une sauce au curry en supplément, même si je lui avais dit de ne pas le faire – c'était trop, et nous ne pourrions pas finir, mais il a répondu qu'il s'en fichait, qu'il était de bonne humeur et qu'il avait faim. Pendant que nous attendions que notre commande arrive, il a envoyé un SMS à Jessie pour lui proposer de nous rejoindre. Même si je préférais rester en tête à tête, je n'ai rien dit ; je ne voulais pas perturber la délicate perfection de cette soirée.

Nous avons déchiré le roti chaud avec nos doigts. J'étais en train d'en prendre un morceau lorsque Chuan a versé le curry sur toute l'assiette et le dos de ma main s'est retrouvé couvert de sauce. « Lèche-la ! » m'a-t-il lancé, ce que j'ai fait, mais, quelques minutes plus tard, un aveugle guidé par son enfant traversait le marché en vendant des paquets de mouchoirs en papier, et Chuan en a acheté cinq, même si nous n'en avions pas besoin d'autant, et a dit à l'enfant de garder la monnaie. Ils venaient au marché tous les soirs, m'a-t-il expliqué ; parfois, il leur parlait, mais pas ce soir-là. À cet instant, il n'avait pas envie d'entendre leur histoire – on pouvait en deviner la teneur.

Nous avons terminé notre première commande, mais nous avions encore faim. Nous aurions pu manger exactement la même chose, mais j'ai suggéré de prendre plutôt des Hokkien mee. Je suis allé les commander, mais je me suis rendu compte que je n'avais pas d'argent, alors Chuan m'en a donné. « Commandes-en beaucoup ! » m'a-t-il crié alors que je me frayais un chemin à travers la foule, et je me suis retourné pour lui adresser un signe de victoire. À mon retour, Jessie était arrivée et s'était assise, les coudes sur la table, le visage enfoui dans ses paumes. Chuan avait posé une main sur son avant-bras dans un geste réconfortant, mais quand je me suis approché, il l'a retiré.

« Salut, comment ça va ? » ai-je dit en m'asseyant. Elle avait changé de coiffure : ses cheveux étaient plus bouclés, plus volumineux, et ses yeux étaient maquillés d'une ombre vert jade qui lui donnait un air mélancolique et distant.

« La vie est nulle », m'a-t-elle répondu en attrapant la boisson à la canne à sucre à moitié vide qu'elle avait apportée. Elle a observé la canette. « Je peux avoir une bière, plutôt ? »

Chuan m'a donné davantage d'argent et je suis allé lui chercher une Tiger au stand de boissons. À mon retour, elle semblait un peu plus joyeuse. Elle nous a expliqué qu'elle avait été licenciée ce jour-là. Le salon de coiffure où elle travaillait déménageait dans un local plus petit et ne pouvait pas garder tous ses employés. La patronne allait désormais se charger elle-même du shampoing et du ménage, car il n'y avait plus assez de clients pour continuer comme avant. Tout le monde pensait que la coiffure était le seul secteur qui survivrait à ces mois difficiles, mais ces derniers temps les gens étaient plus prudents, les femmes se coiffaient elles-mêmes et ne venaient plus se faire faire un shampoing et un brushing pour le plaisir. Jessie ne savait pas quoi décider, maintenant. Elle avait prévu de déménager bientôt à Singapour ou à Kuala Lumpur, où elle se trouverait un emploi de coiffeuse et maquilleuse pour des célébrités, mais elle était désormais coincée dans cette ville minable.

« Mais nous serons là pour te tenir compagnie », a laissé entendre Chuan en tendant la main avant de la lui poser sur l'épaule.

Elle l'a repoussée en feignant l'agacement. « Dans quelques semaines, il sera parti, tu travailleras comme un esclave pour payer ton loyer, et moi, j'errerai dans les rues comme une prostituée à deux balles.

— Dans tes rêves ! s'est écrié Chuan. Écoute, ne t'inquiète pas, tu trouveras un emploi ailleurs et rien ne changera.

— C'est ça le problème, a-t-elle constaté en portant la bouteille à ses lèvres et en rejetant la tête en arrière pour siroter les dernières gouttes de bière. Rien ne change jamais ici. »

Les nouilles sont arrivées, deux grandes assiettes, et nous avons mangé plus lentement que précédemment. Jessie a précisé qu'elle avait déjà mangé, mais ça sentait si bon qu'elle s'est jointe à nous, et dès qu'elle a eu fini son premier bol, elle s'est resservie. « Hé, c'est ta chanson », s'est exclamé Chuan, et le visage de Jessie s'est illuminé. J'entendais au moins une demi-douzaine de chansons diffusées par tous ces haut-parleurs, le bruit m'arrivait en un brouillard confus, mais Jessie a repris le refrain en anglais, et j'ai su immédiatement de quelle chanson il s'agissait. *Un-break my heart*, a-t-elle chanté avec Chuan. Ils ne connaissaient pas les paroles, mais cela n'avait pas d'importance. Le simple fait de chanter ce vers et de le répéter à plusieurs reprises semblait lui remonter le moral.

« Jessie n'a jamais de chance avec les garçons, a dit Chuan. N'est-ce pas ?

— Ce n'est pas ma faute si les hommes sont si stupides. »

Chuan a sorti de l'argent de son portefeuille et calculé qu'il lui restait juste assez pour acheter trois bières, alors je suis allé chercher d'autres Tiger. « Fais attention, jeune homme, m'a prévenu Jessie, souviens-toi de ce qui s'est passé la dernière fois ! » J'ai bu lentement, et cette fois, la bière n'avait pas un goût aussi étrange et âcre qu'auparavant, ou peut-être était-ce parce que j'avais mangé et qu'il faisait nuit ; je me sentais solide.

Les lumières brillaient dans le ciel nocturne. Certains vendeurs annonçaient le prix de leurs marchandises à l'aide de mégaphones, leurs voix hypnotiques et mécaniques, suppliantes, séduisantes, rivalisant avec les basses des haut-parleurs et la musique qui flottait au-dessus du marché dans quatre ou cinq langues différentes, le mandarin s'entremêlant avec le malais, le cantonais et l'anglais, sur fond de rythmes de Bollywood et de techno. Parfois, je distinguais une phrase d'une chanson ensuite noyée par d'autres mots, un hymne extatique se superposant au précédent, une invitation à chanter de joie ou de tristesse, à bouger et à danser. L'odeur de la graisse de cuisson, des épices et des piments frits qui me piquait parfois le fond de la gorge était balayée par la douce amertume de la bière, et le goût de tout cela me semblait si frais et si magnifique que je ne pouvais pas croire que cela se répétait chaque soir, même lorsque je n'étais pas là ; et j'éprouvais une sorte de sensation de perte pour tous les moments du passé que j'avais manqués et tous les moments du futur où je serais ailleurs. Tous les vendeurs et leurs marchandises seraient là, mais pas moi : les statuettes de chats porte-bonheur seraient toujours dorées et agiteraient leurs pattes, les réveils sonneraient, les pyjamas des enfants seraient suspendus aux cintres, mais moi, je serais de retour en ville. J'ai lissé mon nouveau tee-shirt rouge. Au moins, il me resterait ça.

« Joli, a remarqué Jessie. Il est neuf ? »

J'ai acquiescé. « C'est un cadeau de Chuan.

— Comme c'est mignon ! » Elle a pincé les lèvres et produit des bruits de baisers qui nous ont fait rire.

Un brouhaha s'est élevé au bout de la rue : des voix colériques de jeunes hommes, des jurons, des rires et des railleries. Le genre de vacarme que font les types pour attirer l'attention. Enfant, je me demandais comment les autres garçons apprenaient à produire ces sons, chaque voix amplifiée par celles de leurs pairs, de sorte qu'à l'âge de quinze ou seize ans, le bruit du groupe leur semblait si naturel et rassurant qu'ils ne savaient presque plus parler lorsqu'ils étaient seuls. Les hommes qui se dirigeaient vers nous avaient à peu près notre âge, peut-être un peu plus, et lorsque Chuan a levé les yeux puis les a rapidement baissés, j'ai vu brièvement son visage traversé d'un éclair de lucidité, son menton se crisper, signe d'un changement d'humeur même s'il continuait de sourire. Ils se sont approchés de nous par la droite, ont contourné Chuan et Jessie, qui avait elle aussi remarqué leur présence. Elle s'est redressée et nous a fait part de son idée de se teindre les cheveux en vert, parce qu'elle avait envie de changement, qu'elle avait vraiment besoin de changement dans sa vie ; le genre d'histoire que l'on raconte quand on veut que ses amis se concentrent sur vous et ignorent ce qui pourrait se passer autour. Il y avait environ cinq ou six hommes dans le groupe, mais je ne pouvais pas être sûr du nombre exact, car éviter tout contact visuel était une stratégie de base que j'avais adoptée depuis la puberté. Ils sont passés devant Chuan en formant une colonne irrégulière et le premier d'entre eux lui a heurté le dos, l'a fait vaciller contre la table, mais Chuan ne s'est pas retourné pour riposter et Jessie s'est interrompue dans son histoire. Je me suis dit : comme ces situations sont étranges, où tout le monde voit très bien ce qui se passe, mais où faire semblant est la seule attitude à observer. Nous écoutons la musique, nous sentons les odeurs de nourriture, nous sommes aveuglés par la lumière, mais nous faisons semblant de ne pas être blessés. Le plus grand du groupe est passé devant nous, il a lui aussi bousculé Chuan, mais avec la main tendue devant lui, au lieu d'une bourrade de la hanche. Les insultes étaient marmonnées, vagues. Je les entendais comme un chant murmuré, un refrain repris par les membres du groupe les uns après les autres, qui ne contenait rien que je n'aie déjà entendu auparavant. Puis leurs rires ont retenti, tels des cailloux tombant sur un toit en tôle.

Chuan s'est raidi, il a contracté les épaules comme lorsqu'il travaillait dans les champs et qu'il devait soulever ou tirer quelque chose de lourd. Ses coudes étaient posés sur la table et je pouvais voir saillir les tendons de ses avant-bras. Je n'avais pas réalisé, jusqu'à ce moment-là, loin de la ferme, que j'avais appris à reconnaître les mouvements de son corps, que je le comprenais mieux que je ne le pensais et que je pouvais anticiper ses réactions. « Chuan, ai-je dit aussi calmement que possible.

— Quoi ? » a-t-il rétorqué, comme s'il s'adressait au groupe d'hommes et non à moi. J'ai répété son nom et j'ai souri. Du coin de l'œil, j'ai regardé les types se rassembler autour d'une table.

« Je suis épuisé, ai-je dit. Nous sommes dehors depuis des heures, j'ai besoin de dormir. »

Il a acquiescé et j'ai senti qu'il se détendait. « Il est temps de partir, de toute façon. »

Nous avons effectué un long détour pour retourner à la rue principale où nous avions laissé le scooter, en marchant d'un pas vif, en arc de cercle, pour nous éloigner des hommes.

« Cette ville est bourrée d'idiots, a déclaré Jessie. Je dois m'en aller d'ici.

— Des idiots, il y en a partout », a répliqué Chuan. Il était plus détendu maintenant, il avançait avec sa démarche habituelle, légèrement sur la pointe des pieds. « Au moins, dans une grande ville, on n'est pas obligé de les croiser tous les jours. »

Nous avons raccompagné Jessie chez elle, ce n'était pas loin, à seulement quelques rues de là. Au pied de son escalier, elle s'est retournée pour nous envoyer un baiser.

« Ça ira ? » lui ai-je demandé.

Elle a haussé les épaules. « Ça va toujours », m'a-t-elle répondu.

En retournant vers le scooter, j'ai confié que j'étais inquiet pour Jessie et que nous ne devrions peut-être pas la laisser seule, le jour où elle avait perdu son emploi. Je trouvais qu'elle avait l'air triste, mais Chuan m'a dit qu'elle était plus forte qu'elle n'en avait l'air. Elle avait traversé beaucoup d'épreuves dans sa vie et nous n'avions pas à nous inquiéter outre mesure. « Toi par contre », a-t-il ajouté en se tournant vers moi alors que nous arrivions au scooter. Il m'a regardé comme s'il réfléchissait à ce qu'il allait dire. « On doit prendre soin de toi.

— Je pourrais très bien prendre soin de moi tout seul, si je devais.

— Mais tu n'es pas obligé », m'a-t-il dit en me tendant un casque.

Nous avons enfourché le scooter et, juste avant de démarrer, il s'est retourné. « Je vais t'apprendre à conduire cet engin, m'a-t-il proposé, comme ça tu pourras te déplacer tout seul si je ne suis pas là. » Il était tard et les lumières de la ville ont rapidement laissé place à l'obscurité, bien avant que nous ne quittions les dernières rues résidentielles. Sur les routes sombres qui menaient à la ferme, je reconnaissais les courbes du paysage, les formes des différents bosquets. Le faisceau du phare éclairait parfois un chat qui croisait notre chemin, ou de petits nuages d'insectes, mais à part cela, nous étions seuls.

Il y a toujours un plan, dit Jack – toujours une idée à moitié foireuse. Les coûts, toujours les coûts, tous vos projets farfelus impliquent de l'argent. L'argent, l'argent, l'argent. Il prononce ces mots dans un anglais de cuisine, d'une voix mielleuse aux voyelles gonflées, qu'il attribue aux vendeurs de rue et aux personnes peu instruites, le genre de voix qu'il prête à Fong. Quel genre de *projet* est-ce donc ? (Encore cette voix.) Arracher toutes les plantations de la ferme et les remplacer par des ananas – pourquoi ? Les ananas résistent mieux à la sécheresse, dit Fong, et, tu sais, vu la longue période sans eau, tu vois. Il se rend compte qu'il n'arrive pas à s'exprimer clairement, il se met à marmonner, et soudain, il voit sa proposition telle que Jack la perçoit sûrement : un embrouillamini de pensées confuses.

Des corbeaux volent au-dessus de leurs têtes dans un enchevêtrement de plumes noires, deux d'entre eux en attaquant un troisième, leurs cris semblant presque humains. À un moment donné, ils plongent tous ensemble depuis une grande hauteur, et juste à l'instant où l'on croit qu'ils vont s'écraser au sol, ils redécollent, l'oiseau solitaire se détachant enfin, battant désespérément des ailes.

Jack soupire. La sécheresse cette année, les inondations l'année prochaine. C'est à cela que ressemble le monde ces temps-ci. L'Amérique fabrique plus de voitures, la couche d'ozone au-dessus du Wisconsin est endommagée, nous avons de la pluie. Penses-tu pouvoir contrôler cela ? Tous tes projets au fil des ans, voilà le résultat.

Il étend les bras, les paumes tournées vers le ciel, comme pour offrir un cadeau imaginaire au monde. Après quelques instants de silence, il ajoute ceci : Je ne peux pas continuer à payer pour tes erreurs.

Fong contemple la vue, le paysage familier, avec ses arbres à moitié morts et ses cultures flétries. C'est vrai, cette nouvelle idée ne fonctionnera pas, car elle nécessite ce que Jack déteste le plus au monde : l'argent. Ce n'est pas que Jack soit avare, ni même qu'il juge l'argent vulgaire, à l'opposé de l'érudition et du raffinement auxquels il aspire ; son aversion pour l'argent provient d'une source plus profonde, que personne ne peut déceler à l'exception de Fong, pour qui elle est évidente. L'argent est ce qui lie Jack à Fong ; c'est pourquoi Jack déteste cette chose visqueuse et toxique. Il leur rappelle qu'ils ont le même sang et la même peau. Sans un léger accroc du destin, l'un aurait facilement pu prendre la place de l'autre. Si le besoin d'amour, de sexe ou de sécurité de leur père avait évolué différemment au cours de sa vie, s'il avait été plus audacieux ou plus radical dans le choix de sa compagne, il aurait pu épouser la mère de Fong et reléguer celle de Jack au rôle de maîtresse perpétuelle.

Leur père avait emprunté un chemin parfaitement prévisible pour un homme de sa génération, engageant une entremetteuse pour lui trouver une femme cantonaise de quelques années sa cadette lorsqu'il a enfin eu les moyens de fonder une famille, puis, bien des années plus tard, alors que ses enfants étaient presque adultes, entamant une liaison avec une femme encore plus jeune qu'il avait rencontrée dans un bar. L'un des couples s'était formé par arrangement, l'autre par hasard ; l'un était légitime, l'autre illicite. L'un était fondé sur l'amour, l'autre sur… quoi ? Le désir ? C'est ainsi que le monde juge ces liaisons, Fong en est conscient. Et pourtant, il se souvient de ses parents lorsqu'ils étaient ensemble, de l'intimité et de la liberté de leurs voix, de leurs conversations rapides et taquines, de la façon dont son père répondait par des jurons bon enfant lorsque sa mère lui racontait ce qui lui était arrivé dans la journée. Ils étaient également à l'aise ensemble, naturels dans leurs gestes, toujours prêts à poser une main sur le bras de l'autre, à lui enserrer doucement la taille, à lui donner une petite tape amicale sur l'épaule. Fong savait dès son plus jeune âge que cette proximité physique était inhabituelle. Quels autres Chinois de l'âge de son père caresseraient leur partenaire avec autant d'affection en public ? Fong ne voyait personne d'autre avoir de pareils élans.

Fong s'attendait à ce que son père soit différent, dans son autre foyer : une vie austère et sans joie, presque une corvée, qu'il tolérait plus qu'il ne l'appréciait, mais qui, dans une certaine mesure, lui apportait autant de satisfaction que le temps passé avec la mère de Fong. Le vieil homme avait besoin des deux facettes de son existence pour se sentir entier, Fong l'avait compris. C'était comme les négatifs des photos colorées que sa mère avait encadrées et disposées dans toute la maison, des instantanés d'elle-même et de son père en train de dîner, ou tous les trois se promenant dans les Jardins du lac, l'air heureux, Fong, alors âgé de trois ans, tendant les bras vers ses parents et s'agrippant à leurs mains comme s'ils étaient la seule famille au monde. Il allait bientôt découvrir que cette petite existence était une vie en négatif, et que le portrait complet, en couleur, se trouvait ailleurs, occupé par la vraie famille de son père, avec Jack, ses frères et sœur, et grand-mère Lim. Pourtant, sans le négatif fantomatique, où tout semblait flou et imprécis, la famille officielle, avec ses contours nets et faciles à définir, n'aurait pas pu exister ; le bonheur que son père trouvait auprès de sa maîtresse lui permettait de rester avec sa femme – c'était ainsi que Fong s'était plu à voir les choses en vieillissant.

Maîtresse. Épouse. Personne n'avait besoin de lui expliquer ces termes, la différence de statut. Il savait quelle place occupait sa mère simplement en observant les négatifs, ce qu'elle omettait de raconter, plutôt que ce qu'elle lui disait. *Papa rentre demain ; papa est très occupé par son travail ; ton père nous emmène au restaurant Oversea pour ton anniversaire la semaine prochaine.* Fong était toujours frappé par le silence qui entourait le reste de la vie de son père, lorsqu'il n'était pas avec eux, c'est-à-dire la plupart du temps. Sa mère ne consentait aucun effort pour combler les lacunes ou inventer une histoire fantastique expliquant son absence, ce qui aurait été si facile, surtout quand Fong était petit et prêt à croire n'importe quoi. Elle ne mentait pas, elle ne travestissait même pas la vérité pour faire croire à son fils qu'ils étaient normaux, car, dans son esprit, ils *étaient* normaux. Elle n'a jamais considéré Fong comme le fils illégitime d'un homme marié à une autre femme ; elle n'a jamais pensé qu'il était né *hors mariage* (une expression terrible, avec ses connotations judiciaires !). Tout ce qu'elle avait à faire, c'était de se concentrer sur les moments qu'ils partageaient, ces soirées volées en milieu de semaine, les week-ends occasionnels, un voyage à Singapour une fois par an. Cela suffisait à lui faire croire que tout était tel que cela devait être.

C'est précisément son insistance sur cette normalité qui a fait comprendre à Fong que leur vie n'était pas normale. Il avait à peine dix ans lorsqu'il avait saisi la situation. Sa mère travaillait dans un bar, où elle servait des boissons aux clients et discutait avec eux pour leur remonter le moral après une longue journée de travail. Même petit, il voyait bien qu'elle avait un contact facile avec les hommes, toujours prête à faire une plaisanterie, à taquiner et à flatter. À la naissance de Fong, elle avait quitté son travail, mais ses anciennes connaissances continuaient de passer à la maison, des hommes qui portaient de grosses bagues en or et de lourds colliers. Ils habitaient dans une petite maison de la vieille ville de Petaling Jaya (PJ), dans une rue calme où ces hommes et leurs voitures semblaient déplacés. Ils ne venaient pas du même monde que son père ; ils appartenaient à l'ancienne vie de sa mère, avant qu'elle ne le rencontre. Quand elle n'était qu'une *fille de comptoir*.

C'est la raison pour laquelle Jack déteste l'argent. L'argent le relie à ce fils d'une fille de comptoir, qui se trouve aussi être de la même chair et du même sang. Dans une autre vie, Jack aurait pu être le bâtard, et Fong l'héritier. Son argent lui rappelle cette souillure, celle d'une vie vécue dans le négatif.

Épouse, maîtresse, normal, anormal. Fong comprend ce que ces mots signifient et en quoi ils compartimentent nettement le monde, mais les distinctions qu'ils créent lui ont toujours semblé arbitraires.

Ne t'embête plus avec ces projets, dit Jack à Fong en se retournant pour rentrer lentement à la maison. Tu ne ferais que te stresser davantage. Il lui pose brièvement une main sur l'épaule en passant à côté de lui, un geste qui se veut généreux, Fong le comprend, mais il ne peut s'empêcher de repousser la main de Jack.

Jack rit et s'éloigne d'un pas lourd. Que peut-on attendre d'un homme *avec ce genre d'éducation* ? C'est ce que signifie son petit gloussement. Cela confirme tout ce qu'il pense de Fong, qui a déjà entendu ce rire dédaigneux à maintes reprises. Il est le fils d'une fille de comptoir. *Bâtard, salope, pute.* Ce sont les mots que Jack a vraiment envie d'employer.

C'était une idée ridicule de construire de nouveaux canaux d'irrigation pour la ferme, concède Fong, totalement irréalisable et vouée à l'échec. Peut-être que Jack a raison : il pense comme un paysan sans instruction, construisant toujours son raisonnement selon les mêmes schémas étroits, conservant la même approche, en dépit du nombre d'échecs. La persévérance a toujours été sa philosophie dans la vie, la preuve de son dévouement envers son fils et sa maison, de sa résilience en tant qu'homme et en tant qu'être humain, mais il se rend compte à présent que ce n'est que la preuve de son ignorance. Il doit commencer à penser comme Jack. Quelle était cette expression qu'il a entendue récemment à la télévision ? « Sortir du cadre. » Une expression étrange, avait-il pensé au début, mais il se rend compte maintenant qu'elle lui correspond parfaitement. Il a passé toute sa vie sans sortir du cadre, incapable de s'en échapper.

Il n'y a pas assez de place sur le lit pour qu'ils puissent s'allonger tous les deux sur le dos, alors ils doivent s'étirer sur le flanc pour éviter de se toucher. Pourquoi cette comédie, alors que tout ce qu'ils souhaitent, c'est justement tendre la main et toucher le corps qui se trouve à côté ? Du moins, c'est ce que souhaite Jay.

Tu es fatigué ? demande-t-il. Chuchotements. Les cloisons sont de minces partitions en bois qui ne montent pas jusqu'au plafond et, chaque nuit, Jay peut entendre les autres dans leurs chambres tousser, soupirer. Juste au moment où il pense que tout le monde est endormi, il entend Lina ou Yin glousser et se rend compte qu'elles sont elles aussi encore éveillées, même si leurs lumières sont éteintes. Qu'est-ce qui les tient éveillées alors qu'elles devraient être endormies ? se demande-t-il. Dans ces moments-là, Jay est généralement debout parce qu'il attend Chuan, et l'anxiété l'empêche de trouver le sommeil. Mais ce soir, il n'a pas ce genre de souci ; Chuan est là ; et pourtant, le sommeil le fuit.

Non, répond Chuan en secouant la tête ; ses cheveux bruissent doucement sur l'oreiller en coton rugueux. Et toi ?

Jay ne sait pas quoi répondre. Il éprouve la douleur apaisante de ses membres après une journée passée dehors à travailler, nager, se rendre en ville, mais il n'a jamais senti son corps aussi alerte.

Un peu, marmonne-t-il.

Dans l'une des autres pièces, quelqu'un se met à ronfler, une série de respirations sifflantes se terminant par un petit cri étranglé qui fait rire Jay et Chuan, et l'effort qu'ils font pour réprimer leur rire rend la situation encore plus hilarante. C'est mon père, tente de chuchoter Jay, mais il a la cage thoracique tellement contractée qu'il est incapable de parler. Dans l'obscurité, il voit les épaules de Chuan trembler ; c'est vraiment ridicule, ils rient pour rien, mais ils ne peuvent pas s'arrêter. Quand enfin le fou rire s'apaise, Jay constate qu'ils respirent tous les deux bruyamment, essayant de retrouver leur calme. Dehors, le vacarme des insectes de la jungle reprend soudainement. Il tend la main et touche le bras de Chuan, et c'est comme s'il avait appuyé sur un bouton, car, tout à coup, il n'entend plus sa respiration, il n'entend plus rien, juste un bourdonnement qui sonne creux dans ses oreilles, comme s'il était sous l'eau. La peau de Chuan est moite et chaude. Il recroqueville légèrement les doigts pour agripper le biceps de Chuan et attend une réaction.

Qu'est-ce que c'est ? Ses battements de cœur – il les entend. Sourds, réguliers.

Chuan se retourne enfin vers Jay, qui est contraint de retirer sa main, laquelle semble désormais déplacée, superflue. Chuan le regarde et retrousse les lèvres pour dire quelque chose, mais sa voix est si faible que Jay ne la distingue pas.

Chut, entend-il enfin. Un son faible, presque un sifflement. *Chut.* Ce qui est étrange, car personne ne fait aucun bruit.

Lorsque mes sœurs et moi étions très jeunes, ma mère est partie soudainement quelques jours sans nous informer de sa destination. Mon père nous a finalement expliqué qu'elle était allée rendre visite à des membres de la famille que nous n'avions jamais rencontrés et qu'elle reviendrait bientôt, sans toutefois préciser quand. Je ne me souviens pas d'avoir eu peur ou de m'être inquiété pendant cette période, mais je me rappelle que Yin pleurait tous les jours, inconsolable, malgré les efforts de Lina pour la convaincre de sortir faire du vélo dans le quartier. Notre père devait aller travailler tous les jours, et l'absence de notre mère nous laissait une plus grande liberté pour faire ce que nous voulions. Nous pouvions allumer la télévision quand nous le souhaitions et nous préparer des nouilles instantanées à toute heure de la journée. Je n'étais pas mécontent de sa disparition soudaine et je m'en souvenais à peine, mais Yin, qui avait deux ans de plus que moi et qui était plus lucide, semblait marquée par cet abandon, qui n'a finalement duré que quelques jours, après quoi ma mère est revenue à la maison et la vie a repris son cours normal. Elle était partie rendre visite à des membres de la famille qui n'allaient pas bien (selon ses explications), et il était trop compliqué de nous emmener tous avec elle. Mais, à partir de ce moment-là, la configuration de notre relation avec notre mère a légèrement changé, sans qu'il se passe rien de dramatique. Alors que Lina et moi continuions comme d'habitude, Yin s'est mise à passer beaucoup plus de temps avec ma mère, dont la brève absence l'avait rapprochée d'elle, comme si elles étaient toutes les deux terrifiées à l'idée d'une nouvelle séparation. À la maison, dans ma perception en tout cas, on les trouvait souvent dans la même pièce, en train de cuisiner, de lire des magazines ou de regarder la télévision. Elles aimaient les mêmes émissions, elles partageaient la même opinion sur les acteurs, les politiciens et l'actualité. Je les observais assises l'une à côté de l'autre, leurs gestes tellement similaires qu'il était facile d'imaginer Yin à la place de ma mère, d'ici une vingtaine d'années.

À la ferme, ma mère s'est mise à sortir seule se promener ou à accompagner Fong en ville pour des périodes de plus en plus longues, et ses absences inquiétaient Yin. Où est-elle, combien de temps va-t-elle rester, que fait papa ? Elle venait me trouver, où que je sois, pour me poser ces questions, même si elle savait que je ne pouvais pas y répondre. Chaque fois que je passais devant sa chambre, je la voyais lire les magazines de ma mère comme elle l'aurait fait chez nous. Seulement, maintenant, notre mère n'était plus là pour commenter ou rire des photos qu'elles auraient désignées ensemble.

Lina s'efforçait d'emmener Yin se promener pour la distraire, mais cela ne fonctionnait pas. Yin supportait mal la chaleur et les moustiques, sa peau se couvrait de boutons rouges là où elle avait été piquée, mais Lina persistait. Cela ne servait à rien de rester à la maison attendre le retour de notre chère mère, disait-elle à Yin, maman est propriétaire maintenant, elle a des responsabilités, elle a une vie.

« J'aimerais tellement qu'on rentre à la maison », se plaignait Yin, mais elle laissait Lina l'emmener plus loin, et je les voyais s'éloigner dans différentes directions, sautant par-dessus des fossés asséchés ou disparaissant à l'ombre des arbres. J'étais content qu'elles ne m'invitent pas à me joindre à elles. Quand je n'étais pas avec Chuan, j'attendais qu'il rentre de son travail en ville ; je ne voulais pas être dehors à son retour. Mes journées étaient rythmées par les siennes, et je ne voulais pas que quoi que ce soit vienne perturber cet ordre des choses.

*

Un matin, Chuan et moi sommes arrivés au hangar et l'avons trouvé vide. Il est rapidement devenu évident que les hommes ne viendraient pas. À cette heure-là, l'endroit était généralement lumineux et bruyant, résonnant du cliquetis métallique des outils, mais aujourd'hui, on se serait cru dans un musée, les outils immobiles. Peut-être anticipaient-ils la période d'inactivité qui allait suivre ; peut-être que même les objets inanimés pouvaient sentir que Budi, Eka et les autres ne reviendraient jamais.

« C'est toujours comme ça, a déclaré Chuan en haussant les épaules. Ils disparaissent sans prévenir. »

Pourtant, il y avait eu des signes avant-coureurs, avais-je envie de répondre ; cela faisait longtemps que les choses n'allaient pas bien et que Fong aurait dû consentir davantage d'efforts pour trouver d'autres types de tâches à confier aux hommes, des travaux plus profitables, moins pénibles. « Tu ne pouvais pas les aider d'une manière ou d'une autre ? » ai-je demandé.

Chuan a secoué la tête. « Tu ne comprends pas comment ça marche ici, a-t-il rétorqué sèchement. Les gens vont et viennent. Ce n'est pas dramatique. Pour toi, peut-être, mais pas pour nous.

— Mais qu'est-ce qui leur est arrivé ? Tu n'es pas inquiet ? »

Chuan m'a regardé comme s'il ne comprenait pas ma question, et alors que j'allais la répéter, il a levé les deux mains, paumes vers le haut, comme pour implorer le ciel. « Tu es devenu fou ? Dans quel monde tu vis ?

— Le même que toi. Celui où les gens se soucient des autres.

— Laisse-moi te poser une question : si tu vas tous les jours au marché, qu'il y a un homme qui nettoie les égouts et qu'un jour il n'est pas là, tu vas, quoi, *t'inquiéter* pour lui ? »

J'ai hoché la tête. « Je me poserais des questions, oui. Je me demanderais ce qu'il fait, pourquoi il est parti.

— Je peux te dire qu'il ne se poserait pas de questions à ton sujet. » Il a détourné la tête et craché par terre. Je ne l'avais jamais vu faire ça auparavant, et je voyais bien qu'il voulait me repousser, me montrer à quel point nous étions différents. « Il se foutrait complètement de toi et de ta vie.

— Ce n'est pas la question. La question, c'est l'empathie pour l'autre. »

Il a renversé la tête en arrière dans un éclat de rire – encore une fois de manière artificielle, m'a-t-il semblé ; le son qui sortait de sa gorge était dur et plastique, comme s'il imitait quelqu'un d'autre. « *L'empathie pour l'autre* », a-t-il répété d'une voix aiguë et féminine. « Tu sais, je discute avec les gens qui viennent tous les jours au 7-Eleven où je travaille. Je connais leur vie, ils connaissent la mienne. Mais en réalité qu'est-ce que je sais d'eux, et qu'est-ce qu'ils savent de moi ? On échange des banalités : bonjour, comment ça va, comment va votre fils, et votre père il va bien, et toutes ces conneries. Le lendemain, je me fais virer, tu crois qu'ils s'inquiètent pour moi, ou de savoir si je vais être payé à temps, ou des problèmes de mon père avec la banque ?

— Ton père a des problèmes avec la banque ?

— Les gens en ont rien à foutre des autres, en tout cas dans mon univers. Vous, vous avez tellement de temps devant vous que vous pouvez vous soucier de... Comment c'est déjà ?

— L'empathie.

— Si je passais tout mon temps à penser à ça, je n'aurais plus de temps pour rien d'autre. Les gens vont et viennent. Comme la pluie. Une heure après une averse, il ne reste plus une flaque. » Il a fouillé dans sa poche à la recherche de ses cigarettes et constaté qu'il n'en restait qu'une dans le paquet. Il l'a pincée entre ses lèvres et s'est rendu compte qu'il n'avait pas de briquet. J'en avais un, mais je ne le lui ai pas proposé. Depuis que nous nous étions mis à aller en ville, j'avais pris l'habitude de m'acheter mes Marlboro afin de pouvoir en offrir une à Chuan de temps en temps. J'aimais bien le simple geste de tapoter le paquet pour en faire surgir une ou deux cigarettes, que je lui tendais ensuite ; j'avais l'impression que nous étions égaux. J'ai fourré la main dans ma poche et senti le briquet en plastique bon marché, j'ai refermé les doigts autour, mais sans le sortir. Il a gardé la cigarette entre ses lèvres.

« C'est une comparaison idiote, ai-je dit. Les gouttes de pluie n'ont pas de vie. Elles n'ont pas d'émotions. Elles ne détestent pas les autres gouttes de pluie. Elles ne vont pas à l'école ou à l'usine. Elles n'ont pas de mère, de père, d'amoureux. Elles ne rêvent pas d'une autre goutte de pluie, elles ne s'amusent pas avec leurs copines gouttes de pluie. Après un gros orage, elles ne disent pas, c'était marrant, on remet ça. Les autres gouttes de pluie ne leur manquent pas. Elles ne sauraient pas comment ressentir ça. »

Chuan a retiré la cigarette de sa bouche et l'a regardée comme s'il examinait un minuscule défaut. « Les gens, les autres ne leur manquent pas, a-t-il repris d'une voix plus calme. Eux non plus, ils ne sauraient pas comment ressentir ça. »

Pendant tout le temps où nous nous parlions, les insectes avaient chanté à plein régime, leur sifflement et leur crépitement bruyants semblant presque électriques, mais à cet instant, brusquement, ils se sont tus. J'ai découvert que c'était ainsi, à la campagne : la forêt était bruyante, et l'instant d'après elle devenait totalement silencieuse, un passage d'un état à l'autre si radical que j'ai d'abord cru que c'était le fruit de mon imagination, fébrile et inquiet que j'étais dans ce nouvel endroit, puis j'ai supposé que c'était un problème d'audition. Je ne réussissais jamais à prédire quand le bruit allait commencer ou s'arrêter, ni à deviner où se trouvait la source. Ce n'était pas lié au changement de la lumière ou à la présence humaine ; et, à cet instant, les insectes s'étaient simplement tus, comme nous. J'ai pris mon briquet dans ma poche, je me suis approché de Chuan, je l'ai allumé et le lui ai tendu. Il a mis un certain temps à figer le bout de sa cigarette au milieu de la flamme, et je ne savais pas lequel de nous deux vacillait.

« Si j'allais tous les jours au 7-Eleven et qu'un jour, mystérieusement, tu n'étais pas là, tu me manquerais », lui ai-je dit.

Il a tiré lentement sur sa cigarette et j'aurais voulu que les insectes se remettent à chanter pour l'encourager à parler. Au loin, nous avons aperçu Fong qui marchait avec deux autres hommes en direction des vergers. L'un d'eux tenait un bloc-notes et ce qui semblait être un petit instrument de mesure ou un appareil photo sur un trépied coincé sous le bras. Mon père n'était pas avec eux.

« Le vieil homme veut abattre tous les arbres. Il prétend qu'ils sont malades. Il prévoit de tout arracher et d'installer un nouveau système d'irrigation, a expliqué Chuan. Mais il n'a pas l'argent nécessaire.

— C'est pour ça qu'il a des problèmes avec la banque ? »

Chuan a haussé les épaules. « Je suppose. Il ne me donne pas de détails, donc je ne sais pas exactement. Tout ce que je sais, c'est que ces problèmes ne regardent que lui. C'est pour ça que je dois me tirer d'ici. »

Les hommes se protégeaient les yeux du soleil et l'un d'eux tenait un journal plié au-dessus de sa tête comme un parasol de fortune. Il était mieux habillé que les autres, avec une chemise à manches courtes qui semblait repassée et un pantalon gris foncé ; sa silhouette se détachait nettement dans le doux paysage qui l'entourait.

« Cet endroit te manquera si tu pars », ai-je dit.

Chuan a jeté sa cigarette sur le sol en béton et l'a écrasée avec son pied alors qu'elle n'était qu'à moitié consumée, ce qui était inhabituel, car il les fumait généralement jusqu'au bout, en tirant de petites bouffées même quand je pensais qu'il ne restait plus rien à inhaler. Nous avons jeté un bref coup d'œil autour de nous, regardé tous les outils rangés avec soin. Il était clair qu'il n'y avait plus de travail à la ferme pour le reste de la journée, ni pour les jours à venir. « Allons au lac », a-t-il proposé.

En partant, j'attendais – j'espérais – une réponse. Puis je me suis rendu compte que je n'avais pas posé de question qui appelle une réponse.

*

Nous n'étions pas encore à mi-chemin du lac lorsque nous avons aperçu Lina et Yin au bord d'un verger, occupées à regarder quelque chose qui dépassait du sol : une vieille moto recouverte de plantes grimpantes. « C'est une œuvre d'art, a commenté Lina en nous voyant.

— Cette épave ? a ri Chuan. C'était la préférée de mon père pendant des années, puis il a eu un accident et il n'a jamais voulu remonter dessus. » Il a palpé doucement la bosse sur le phare, comme s'il se souvenait de la manière dont elle était apparue. Je voyais bien qu'elle avait dû être belle autrefois ; même rouillée et cabossée, elle avait conservé sa peinture vert foncé et son guidon droit.

« Donc, elle n'a rien qui déconne ? » a insisté Lina.

Yin tirait sur les lianes qui envahissaient la moto, les arrachant en cordons emmêlés. « C'est presque dommage de la nettoyer, a repris Lina. Mais je vais lui donner une nouvelle vie. » Elle a porté son petit appareil photo à son œil et pris quelques clichés, en se déplaçant pour ajuster son angle de prise de vue. Elle ne sortait jamais sans cet appareil photo, dont l'objectif émergeait d'un soufflet télescopique comme un coucou surgissant de son nid dans une horloge. Depuis qu'elle avait commencé ses études d'art l'année précédente, elle passait son temps à photographier des objets banals – en fait, plus ils étaient inintéressants, mieux c'était : des souches d'arbres après une tempête, des sacs en plastique pris dans des barbelés, ce genre de choses. Bientôt, tu vas photographier des décharges, avait ironisé notre père. Bonne idée, je n'y avais pas pensé, avait-elle rétorqué. Il avait refusé de payer ses études d'art, arguant que c'était une perte de temps et que cela ne mènerait à rien. Elle était libre de faire ce qu'elle voulait, et il était libre de ne pas soutenir son choix – la liberté fonctionne dans les deux sens, n'est-ce pas ? Mais comment va-t-elle vivre ? avait protesté ma mère. C'était une université publique, ce n'était pas cher, mais Lina devait quand même payer ses repas et sa chambre à la résidence universitaire, tout cela finissait par coûter de l'argent. Elle travaillait à temps partiel et ne refusait pas l'argent que ma mère lui versait de temps en temps. Elle aimait être indépendante. Cela signifiait ne pas avoir à rendre de comptes à notre père.

« Si tu arrives à la faire marcher, je me mets tout nu et je cours toute la journée à travers la ville, a promis Chuan.

— Comme si quelqu'un avait envie de te voir à poil », a rétorqué Lina.

Nous nous sommes mis tous les quatre à dégager la vieille Kawasaki, une tâche plus difficile que nous ne l'avions imaginé. Les lianes s'étaient insinuées par chaque interstice, enroulées autour des rayons de la moto, et Chuan a dû les couper avec son canif. N'était-ce pas beau, s'est extasiée Lina, la nature a repris possession d'un objet fabriqué par l'homme et ne veut pas le lâcher. Bon sang, vous êtes bizarres, vous autres, s'est écrié Chuan. Pourquoi vous ne pouvez pas avoir des centres d'intérêt normaux, comme les gens normaux ? Nous avons ri. Même si nous étions tous en sueur, la journée semblait moins chaude que les précédentes. De temps à autre, une brise soufflait dans les arbres.

« Qui décide de ce qui est normal ? a repris Lina en détachant délicatement quelques fines branches du guidon. Peut-être que nous sommes normaux, et pas toi.

— Non, a-t-il rétorqué en secouant la tête. C'est vous qui êtes bizarres. »

Le téléphone de Yin sonnait dans sa poche. Elle l'avait mis en mode silencieux, mais il vibrait bruyamment contre une pièce de monnaie, une clé ou un autre objet métallique, et nous l'entendions aussi clairement qu'une sonnette d'alarme. Nous n'en avons tenu aucun compte la première fois, puis la deuxième, et avons continué à discuter. Chuan nous racontait comment, quand il était petit, il aidait son père à nettoyer la moto avec une peau de chamois, et au démarrage, le moteur faisait un bruit de tonnerre, et quand il a enfin été assez grand pour pouvoir monter avec Fong, il s'accrochait à son père comme s'il allait tomber d'un moment à l'autre, et ce n'est que bien plus tard qu'il avait appris qu'ils roulaient à dix ou vingt kilomètres à l'heure, pas plus. N'est-ce pas étrange, le fonctionnement de l'esprit d'un enfant ? Nous avons l'impression que tout notre monde change lorsque nous grandissons, que chaque objet, chaque personne a été réorganisé dans une nouvelle configuration singulière, mais en réalité rien n'a changé.

Le téléphone de Yin a vibré de nouveau et, cette fois, elle l'a sorti, l'a consulté et l'a éteint.

« Ton petit ami ? a demandé Chuan, et Yin a rougi.

— Ce n'est rien, a dit Lina. Laisse-la tranquille. »

L'épaisse végétation avait en fait préservé la moto. Les pneus étaient usés, mais nous avons quand même réussi à la pousser jusqu'à la piste. Lina voulait la conduire dans un garage en ville qu'elle avait repéré l'autre jour, mais Chuan l'a persuadée d'attendre un jour ou deux. Il connaissait quelqu'un qui travaillait là-bas et pouvait lui obtenir une réduction pour un gros travail comme celui-là. Et puis, ils auraient besoin du pick-up de Fong pour la transporter.

« Et si vous veniez avec nous au lac ? » a proposé Chuan. À cette suggestion, j'ai ressenti de la rancœur et, presque immédiatement, j'ai eu honte de cette rancœur. Je me suis senti rougir, craignant que mon manque d'enthousiasme ne trahisse mon désir d'être seul avec Chuan.

Lina m'a regardé et a haussé les sourcils. J'ai baissé les yeux sur les hautes herbes et les ai frappées mollement du pied. « Vous êtes sûrs que ça ne vous dérange pas ? »

Chuan a gémi et fait mine de s'éloigner. « Ne sois pas si rabat-joie, allez, venez.

— Oui, venez, ai-je répété en m'efforçant de me montrer enthousiaste sans en faire trop, puis je me suis inquiété de paraître maladroit en cherchant à trouver le ton juste, comme si j'essayais de cacher quelque chose, ce qui était le cas. On connaît un endroit sympa où se poser.

— Ça, je veux bien le croire », a dit Lina. Elle s'est mise à nous suivre. Yin était à la traîne, envoyant des SMS de temps en temps, mais, lorsqu'elle a vu que nous la regardions, elle a rangé son téléphone. Elle avait rencontré un garçon, nous a dit Lina en baissant la voix, et c'était sérieux. Nous ne devions pas en parler à nos parents, ils n'approuveraient pas. Il venait d'une bonne famille, beaucoup plus riche que la nôtre : son père était comptable et sa sœur aînée avait été dans la même classe que Lina à l'école. C'était juste qu'il était, enfin, malais. Du genre moderne, plutôt ouvert d'esprit bien sûr, mais ses parents étaient tout de même assez religieux, comme le sont les gens conservateurs qui ont grandi à la campagne. Même s'ils s'étaient installés en ville depuis des années, ils étaient encore assez vieux jeu. Son père venait d'effectuer le pèlerinage à La Mecque, et même si c'était assez commun, tout le monde le faisant de nos jours, c'était juste que… nous connaissions nos parents. Ils n'étaient pas racistes dans la vie, pas en règle générale, enfin, peut-être un peu, mais Lina ne les voyait pas bien accepter cette nouvelle.

« Je ne laisserais pas ma fille épouser un musulman, a déclaré Chuan. Aujourd'hui, c'est sa petite amie, mais dans dix ans, elle ne sera plus qu'une de ses quatre femmes.

— Allô ? Quelqu'un t'a demandé ton avis ? a ironisé Lina. C'est son choix, pas le tien. C'est peut-être elle qui décidera de prendre quatre maris.

— Je donne juste mon sentiment.

— Tu es plus mignon quand tu gardes ton avis pour toi. » Quoi qu'il en soit, a continué Lina, elle ne pensait pas que cela durerait. Elle espérait que ce ne serait pas le cas. Non pas à cause de l'ethnie, de la religion ou de la classe sociale du garçon – tu sais combien les riches Malais sont snobs, une fille issue d'une famille chinoise modeste ne leur conviendrait pas –, mais parce qu'elle croyait que les relations ne devaient pas durer sur le long terme. Toutes les relations, mais surtout celles entre un homme et une femme. Regarde maman et papa. Est-ce que Yin voulait vraiment avoir la même vie, esclave d'un mari ingrat, puis d'enfants ingrats ? La vie d'une femme était une vie sans gratitude. Tout ça parce que les gens *s'attendent* à ce que tu sois en couple. Tu n'es qu'un appendice, une pièce de rechange nécessaire. Tout le monde autour de toi en est convaincu, alors tu finis par le croire toi-même. Plus tôt Yin s'en rendrait compte, mieux ce serait.

« Je ne pense pas que ta sœur soit capable de passer sa vie toute seule, a observé Chuan en se retournant vers Yin, qui marchait lentement, son téléphone à la main, en le consultant toutes les trois secondes. Elle n'est pas comme toi.

— Elle n'a pas besoin d'être comme moi pour se rendre compte que les relations amoureuses, c'est nul », a répliqué Lina. Elle a sauté sur le bord du chemin pour ramasser un morceau de bois qu'elle avait repéré dans les hautes herbes, lissé et affiné par le temps et les intempéries. Elle l'a brandi vers nous comme une épée pendant une seconde, puis s'est mise à dessiner des cercles grossiers dans l'air devant elle pendant que nous marchions. « La seule façon d'aimer, c'est de plonger et d'en ressortir – appelons ça des *arrangements*, n'utilisons même pas le mot "relations". Et dès que tu as marre d'un arrangement, tu passes à autre chose.

— C'est juste une façon longue et compliquée de nous dire que tu ne veux pas te marier, s'est esclaffé Chuan.

— Le problème, ce n'est pas le mariage, c'est le fait qu'on attend de toi que tu sois avec quelqu'un. Que tu renonces au contrôle que tu exerces sur toi-même pour former une unité avec cette personne. Mais oui, tu as raison, le mariage est un problème particulier, surtout pour les femmes. » Elle a fait semblant de porter un coup avec son bâton, comme un escrimeur se jetant sur un ennemi invisible.

Le lac est apparu, mais, pour y arriver, nous devions descendre dans une légère cuvette et traverser le bosquet de tamariniers qui nous séparait de l'eau. Le chemin sur lequel nous nous trouvions finissait par se perdre dans les broussailles, et c'est à ce moment-là que nous nous attendions à ce que Chuan passe devant et nous ouvre la voie, comme il l'avait fait lors de notre précédente visite. Il connaissait le chemin le plus facile et nous aurait guidés à travers ces enchevêtrements. Au lieu de cela, il s'est arrêté et s'est tourné vers Lina. « Si tu penses pouvoir vivre sans assumer aucune responsabilité envers qui que ce soit, tu es à côté de la plaque. Si tu n'as aucune responsabilité, tu n'as pas d'amour. »

Elle l'a contourné et s'est glissée dans les hautes herbes en les frappant avec son bâton, mais elles se sont contentées de fléchir légèrement. D'une voix semblable à celle d'une chanteuse de l'Opéra de Pékin, elle a entonné le refrain d'une chanson populaire de Leslie Cheung, la bande originale d'un film qu'elle avait vu, qui se déroulait dans la Chine prérévolutionnaire et racontait l'histoire d'un chanteur d'opéra qui aimait son partenaire, lequel en aimait une autre. Un homme qui aimait un homme qui aimait une femme. Tout le monde savait qui était amoureux de qui. Lina avait mis la main sur une cassette VHS piratée et l'avait regardée plusieurs fois. Dans mon entourage, personne n'avait vu ce film, qui avait été interdit, mais nous connaissions tous la chanson, dont les paroles évoquaient la nature indissociable de l'amour et de la douleur. Cherchez l'amour et vous trouverez la souffrance, proclamait la chanson.

« Qui t'a mis dans la tête ces sottises sentimentales ? a-t-elle lancé en se retournant avec un sourire narquois. L'amour devrait mener à la liberté, pas à l'obligation, et certainement pas à la souffrance. Pourquoi ne peux-tu pas échapper à ton éducation chinoise qui t'enseigne à accepter la souffrance comme le corollaire de tout ce qui est agréable ?

— Chuan a raison, ai-je osé. Si tu aimes quelqu'un, tu dois rester à ses côtés pour toujours, tu ne crois pas ? »

Même si je ne pouvais pas voir ses yeux derrière ses lunettes de soleil, je savais qu'elle les avait écarquillés en feignant la surprise. « Ça, c'est ce que dit l'enfant qui a *un tas* d'expérience en matière d'amour. Un jour, tu arrêteras peut-être de répéter les conneries que tu entends dans les films américains.

— Je ne suis pas un enfant.

— Il n'a pas tort, a renchéri Chuan qui marchait à côté de moi. Si tu peux quitter n'importe qui, qu'est-ce que ça vaut, une relation ?

— Hé, les gars », a lancé Yin. Nous nous sommes retournés et nous avons vu qu'elle était encore plus loin derrière, marchant prudemment dans l'herbe en trébuchant parfois sur le sol inégal. Elle serrait son portable dans une main en le tenant levé au-dessus de sa tête, comme si elle craignait de sombrer dans la mer de feuillage et voulait que le téléphone soit le seul survivant de ce naufrage vert. « Il se fait tard, vous ne croyez pas qu'on devrait rentrer ?

— Oublie un peu la maison, personne ne se soucie de toi là-bas », a rétorqué Lina en se retournant et en continuant vers le lac. Nous n'étions plus très loin, déjà à l'ombre des arbres. Il n'y avait pas de brise, mais l'odeur vaseuse de l'eau remontait vaguement vers nous.

« Tu veux dire que tu refuses de t'engager un jour avec quelqu'un ?

— Je veux dire que je n'ai aucune envie *de me retrouver obligée d'être* avec quelqu'un *pour toujours.* »

Nous avions atteint la berge qui descendait en pente douce vers le lac, où le sol était plus mou sous nos pieds. Nous nous sommes arrêtés et nous avons regardé l'eau. Sa surface parfaitement lisse nous a rendus silencieux. Nous avons attendu que quelque chose vienne en briser la surface, mais rien ne s'est produit. *Les gars, attendez, vous êtes où ?* a crié Yin de loin, mais aucun de nous n'a répondu.

« Tu penses que c'est impossible pour toi d'être avec quelqu'un à long terme ? » a demandé Chuan à voix basse, le regard perdu sur l'eau, et je ne savais pas s'il s'adressait à moi ou à Lina.

Lina a haussé les épaules. « Pas avec un homme, en tout cas. » Elle a levé son bâton, reculé d'un pas, puis l'a lancé comme un javelot vers le centre du lac. Nous l'avons regardé tournoyer dans les airs et retomber dans l'eau sans provoquer la moindre éclaboussure. Puis elle a retiré ses baskets, ses lunettes de soleil et son tee-shirt, et elle a jeté le tout en vrac sur le sol. Vêtue de son soutien-gorge noir et d'un short de sport, elle semblait forte et agile, je ne la reconnaissais plus. Comme c'était étrange, ai-je pensé, d'avoir grandi avec elle, qu'elle ait été présente toute ma vie et qu'après ma mère elle soit la personne la plus proche de moi au monde, et pourtant je la connaissais à peine. Et, à ce moment-là, j'ai aussi pris conscience que je ne serais probablement jamais capable de la comprendre. Quelle que soit la proximité que nous avions connue jusqu'alors, elle ne suffirait pas à empêcher nos vies d'emprunter inévitablement des directions opposées. Elle a plongé dans le lac avec souplesse, les bras tendus, la tête la première, même si elle ignorait ce qui était tapi sous l'eau.

Chuan l'a suivie rapidement, moitié en courant, moitié en sautant dans les eaux peu profondes en poussant des cris perçants. Nous nous sommes avancés en pagayant des mains vers le milieu du lac, là où l'eau était la plus profonde, et nous avons pris tour à tour notre souffle pour essayer de toucher le fond avec nos pieds. À chaque plongée, nous allions plus loin, puis nous remontions à la surface en haletant et en riant, mais aucun de nous n'est parvenu à atteindre les profondeurs.

« C'est drôle comme le lac paraît plus grand quand on se trouve au milieu », a remarqué Lina. Nous faisions du surplace et le soleil brillait directement au-dessus de nos têtes. La lumière se reflétait sur les ondulations que nous avions créées et nous aveuglait. Nous avons nagé vers l'autre rive, Lina filant devant nous en exécutant un crawl parfait, Chuan et moi la suivant dans une brasse improvisée. Une fois arrivés, nous nous sommes retournés et nous avons crié à Yin de nous rejoindre, mais elle a levé la main pour nous faire signe qu'elle ne voulait pas. *Allez*, a crié Lina d'une voix grave que je ne lui avais jamais entendue auparavant, à la fois joyeuse et autoritaire, et je me suis soudainement souvenu des cours de natation que nous avions pris quand nous étions enfants. Moi, le plus petit, je m'agrippais au bord d'une piscine qui ne devait pas faire plus de quelques mètres de profondeur, mais j'avais l'impression que, si je lâchais prise, je me noierais immédiatement. Yin se tenait debout sur le bord, refusant d'entrer malgré les supplications de la monitrice, une femme imposante aux cheveux grisonnants. Lina, qui savait déjà nager, avait sauté dans l'eau peu profonde. *Entre dans l'eau*, avait-elle ordonné à Yin, un ordre si laconique qu'il était impossible de ne pas obéir. C'était il y a moins de dix ans. Où serions-nous dans dix ans ?

Yin a vérifié son téléphone une dernière fois et l'a posé sur le tas de vêtements que nous avions laissé à l'ombre. Elle avait hérité du teint pâle de notre mère et n'avait pas envie de s'exposer au soleil, de peur de brunir. Sans se déshabiller, elle est entrée prudemment dans l'eau peu profonde, mais a glissé dans la vase et est tombée en poussant un cri étouffé. Chuan s'est esclaffé.

« Tu es dégoûtant », a protesté Lina en le poussant, mais elle riait aussi tandis que Yin se relevait en s'essuyant le visage. Elle nous a adressé un signe indiquant que tout allait bien et nous avons commencé à nager vers elle. *Faisons la course !* a lancé Chuan, et nous nous sommes précipités dans l'eau, battant des pieds et des bras dans tous les sens, avec l'impression de ne pas avancer. Parfois, nous nous arrêtions pour respirer et crier quelque chose, même si nous n'étions pas sûrs de nous entendre ; par moments, nous buvions la tasse ; à d'autres, nous émettions des bruits étranges, comme des oiseaux ou des animaux imaginaires, juste pour entendre le son de notre propre voix. Yin s'est avancée dans le lac pour nous rejoindre alors que nous approchions, accroupis et immergés jusqu'au cou afin de rester au frais. De minuscules taches de boue et des feuilles mortes constellaient son visage et ses cheveux, malgré tous ses efforts pour s'en débarrasser, et Lina lui a dit qu'elle devait mettre la tête dans l'eau et nager, qu'il n'y avait pas d'autre moyen. Alors elle a obéi, elle a pris une grande inspiration, a fermé les yeux et s'est jetée à l'eau, et il nous a semblé tout naturel de l'imiter, en plongeant à la recherche les uns des autres, espérant attraper une cheville ou un poignet, mais ne trouvant personne dans la pénombre trouble. Lorsque nous avons refait surface, nous étions tous à un endroit complètement différent de celui où nous pensions émerger, un brassage aléatoire que nous avons tous trouvé hilarant, alors nous avons répété ce jeu de cache-cache, plongeant dans l'eau encore et encore. À ce moment-là, sous un soleil brûlant, nous avions l'impression que nous pourrions jouer ainsi toute la journée, tous les jours, pour le restant de notre jeunesse. Il n'y avait pas de règles, pas de gagnants ni de perdants, pas d'objectif, et chaque partie se terminait par des éclats de rire inexplicables.

« Je pars sur la côte en voiture », a déclaré mon père, déjà prêt à quitter la maison, sans fournir davantage d'explications. L'après-midi précédent, ma mère était entrée dans ma chambre, s'était arrêtée à la porte, à la fois distraite et concentrée, sombre, comme si elle s'apprêtait à m'annoncer une nouvelle importante. Elle m'avait informé que mon père s'absenterait toute la journée du lendemain, mais n'avait rien ajouté, car ce n'était pas nécessaire. Nous avions tous deux vécu une vie entière avec ses comportements imprévisibles ; nous étions tous deux habitués à ses soirées passées au travail ou avec des amis ; ses sorties faisaient partie de notre routine quotidienne. Pourtant, celle-ci semblait inhabituelle, au vu de son caractère solennel, du simple fait qu'elle ait été annoncée et précédée de préparatifs.

Dans un sac en plastique, mon père avait glissé une bouteille d'eau, quelques petites bananes, une paire de jumelles, une boîte plate de couleurs à l'eau et deux pinceaux. Je ne savais pas à quelle distance se situait la côte, ni ce qu'il y trouverait une fois arrivé.

« Tu veux que je vienne avec toi ? » lui ai-je suggéré, mais il a secoué la tête et m'a répondu de rester pour aider Fong dans son travail. Je n'ai pas pris la peine de lui rappeler qu'il n'y avait plus rien à faire à la ferme depuis plusieurs jours et que Fong était souvent absent – mon père l'avait sûrement remarqué, lui aussi.

Aussi loin que remontaient mes souvenirs, j'avais toujours ressenti un grand soulagement lorsque mon père était absent. Je me souvenais de l'immense légèreté que je ressentais, à l'âge de neuf ou dix ans, en rentrant de l'école et en voyant une place vide à l'endroit où sa voiture aurait dû être garée. D'autres jours, croyant connaître son emploi du temps, j'attendais avec impatience les quelques heures de liberté à la maison, lorsqu'il devait travailler tard, et j'étais terrifié lorsque je remontais l'allée et que je voyais la Volvo blanche garée dans la petite cour en béton devant notre maison. J'assimilais la liberté à l'absence de mon père et détestais le caractère imprévisible de ses allées et venues. Je n'ai jamais pu expliquer la légère appréhension que je ressentais lorsque, tandis que je lisais dans ma chambre, j'entendais le bruit de la voiture qui s'arrêtait devant la maison. Cela semblait toujours se produire le soir, parfois longtemps après que nous avions fini de dîner. Nous attendions son retour aussi longtemps que possible avant de manger, afin que nous, les enfants, ayons ensuite le temps de faire nos devoirs avant d'aller nous coucher. Dans ces circonstances, les repas étaient pris rapidement et en silence. Ma mère était particulièrement tendue ces soirs-là, inquiète pour la sécurité de mon père sur la route, se demandant s'il n'avait pas eu un accident avec sa vieille Volvo. Les gens roulaient très vite sur toutes ces nouvelles routes qui traversaient la ville et reliaient les récentes banlieues rutilantes. Mon père se trompait souvent de sortie et se perdait ; parfois, il devait changer brusquement de voie et des jeunes en colère baissaient leur vitre pour lui crier dessus. Elle s'inquiétait aussi pour sa santé, je suppose, car il commençait à avoir quelques problèmes de ce côté-là ; il avait presque soixante ans. C'est bizarre, avait remarqué Lina il n'y a pas si longtemps : la présence comme l'absence de mon père rendaient notre mère malheureuse. Quelle que soit l'anxiété qu'elle éprouvait quand il n'était pas là, je ressentais (et je pense que mes sœurs aussi) le contraire : un soulagement tranquille.

Or à cet instant, en le regardant manipuler ce sac en plastique, j'ai remarqué que je n'étais pas soulagé à l'idée qu'il puisse nous quitter pour une journée, voire plus, qui sait ? Un côté du sac s'était accroché à la sangle des jumelles et mon père tirait faiblement dessus, sans résultat. Il avait l'air si fragile et si vieux, et soudain, une image de lui dans dix ou vingt ans m'est apparue. Je nous voyais tous les deux debout dans ce même espace ; il serait frêle et maladroit, peinant à accomplir une tâche aussi simple que celle-ci, sauf qu'à ce moment-là ce ne serait plus un événement isolé, mais une récurrence du quotidien.

Je me suis approché et l'ai aidé à tout ranger dans le sac, en disposant chaque objet de manière qu'il soit aussi à plat que possible. « C'est un nouveau tee-shirt ? m'a-t-il demandé en prenant un peu de recul et en m'observant comme s'il ne m'avait pas vu depuis très longtemps.

— Oui, ai-je répondu en haussant les épaules ; c'était celui que Chuan m'avait acheté, et je n'avais pas envie de m'étendre sur le sujet. Je l'ai trouvé au marché de nuit.

— C'est pour ça qu'il a l'air si bon marché. Cette couleur ne te va pas du tout. »

J'ai posé les bananes sur le dessus du sac et l'ai porté dehors. « Prêt pour le départ. » Je l'ai accompagné jusqu'à la voiture et j'ai attendu qu'il monte dedans. J'ai posé le sac sur le siège côté passager et j'en ai sorti la bouteille d'eau, que j'ai glissée dans l'interstice entre les sièges, à portée de main. Je lui ai rappelé de boire beaucoup d'eau à cause de la chaleur, qui semblait plus forte que d'habitude ce jour-là, mais il avait déjà démarré et ne m'entendait pas.

« Qu'est-ce qui lui prend ? » ai-je demandé à ma mère une fois qu'il était parti. Nous avons regardé le nuage de poussière s'élever et se dissiper au-dessus de la route alors qu'il disparaissait de notre vue.

« Il a dit qu'il avait besoin d'être seul.

— Seul ? Pour combien de temps ? »

Elle a eu un petit rire sec. « Tu connais ton père, a-t-elle dit en essuyant la table de la cuisine, qui n'était pourtant pas sale. Il a ses humeurs. C'est de lui que tu tiens ça, j'imagine.

— Je n'ai pas d'*humeurs*. »

Elle a versé un peu d'eau chaude de la bouilloire dans la tasse de thé à moitié vide qu'elle était en train de boire et s'est assise à table, en regardant les feuilles remonter à la surface avant de retomber dans le fond. Il traversait une période difficile au travail, m'a-t-elle expliqué. Quelqu'un à l'université ne l'aimait pas : le directeur adjoint, qui se sentait coupable d'avoir pris le poste qui aurait dû revenir à papa. Nous savions tous que papa n'était pas la personne la plus facile à vivre, a-t-elle poursuivi, mais il était bon dans son travail. Dans toute l'université, personne n'était aussi brillant que lui, mais à l'époque actuelle, dans ce pays, cela ne semblait pas suffire, cela jouait même en sa défaveur. Le directeur adjoint avait harcelé mon père…

« Harcelé ? » me suis-je étonné. L'idée que quelqu'un puisse harceler mon père me semblait tellement lointaine et irréelle que je ne pouvais pas imaginer comment cela pouvait se dérouler dans la réalité.

D'abord, ce type changeait sans cesse l'emploi du temps de papa, lui attribuant les cours les plus ennuyeux aux pires tranches horaires, souvent juste après la pause déjeuner ou en soirée. C'est pour ça qu'il rentrait parfois si tard. Je sais que ça ne te semble pas grave, a ajouté ma mère, mais pour un homme brillant comme ton père, c'est difficile à supporter. De plus, le directeur adjoint avait inventé des plaintes contre lui, provenant d'élèves qui souhaitaient rester anonymes. Quels élèves ? Qui sont-ils exactement ? avait exigé de savoir mon père. Un jour, il a fait irruption dans le bureau du directeur adjoint et lui a crié exactement cela. *Qui sont ces gens, je veux leurs noms. Dites-moi ce que j'ai fait.* Suite à cela, il a reçu un avertissement officiel. Il est donc allé voir le directeur en personne. Il ne faisait que demander des réponses, a souligné ma mère, il en avait le droit, mais tu sais comment sont ces gens, ils détestent que l'on remette en question leur autorité – ce pays est devenu tellement dictatorial.

La première accusation évoquait de l'intimidation. Un élève avait prétendu que mon père l'avait humilié devant toute la classe parce qu'il ne savait pas répondre à une question. Mon père ne voyait pas où était le problème. On va à l'université pour apprendre, non ? Si les professeurs sont trop indulgents, on n'apprend rien. Mais les temps avaient changé, lui a répondu le directeur adjoint. Il y a des règles maintenant. Il faut respecter ses élèves. Bien sûr, nous savions tous que papa était strict, mais n'était-ce pas un atout en tant qu'enseignant ?

Selon l'accusation suivante, on voyait régulièrement mon père en train de peindre ou de dessiner dans la salle des professeurs, le genre de paysages chinois aquarellés qu'il exécutait souvent à la maison. Les plaignants étaient d'autres enseignants, qui sont également restés anonymes. Ce n'était pas professionnel, disaient-ils, cela donnait une impression de paresse et montrait un mauvais exemple, d'autant plus qu'il était responsable du département de mathématiques et de sciences. De la paresse ? Ton père ? (Ma mère avait maintenant haussé le ton, la gorge serrée de colère.) Racontez ce que vous voulez, mais pas ça. Il avait écrit une lettre au directeur, en joignant le règlement intérieur des enseignants. Il n'avait enfreint aucune règle. C'était son temps libre. Le collège n'a pu fournir aucune preuve d'actes répréhensibles – on ne voulait pas divulguer les noms des prétendus plaignants. Le problème ne tenait pas au comportement de mon père, mais à son origine ethnique, a affirmé ma mère. Cela a toujours été le problème. C'est pénible à admettre, mais c'est la vérité.

Mon père a exigé de rencontrer le directeur adjoint et le directeur, mais ils ont insisté sur le fait que tout cela ne relevait en rien de la persécution. Il devait simplement respecter les règles et, dans quelques années, il toucherait sa pension. C'était la semaine précédant la fin du trimestre, juste avant notre départ pour le Sud.

« Ne dis pas à papa que je te l'ai dit », m'a prié ma mère. Elle n'avait rien bu de son thé. « Il ne veut pas que tu le saches. Mais je pense que tu es assez grand pour comprendre. »

J'ai haussé les épaules. « Ce n'est pas grave, si ? ai-je demandé. On dirait que ça va bientôt se tasser.

— Comment ça, ce n'est pas grave ? s'est écriée ma mère en élevant brusquement la voix. Que se passera-t-il s'il perd son poste ?

— Il ne peut pas en trouver un autre ? ai-je répondu. Tu répètes tout le temps qu'il est surqualifié pour son travail. Il y aura bien une autre université qui l'embauchera. Ou même un lycée. Qu'il vienne enseigner dans le mien. Mon prof de maths est nul. »

Ma mère s'est levée et a porté sa tasse jusqu'à l'évier. Elle a secoué la tête et m'a dévisagé avec une expression de frustration, voire de regret. « Ton père n'est plus tout jeune. » Elle a pris un grand sac en raphia et vérifié que son porte-monnaie était bien dans son sac à main avant de quitter la cuisine. Elle était déjà dans le couloir lorsqu'elle s'est retournée vers moi. « Tu es trop jeune pour comprendre ces choses-là. »

À travers les lames de verre de la fenêtre, je l'ai regardée se protéger du soleil en traversant la cour. Elle a crié un mot indistinct, juste une seule syllabe claire, et un instant plus tard, Fong est sorti de la remise et l'a rejointe dans la cour, leurs mouvements liés par la voix de ma mère comme s'ils avaient été chorégraphiés. Ils se sont dirigés vers le camion, mais se sont arrêtés brièvement avant que Fong ne retourne à l'intérieur pour changer les clés qu'il tenait en main. Ils sont montés dans la voiture et ils ont démarré lentement. Il était encore tôt ; à leur arrivée en ville, le marché serait en pleine effervescence.

J'ai trouvé Lina et Yin dans leur chambre, assises l'une à côté de l'autre sur l'un des lits, le dos appuyé contre le mur et les genoux relevés. Yin avait les yeux rougis par les larmes et Lina lui avait passé un bras autour des épaules. À mon entrée dans la chambre, Lina a secoué la tête pour me faire signe de ne poser aucune question. Je leur ai annoncé que notre père était parti sur la côte et que notre mère était allée faire le marché en ville, et la nouvelle les a réveillées toutes les deux. « Combien de temps maman sera-t-elle absente ? s'est enquise Yin, son inquiétude pour notre mère prenant le pas sur sa mauvaise humeur.

— Je ne le lui ai pas demandé, elle ne m'a rien précisé, ai-je répondu.

— Passons la journée dehors, nous aussi ! » s'est écriée Lina. Elle s'est levée et elle a fouillé dans son sac à dos à la recherche d'une carte de la région. Nous avons calculé qu'il faudrait environ quarante-cinq minutes à notre père pour se rendre à la côte en voiture. Ce n'était pas le trajet le plus long, mais pas le plus facile. Les routes étaient étroites et difficiles à négocier, et notre père n'était pas à l'aise au volant. Nous en avons conclu qu'il serait absent toute la journée et que notre mère serait dehors au moins jusqu'à l'heure du déjeuner.

Alors que nous partions pour le lac, j'ai envoyé un SMS à Chuan pour lui indiquer où nous étions. Il avait effectué son service de nuit au 7-Eleven et venait de terminer. Il m'a appelé presque immédiatement pour me dire qu'il était en route et qu'il serait bientôt à la maison. Je l'entendais sur son scooter et je me suis soudain inquiété pour sa sécurité. Je ne m'étais pas fait de souci pour mon père, mais à présent je m'inquiétais pour Chuan. Je lui ai dit de faire attention, mais il avait déjà raccroché.

J'ai vu que Yin n'avait pas son portable avec elle. J'avais remarqué qu'elle l'avait posé cérémonieusement sur sa table de chevet lorsque nous avions quitté la chambre, comme s'il s'agissait d'un objet précieux qui avait perdu son utilité. Elle nous a raconté que le garçon avec qui elle sortait lui avait demandé de *faire une pause* dans leur relation, ce qui, selon Lina, équivalait à une rupture. Les hommes étaient trop lâches pour rompre ; ils préféraient que ce soit vous qui preniez la décision, afin de pouvoir passer le reste de leur vie à se croire victimes. Ils manipulaient donc la situation pour vous empêcher de réagir autrement que par la séparation. Lina avait raison, a dit Yin : si elle repensait à tous les petits incidents qui avaient ponctué leur relation brève mais importante – elle n'était pas importante, l'a interrompue Lina, c'était juste une impression –, il était vrai qu'il y avait eu de nombreuses occasions où elle avait senti qu'il avait déjà décidé de l'issue d'une situation particulière, mais c'était elle qui avait dû prendre la décision finale, ce qui ne lui avait jamais semblé juste. Le choix du restaurant, des amis avec qui sortir le week-end, du film à aller voir. Maintenant, elle commençait enfin à comprendre.

« Et s'il pensait vraiment ce qu'il disait ? ai-je demandé. Peut-être qu'il veut réellement faire une pause parce que, je ne sais pas pourquoi, pour réfléchir, savoir si vous êtes sur la bonne voie ? Il va peut-être cogiter et revenir encore plus convaincu que tu es la femme de sa vie. »

Lina a poussé un long gémissement rauque. « Oh *mon Dieu.* » Elle s'est frappé le front avec la paume de la main, puis a fait mine de se donner un coup de poing sur la tête. « Quel enfant naïf. »

Nous avons entendu le scooter de Chuan approcher, son moteur vrombissant sous l'effort, alternant les accélérations et les freinages sur le chemin caillouteux. Il voulait nous montrer un endroit qu'il connaissait, juste en dehors des limites de la ferme – son coin à lui, disait-il, que personne d'autre ne connaissait. Il a pris les clés du scooter de Fong et les a tendues à Lina, qui a pris Yin en selle, tandis que je montais avec Chuan. Nous nous sommes dirigés vers le lac, mais à mi-chemin, nous avons bifurqué sur une route qui s'éloignait de la ferme. La surface avait dû être goudronnée, autrefois, mais elle était désormais aussi accidentée que le chemin de terre que nous venions de quitter, les morceaux de bitume restants tenant lieu de dos d'âne naturels qui nous bringuebalaient sur nos selles. Pourtant, l'inconfort ne nous décourageait pas, bien au contraire : nous trouvions ce nouveau décor amusant, voire exaltant. La première fois que nous avons franchi une bosse, Yin a lâché un cri étouffé, un son involontaire si étrange qu'il l'a surprise et l'a fait rire. Même si les bosses suivantes ne causaient plus de choc, elle a reproduit le même son, de manière exagérée, pour nous amuser. Au lieu de ralentir lorsqu'ils voyaient une ondulation sur la route, Lina et Chuan accéléraient pour intensifier l'impact et ne se retenaient pas même lorsque le risque de perdre l'équilibre devenait réel et que nous nous balancions d'un côté à l'autre. Je devais m'accrocher fermement à Chuan en me serrant contre lui, et poussais des cris d'approbation pour l'encourager dans ses imprudences. La route s'est aplanie légèrement, et Lina et Yin, qui étaient derrière nous, ont accéléré et nous ont rattrapés, puis Lina a baissé le front et serré les coudes à la manière d'un coureur professionnel et pris la tête. Yin était assise bien droite, ses cheveux, d'habitude si impeccablement coiffés qu'ils semblaient ne jamais bouger, flottant au gré du vent. De nombreuses années durant, après cela, chaque fois que je recevais des nouvelles d'elle, de son mariage, de ses enfants, de ses maisons, c'était cette image qui me venait à l'esprit, et je pensais à quel point sa vie avait été différente de la mienne.

« Tu plaisantes, pas vrai ? » a demandé Chuan lorsque nous nous sommes arrêtés sous des arbres. Il était légèrement essoufflé et je ne savais pas si c'était à cause de l'excitation ou de l'effort. « C'est la première fois que tu montes sur un scooter ? »

Yin a opiné en rassemblant ses cheveux en queue-de-cheval. Elle voulait les attacher, mais ne trouvait pas son élastique.

« C'est bien ta chance d'avoir trouvé le conducteur le plus fou du monde pour ta première virée. »

J'étais d'accord avec Chuan. C'était comme monter à cheval pour la première fois et se retrouver sur un étalon de rodéo. Ils ont ri, et j'ai avoué que j'étais surpris, je ne savais pas comment Lina avait appris à conduire un scooter comme ça.

« Si nos parents découvrent qu'on a fait du scooter sans casque, ils vont nous tuer, a ajouté Yin.

— Qui va leur dire ? » lui a lancé Lina alors que nous suivions Chuan hors de la route et dans les hautes herbes, où il n'y avait pas de chemin. Le terrain descendait avant de remonter plus loin, et nous nous sommes retrouvés marchant dans une cuvette peu profonde entourée d'arbres. Chuan nous a expliqué que le terrain sur lequel nous marchions faisait autrefois partie de la propriété, mais qu'il avait été vendu il y a quelques années, quand il était jeune – il était encore à l'école primaire, donc il y avait peut-être neuf ou dix ans. Son père avait besoin d'argent, comme d'habitude, et avait cédé une parcelle de terrain. C'était monnaie courante : de temps en temps, une partie de la ferme était bradée, une parcelle en périphérie, probablement pour une somme assez faible, car même si la terre de cette région était jugée fertile, il était difficile de l'exploiter. Les acheteurs étaient généralement des Chinois, et Chuan soupçonnait son père d'avoir contracté des dettes de jeu ou d'avoir perdu de l'argent au mah-jong, mais quand il avait constaté le peu de valeur de ces petites parcelles de terre, il avait compris qu'ils les acquéraient uniquement de manière symbolique, afin de pouvoir se sentir propriétaires terriens. Ils possédaient ainsi un morceau de ce pays. Son sol, son eau. Il se souvenait même d'un vieil homme arpentant un champ envahi par la végétation qu'il venait d'acheter à Fong : Je suis arrivé de la province du Fujian sans rien, avait-il avoué, mais maintenant je possède cette terre, je peux la transmettre à mes petits-enfants. Et Chuan avait pensé : « Vieil idiot, tes petits-enfants ne voudront pas de ce petit champ minable au milieu de nulle part, ils veulent un appartement en ville ! » Ainsi, les terrains vendus se transformaient souvent en cela – il a eu un geste autour de lui –, un no man's land tranquille qui n'appartenait plus à Fong, mais qui ne servait à personne d'autre.

« C'est quoi ce bordel ? » a demandé Lina. Nous avions atteint le sommet de la petite colline et nous nous apprêtions à descendre dans une autre vallée peu profonde. L'élévation nous avait permis d'apercevoir un chantier de maisons à moitié construites, disposées en rangées bien ordonnées. Chacune comptait une vingtaine de bâtisses de plain-pied, au milieu de ce qui serait un jour leur jardin, mais qui pour l'instant n'étaient que des parcelles de sable et de terre sèche. Il y avait environ huit rangées de maisons, dont la carcasse était terminée, mais auxquelles il manquait le toit, et les fenêtres étaient des ouvertures sans vitres découpées dans les blocs de béton. La zone avait été déboisée ; ces maisons se trouvaient dans une dépression de terre rouge qui contrastait méchamment avec le vert terne de la forêt. Ce type d'aménagement n'avait rien d'inhabituel ; la campagne en était constellée, surgissant au hasard dans les endroits les plus invraisemblables. Nous n'étions pas surpris par son existence, mais par notre ignorance de son existence. Nous avions passé deux semaines à la ferme et avions oublié que la vie humaine prospérait, juste au-delà de ses limites.

« Ce sont des bungalows de vacances », avait expliqué Chuan en haussant les épaules tout en continuant à marcher. C'était comme s'il venait de voir des rochers ou des arbres abattus, un élément du paysage. Ce terrain appartenait aussi à la ferme, avait-il expliqué, et Fong l'avait revendu à un promoteur immobilier qui voulait construire des logements où les Singapouriens pourraient s'évader le week-end et pendant les vacances scolaires. Nous étions tout près de la frontière, à moins d'une heure et demie, et vous savez combien les Singapouriens sont riches, ils ont de l'argent à dépenser. Cela devait s'appeler Villas quelque chose – Villas Tivoli, c'est ça – et, sur les prospectus publicitaires, ça avait l'air superbe. Fong s'était dit que cela améliorerait peut-être les affaires. Mais ensuite, il y avait eu la crise, plus tôt dans l'année, et plus personne n'avait d'argent, pas même les promoteurs immobiliers, alors la construction s'était arrêtée. Il ne pensait pas qu'elle reprendrait un jour. Cela faisait des mois qu'il n'avait vu personne travailler là-bas, et, de toute façon, le pays était plein de chantiers inachevés comme celui-ci. La réalité ne pouvait pas suivre nos rêves, a-t-il conclu en riant.

« Pourquoi les gens font ça ? a grommelé Lina alors que nous marchions dans l'herbe. Toutes ces forêts détruites et ces excavations pour construire des maisons minables où la classe moyenne passe ses vacances, et ils ne sont même pas capables de finir ce qu'ils ont commencé ? »

Chuan s'est arrêté pour lever les yeux. Des nuages s'étaient accumulés ce matin-là, pas les gros nuages chargés de pluie qui se déployaient généralement bas dans le ciel à cette période de l'année, annonçant un nouveau déluge, mais d'autres plus légers, étirés dans le ciel comme un patchwork et teintés de gris qui laissaient présager des précipitations.

« Tu crois qu'il va pleuvoir ? » me suis-je enquis.

Il a secoué la tête.

« C'est une honte, a continué Lina, sans s'adresser à personne en particulier.

— Ce ne sont que quelques maisons, a répliqué Chuan. Les gens ont besoin d'un endroit où vivre. Ou partir en vacances. Tu fais toute une histoire pour rien.

— Raser des forêts pour que les riches puissent partir en vacances, ce n'est pas *rien*. Nous avons les jungles les plus anciennes du monde, plus vieilles que l'Amazonie, plus vieilles que dans n'importe quel autre endroit de la planète, et nous les abattons pour construire quoi, des villas Tivoli ? C'est du délire. »

Chuan a soupiré. « À quoi bon se battre si le combat est déjà perdu ? Personne ne se soucie de nous. Nous sommes un petit pays, nous ne sommes pas le Brésil. Le monde veut des causes qui font vendre. L'Amazonie est une marque. Nous ne sommes pas sexy. Nous sommes invisibles.

— Mais nous existons », a protesté Yin en accélérant le pas pour marcher à hauteur de Lina.

Nous avions atteint le pied de la petite colline, et Chuan s'est mis à courir, nous devançant avant de disparaître soudainement. Il avait plongé dans une cuvette si habilement creusée dans le sol que nous ne pouvions la voir avant d'être au bord du ravin, dissimulé par le feuillage qui le masquait. Chuan nous a fait signe de le rejoindre et nous l'avons retrouvé à l'entrée de ce qui ressemblait à une grotte. Ce devait être un ancien abri de guerre, nous a expliqué Chuan tandis que nous rampions à l'intérieur. L'entrée étroite donnait sur un espace plus vaste soutenu par des poutres et des étais en bois. Il n'y avait pas assez de place pour se tenir debout, alors nous nous sommes agenouillés sur le sol en terre battue, le temps que nos yeux s'habituent à l'obscurité. L'abri s'étendait sur six à dix mètres de côté, nous a expliqué Chuan. Il l'avait découvert des années auparavant, lorsqu'il était enfant et n'avait rien d'autre à faire que vagabonder. Fong était toujours au travail et il n'y avait personne d'autre pour s'occuper de lui, alors que, dans la plupart des autres familles de la campagne, il semblait toujours y avoir un réseau d'oncles, de tantes et de cousins éloignés vivant dans les environs. Il n'avait pas cela, mais il ne regrettait pas cette vie de famille. Il avait toujours aimé la solitude. Il aimait la liberté que lui procurait le fait d'être négligé. Il avait parfois entendu des gens reprocher à Fong de ne pas s'occuper de lui. Notre mère, par exemple – il se souvenait qu'elle l'avait réprimandé à ce sujet, des années auparavant ; et il avait détesté que son père subisse cette remontrance, non pas parce qu'il voulait défendre Fong ou parce qu'il pensait que Fong était un bon parent, mais parce qu'il entendait conserver sa liberté. Il n'allait pas à l'école s'il n'en avait pas envie, il restait dehors toute la journée si cela lui chantait. Personne ne le surveillait jamais, et quand il voyait la façon dont les autres parents s'occupaient de leurs enfants, cela le rebutait. Il ne regrettait même pas d'avoir perdu sa mère, qui l'avait abandonné peu après sa naissance, car, pour lui, une mère était synonyme de surveillance. Peut-être était-il comme son père, après tout. Deux hommes tellement habitués à la solitude qu'ils ne pouvaient s'entendre avec personne d'autre. Pas même entre eux.

Un jour, il était tombé sur cet abri et avait pensé qu'un animal y vivait. Il avait trop peur pour y entrer. Il était revenu avec une lampe torche et avait vu qu'il s'agissait simplement d'un espace vide, inoccupé depuis des années. Au fond de la grotte, il avait trouvé des boîtes de biscuits qui n'avaient pas été ouvertes. Il se souvenait que son père et d'autres habitants parlaient des communistes chinois qui avaient vécu à la lisière de la jungle pendant des années ; certains d'entre eux avaient dû construire cette cachette, trop bien camouflée pour être apparue naturellement. C'était aussi pour cela qu'il s'était immédiatement senti ici chez lui. C'était un refuge créé par des gens qui n'avaient leur place nulle part ailleurs.

Quand il eut fini de parler, nous nous sommes accroupis dans l'obscurité et avons écouté le silence. Il n'y avait pas beaucoup d'espace et nous étions blottis les uns contre les autres. Ma cuisse était pressée contre celle de Chuan, sa peau humide contre la mienne. J'ai senti sa main se poser sur mon genou et s'y reposer ; j'ai placé la mienne sur la sienne. J'avais l'impression d'entendre les battements de mon cœur.

« On est en sécurité ici ? a murmuré Yin. J'ai l'impression que le plafond va s'effondrer.

— Imagine si ça arrivait et qu'on disparaissait sous terre, a soufflé Lina. Personne ne saurait qu'on était là. Personne ne connaît cet endroit, alors comment pourraient-ils nous retrouver ?

— Ne dis pas ça, tais-toi », a marmonné Yin. Nous ne savions pas pourquoi nous chuchotions ; il n'y avait personne d'autre dans les environs, pourtant le bruit que nous faisions dans l'obscurité semblait irrespectueux.

« Je me demande si quelqu'un est déjà mort ici », s'est interrogée Lina, et nous avons tous ri, sauf Yin, qui a poussé un cri d'exaspération et a tenté de frapper Lina, mais l'a manquée. Chuan a déplacé sa main et étiré les doigts, en m'invitant à entrelacer les miens avec les siens. Nous avons parlé à voix basse de ce que cela devait être de vivre en semi-fugitif, en marge de la société. Certaines des personnes qui se cachaient dans cet endroit avaient sans doute mené une existence ennuyeuse – commerçants, journalistes, mécaniciens –, mais étaient habitées par la peur d'être démasquées comme communistes. Sa main était moite, chaude et dure. Combien de temps pouvait-on garder un tel secret ? Un jour, vous menez une vie de famille ordinaire, et le lendemain vous êtes en fuite, caché dans une grotte, vous nourrissant de biscuits en boîte. Chuan a détaché ses doigts des miens, puis ils se sont enroulés autour de ma cheville, la serrant doucement. Imaginez un monde où survivre signifie être invisible. Quand vous en auriez marre des biscuits, vous mangeriez des insectes, juste pour changer ?

« C'est une conversation horrible, a gémi Yin.

— On plaisante, désolée », a répliqué Lina, mais Yin avait déjà commencé à ramper vers la lumière. Nous l'avons suivie, et lorsque nous nous sommes relevés, en plissant les yeux, nous avons vu qu'elle avait pleuré. Nous sommes restés debout à regarder le paysage autour de nous et, pendant un moment, il a semblé que pas une feuille, pas un brin d'herbe ne bougeait. J'aurais aimé sentir un souffle de vent, mais il n'y en avait aucun ; les nuages au-dessus de nos têtes étaient parfaitement immobiles, comme figés par la chaleur. Parfois, j'ai l'impression que cet endroit n'est pas réel, a confié Chuan sur le ton doux de nos échanges dans l'abri anti-bombes, à peine audible. Nous nous sommes dit qu'il parlait peut-être tout seul.

« Nous ferions mieux de rentrer, a suggéré Lina. Pour éviter tout nouveau drame à notre chère mère. Elle est probablement encore bouleversée par sa dispute avec Jack Lim.

— Tu crois qu'ils se sont encore disputés ? a demandé Yin. Elle a essuyé ses yeux avec le dos de sa main.

— Bien sûr. Sinon, pourquoi se serait-il enfui sur la côte pour la journée ? Allons-y. Elle se sentira mieux si nous sommes près d'elle.

— Pauvre maman », a dit Yin en fronçant les sourcils, inquiète.

Elles ont fait demi-tour pour remonter la pente, mais Chuan et moi sommes restés où nous étions. « Vous ne venez pas ? a demandé Lina en se retournant.

— Je pense qu'on va marcher jusqu'au lac et traîner un peu là-bas, ai-je répondu. Je ne me sens pas prêt à rentrer à la maison. »

Lina a haussé les épaules. « Vous êtes fous, par cette chaleur, mais bon… »

Nous les avons regardées remonter lentement la colline. Lina a sorti un bandana rouge de sa poche et l'a tendu à Yin, qui s'en est couvert la tête et l'a pincé fermement sous son menton, formant ainsi un carré de couleur dans le paysage décoloré.

« Allez, viens », a dit Chuan. Nous nous sommes mis en route vers les grands arbres au loin. Le soleil était à son zénith, faisant miroiter la terre devant nous. Je marchais en tête. Les herbes hautes et rugueuses me fouettaient les mollets, mais je m'étais habitué à la douleur, je ne la sentais presque plus. Étrange, ai-je pensé, mon corps s'était adapté au paysage, il s'y était soumis. L'air était si chaud et sec qu'il me brûlait la gorge quand je respirais.

« Si on grattait une allumette, toute cette terre s'embraserait », ai-je murmuré.

Sui erre dans la maison, s'arrêtant dans chaque pièce. Parfois, elle touche un meuble – le bord ébréché d'une table ou les brins effilochés d'une chaise en rotin – comme si le bref contact physique avec chacun de ces objets était capable de lui rappeler la première fois qu'elle était venue ici, il y a plus de vingt ans ; capable de faire resurgir le sentiment qu'elle avait éprouvé en entrant dans la maison – tranquillité et excitation égales ; familiarité et exotisme ; optimisme.

À l'époque, son futur beau-père (le mariage n'aurait lieu que quelques semaines plus tard) lui avait fait visiter la ferme pendant que Jack était resté à la maison pour rattraper son retard dans son travail. Loin de la ville, le vieil homme était plus stable sur ses jambes et inhabituellement volubile. Il avait déjà plus de soixante-dix ans, sa santé déclinait et, en ville, elle avait fini par le considérer comme quelqu'un de taciturne, éclipsé par une femme plus jeune et plus énergique que lui. Personne ne comprend, avait-il confié à Sui, personne ne comprend pourquoi je suis attaché à cet endroit. Ce n'est pas rentable, ce n'est pas situé dans une région réputée du pays, ce n'est pas spécial, mais c'est à moi. C'est à nous, à mes enfants et à mes petits-enfants. Ma femme veut que je le vende pour acheter un de ces nouveaux appartements en ville, mais ce n'est pas la même chose. Personne ne comprend.

Moi, je comprends, lui a répondu Sui.

Je suis arrivé dans ce pays quand j'étais adolescent, sans un sou en poche, a-t-il continué – mais Sui savait déjà ce qu'il allait dire, elle l'avait entendu tant de fois auparavant, ce raisonnement des migrants sans le sou dont chaque acte était déterminé par leur pauvreté. Qu'il s'agisse de dépenser de l'argent, d'économiser, de manger, de ne pas manger, d'être heureux ou triste, tout procédait de leur arrivée dans leur nouveau pays, sans rien qui soit attaché à leur nom. Il lui a raconté son enfance en Chine, les pluies et les inondations à chaque saison des typhons dans la province du Guangdong, les glissements de terrain, les déplacements, sa famille qui déménageait d'un endroit à l'autre lorsque leur maison de fortune était emportée par les eaux et qu'ils devaient repartir de zéro. Un jour, se disait-il alors, un jour, je posséderai un morceau de cette terre, quelque part dans le monde, et je n'aurai plus jamais à déménager, je mourrai là-bas et mes os s'enfonceront dans le sol et je ne ferai qu'un avec ce qui m'appartient. Il avait acheté ce terrain quelques mois avant la fin de la guerre pour très peu d'argent, parce qu'il était isolé. Il ne savait pas quoi en faire, sauf le posséder. Sui l'écoutait sans l'interrompre. Elle n'ignorait pas que sa propriété était symbolique, financièrement peu judicieuse, illogique. Il n'avait pas besoin d'en dire plus.

Tout le monde pense que je suis fou, a-t-il gémi.

Elle s'est arrêtée et a regardé le terrain qui s'étendait autour d'elle. J'aime les gens fous, a-t-elle répliqué. Il n'y en a pas assez dans le monde.

Bientôt, quand je mourrai…

S'il vous plaît, ne…

Cet endroit reviendra à mon fils, à vous deux.

Elle a raconté plus tard à Jack ce que son père avait dit, lorsque Jack l'avait emmenée se promener pour voir le lac aux confins de la propriété. Il avait ri et répondu : dès que ce sera à moi, je le vendrai. Elle s'est sentie soudain envahie par un sentiment proche de la panique, la peur d'une perte imminente, même si elle ne possédait rien et ne pouvait donc perdre quoi que ce soit. Tu ne peux pas faire ça, lui a-t-elle dit. C'est ton héritage, l'héritage de nos enfants. Nous pourrions élever nos enfants ici. Il s'est arrêté dans le bosquet de vieux tamariniers avant d'atteindre l'eau. Il s'est approché d'elle, lui a touché doucement le ventre et l'a embrassée sur la joue, laissant ses lèvres reposer sur son visage.

Tu es folle, a-t-il murmuré, ses lèvres chatouillant sa peau.

C'est pour ça que tu m'aimes, a-t-elle répondu. La canopée s'étendait comme une fine dentelle au-dessus d'elle, filtrant la lumière qui tombait sur le sol de la forêt. Elle a tendu la main et observé les motifs complexes des ombres sur sa peau.

Il a sorti un carnet de sa poche et fait un croquis rapide d'elle avec la silhouette indistincte d'un arbre en arrière-plan. C'était la plus belle image qu'elle ait jamais vue.

Leur première maison était exactement comme elle l'avait imaginée, une maison récemment construite, de plain-pied, au milieu d'une rangée de maisons identiques, dans un quadrillage de rues numérotées. Jusqu'à récemment, le quartier avait été une jungle. Il y avait encore parfois des serpents dans les égouts, des vipères vert vif qui revenaient chercher leur ancien habitat, mais sinon, le quartier était propre, bien éclairé et sûr. Elle trouvait réconfortant d'être entourée d'autres maisons, le bruit des radios et des voix flottant dans les jardins bien entretenus remplis de pots de fleurs. Même les disputes nocturnes qui éclataient parfois semblaient la rassurer. Elle vivait désormais dans la capitale.

Peu après leur emménagement, leur premier enfant est né et, comme Jack l'avait promis, ils ont déménagé dans une maison plus grande, dans un lotissement plus récent, une maison à deux étages au milieu d'une longue rangée, surplombant le bord d'un champ où une aire de jeux avait été construite. Elle se tenait à la fenêtre de sa chambre et regardait les enfants sur les balançoires et les bascules aux couleurs vives, en plastique et représentant des animaux aux visages joyeux : un dauphin qui lui souriait de toutes ses dents, une panthère aux lèvres rouges et pulpeuses, un chiot aux yeux rapprochés et au sourire qui semblait perplexe face à tous les autres animaux autour de lui, qui tournaient et balançaient sans cesse, peu à peu gagnés par la folie.

C'est à peu près à cette époque que Sui a également eu l'impression qu'elle devenait folle. Elle avait un bébé qui passait le plus clair de son temps à dormir, un mari qui passait le plus clair de son temps au travail, une maison confortable et moderne, suffisamment spacieuse pour accueillir ses projets d'agrandir la famille ; elle aurait dû s'occuper de nettoyer la maison, s'assurer que les assiettes étaient empilées proprement dans la cuisine selon leur taille et leur motif (elle avait acheté un service avec Jack dans un nouveau grand magasin qui avait ouvert en ville), préparer un choix de collations pour son mari lorsqu'il rentrerait du travail, se rendre à la pépinière pour acheter des arbustes et des orchidées afin de décorer le jardin devant la maison – toutes les choses qu'elle savait qu'on attendait d'elle. Mais au lieu de cela, elle passait beaucoup plus de temps qu'elle n'aurait dû à regarder par la fenêtre ces animaux souriants et macabres, se sentant de plus en plus détachée des objets qui remplissaient sa nouvelle maison, perdant tout intérêt pour eux alors qu'elle venait de les acheter : la télévision en noir et blanc avec son élégant boîtier jaune moutarde, le canapé recouvert de plastique rouge froissé et grainé pour ressembler à du cuir, le tapis chinois et la table basse en verre. Elle les avait tous choisis, les avait achetés avec enthousiasme, mais elle se sentait désormais détachée d'eux. Elle a remarqué la poussière qui s'accumulait sur et autour de ces magnifiques possessions, mais n'a pu se résoudre à nettoyer ou à balayer. Il aurait été si simple de prendre la serpillière ou un chiffon humide et de mettre un peu d'ordre dans tout ça. Combien de temps cela lui aurait-il pris – quinze, trente minutes ? À mesure que la saleté s'accumulait, sa lassitude grandissait. Son inaction s'aggravait à chaque remarque de Jack sur la propreté de la maison. Elle était prise au piège qu'elle s'était elle-même tendu, elle en avait conscience, mais elle ne parvenait pas à s'en sortir. Peut-être ne le voulait-elle pas.

Que se passerait-il, se demandait-elle, espérant provoquer une réaction chez elle, que se passerait-il si ces beaux objets coûteux lui étaient soudainement retirés et qu'elle se retrouvait sans rien, revenue à la situation qu'elle avait connue peu de temps auparavant, celle d'une fille de maraîcher qui avait du mal à joindre les deux bouts ? Regretterait-elle alors son inaction, son incapacité à jouer le rôle de la femme au foyer ambitieuse de la classe moyenne qu'elle était devenue ? Elle s'est efforcée de ne pas paniquer lorsqu'elle a pris conscience que la réponse à ces questions était « non ». Elle ne ressentait rien à l'idée de perdre ses nouvelles possessions, cette toute nouvelle vie qu'elle avait acquise par hasard.

Son bébé. Voilà où était le problème. Sui savait qu'elle allait finir par aimer ce petit être fragile et pâle, si chaud et rassurant lorsqu'elle le tenait dans ses bras, mais où était ce sentiment écrasant de sacrifice qu'elle était censée éprouver, cet instinct dont parlaient les autres femmes, cette certitude qu'elles étaient prêtes à renoncer à tout ce qu'elles possédaient, même à leur vie, pour préserver le bonheur et la sécurité de leurs enfants ? Sui ne ressentait pas cette vague d'amour maternel naturel ; elle allait devoir y travailler. Le plus déconcertant, c'était que, d'une certaine manière, elle percevait que son bébé avait déjà commencé à comprendre comment survivre dans le monde sans elle et qu'il s'épanouirait plus qu'elle ne le ferait jamais. Dès sa naissance, le bébé la fixait sans ciller, les yeux calmes et immobiles, observant chaque détail. Sous son regard, Sui avait l'impression d'être évaluée et jugée, d'une manière infime mais perceptible, comme déjà insuffisante, incapable d'être la mère qu'elle devrait être. Lorsque le bébé dormait dans son berceau, Sui s'allongeait sur le lit à côté et, avant de s'assoupir, murmurait : « S'il te plaît, ne me laisse pas échouer avec mon bébé. »

Les mois s'étaient écoulés et elle s'était remise de cette période de terrible léthargie, de ce refus stoïque d'habiter la vie qui était devenue la sienne. Elle avait appris à cuisiner des repas plus intéressants et variés, même s'ils n'étaient jamais très élaborés ; elle apprendrait à repasser les cols des chemises de Jack comme il aimait, et à superviser la jeune Indonésienne qu'elle avait engagée – de son propre chef, grâce à des amies du quartier – pour l'aider à faire le ménage deux matins par semaine ; elle se surprendrait à rire avec les enfants (ils étaient deux maintenant, en un rien de temps) en les poursuivant dans la petite cour ou en jouant à cache-cache dans le salon. Elle se glisserait dans une routine sans même s'en rendre compte, jusqu'à ce que ses journées soient trop chargées et bruyantes, trop remplies de tâches ménagères pour qu'elle ait du temps pour elle, et elle découvrirait que son épuisement était une source de satisfaction, la preuve de cette étrange notion de réussite qu'elle était censée avoir atteinte en tant qu'épouse et mère. Mais elle ne se déferait jamais totalement de cette envie de nager à contre-courant, cette sensation de s'éloigner de tout sans aucun remords, aucun regret, ni même la moindre contrariété. Cette impulsion lui revenait de temps en temps, par exemple lorsqu'elle roulait sur l'autoroute fédérale pour aller chercher les enfants à l'école, ou lorsqu'elle faisait ses courses chez Teng. Et si elle continuait tout droit sur l'autoroute, sans prendre la sortie qui menait à l'école, ou si elle abandonnait son panier rempli de boîtes de sardines et de tranches de pain blanc à la caisse ? Elle imaginait à quel point elle se moquerait d'être dépossédée de son statut d'épouse de Jack Lim, mère de ses trois beaux enfants (oui, ils étaient trois maintenant). Ce serait si facile de disparaître.

C'est l'un de ces moments, pense-t-elle, où ce sentiment la reprend. Depuis la fenêtre à l'étage, sur le palier entre sa chambre et celle de ses filles, elle observe Jack qui peint ses petites aquarelles. Il a installé une table sous un parasol de fortune sur la pelouse devant la maison. Elle ne voit pas très bien sa tête, qui est cachée par le parapluie qu'il a fixé à un piquet enfoncé dans le sol dur. Celui-ci est incliné et ne lui procure pas beaucoup d'ombre. Il est là depuis l'aube et le soleil a déjà changé de position. Elle admirait autrefois ces peintures, des paysages flous et captivants qu'il qualifiait d'impressionnistes, jusqu'à ce qu'elle se rende compte que les œuvres de Lina, âgée de treize ans, étaient bien supérieures, la maîtrise de ses coups de pinceau et son utilisation des couleurs faisant passer les siennes pour un passe-temps confus, ce qu'elles étaient en réalité. Son amour pour l'art semblait autrefois magnifique ; aujourd'hui, il ne fait que souligner le déclin de ses capacités. Il serait si facile pour elle de le quitter. Elle pourrait prendre la voiture de Fong et partir n'importe où. Jack ne pourrait pas l'en empêcher. C'est un homme vieillissant qui se sent désemparé parce qu'il vient de perdre son emploi et qu'il ne retrouvera probablement jamais de travail.

Oui, il avait perdu son emploi, et pour l'instant, il voulait le garder secret. Il ne l'avait pas dit aux enfants, non pas parce qu'il avait honte, mais parce que, disait-il, il pourrait le récupérer, même si Sui et lui savaient tous deux que c'était improbable. L'université lui a annoncé la nouvelle le dernier jour du trimestre, juste avant que la famille ne parte pour le sud. Le directeur des études avait convoqué Jack dans son bureau et lui avait dit que le gouvernement réduisait les subventions accordées aux établissements comme le sien. Il regrettait de se séparer de Jack, mais il valait mieux qu'il ne revienne pas après les vacances pour la rentrée. Il y avait eu quelques plaintes à son sujet, rien de très grave, mais compte tenu de son âge – il avait, en théorie, dépassé l'âge de la retraite –, il serait préférable pour tout le monde qu'il parte discrètement. Ne voulait-il pas prendre le temps de profiter de la vie, jouer au golf, revoir ses amis ? Il s'agissait d'un départ volontaire, il n'était pas licencié.

Il lui a dit qu'il allait passer la journée sur la côte pour peindre. Il a besoin d'espace pour réfléchir, seul. Il doit décider de son avenir, du type d'emploi qu'il peut trouver. Il n'y a pas si longtemps, elle aurait compris qu'il voyait quelqu'un d'autre, son visage fermé et ses réponses monosyllabiques constituant une parade afin de couper court à toute question supplémentaire. Mais aujourd'hui, elle sait que sa sortie est bien ce qu'il dit : un moment de paix pour un homme qui essaie de ne pas se laisser écraser par la vie. Elle est contente qu'il ait décidé de s'éloigner quelque temps.

De l'autre côté de la maison, elle voit Fong transporter des sacs qui semblent remplis de ciment entre le camion et l'entrepôt ; ils sont manifestement lourds. Il a promis à Sui de l'emmener au marché en ville. Ils manquent de provisions et doivent faire des courses pour le reste de leur séjour. Combien de temps allez-vous rester ici ? lui a-t-il demandé hier. Elle a hésité. Qui sait, peut-être pour toujours, a-t-elle pensé, mais elle a finalement répondu : « Encore une semaine ou deux. »

Elle descend et range la cuisine, même s'il n'y a pas grand-chose à faire. La vaisselle est empilée proprement et le sol balayé. Elle s'avance dans la cour pour chercher Fong et lui dire qu'elle est prête à partir, dès qu'elle aura préparé le pique-nique de Jack et se sera assurée que les enfants sont occupés à leurs activités – mais que font-ils exactement ? Elle les a à peine vus ces derniers jours. Voici Jay, qui sort de la maison pour voir qui est là. Même s'il fait semblant de ne pas la voir, Sui sait qu'il l'a aperçue traverser la cour. Il la regarde, toujours observateur. Elle se dit parfois que c'est ainsi qu'il survit, en observant chaque situation afin d'éviter les ennuis. (Elle se demande aussi s'il devine ce qu'elle pense.) Lina et Yin sortiront plus tard et quitteront la maison sans dire bonjour ni demander à Sui comment elle va – peut-être ne veulent-elles pas le savoir.

Il se peut que ce soit un effet de la lumière ici, à la campagne, mais ses enfants lui semblent désormais étrangers, des adultes qu'elle connaît bien mais qu'elle ne voit qu'occasionnellement. Ils bougent d'une manière qui lui est inconnue, utilisent un vocabulaire qu'elle ne reconnaît pas. Elle ne sait plus ce qu'ils pensent.

À quoi ressemblerait la vie à la ferme si elle vivait ici ? Échangerait-elle un piège contre un autre ? Fong sort de la remise en boitant. Il lève la main en signe de salut et se dirige vers elle.

La vie à la ferme, même si celle-ci est moribonde et peu rentable, lui conviendrait très bien. Elle s'y adapterait comme elle s'est adaptée à tout. Elle se souvient de ce qu'elle a ressenti lorsqu'elle est arrivée ici, cette vague sensation d'euphorie qui, elle s'en rend compte aujourd'hui, était une forme de contrôle, de domination. Elle n'appartiendrait peut-être jamais vraiment à cette terre, mais celle-ci lui appartenait désormais.

As-tu une glacière pour la viande et le poisson que nous allons acheter ? demande-t-elle à Fong. J'ai peur que ça s'abîme.

Il secoue la tête. Combien comptes-tu en acheter ? Il rit. Ce n'est pas comme si tu allais rester ici pour toujours.

Qui sait, répond-elle en essayant de garder un ton léger. Peut-être que je resterai. Tu risques de le regretter, alors.

C'est sans doute toi qui le regretteras, répond-il sur le même ton désinvolte.

Nous avons quitté la maison dans la nuit, une fois certains que Fong et mes parents étaient couchés. Ce n'était pas comme si nous enfreignions les règles, nous n'avions pas de couvre-feu. Depuis le retour de mon père de la côte, la maison semblait plus calme, et chaque fois qu'il se retirait dans leur chambre ma mère s'efforçait de le suivre. Les repas, qui jusqu'alors avaient représenté la dernière structure formelle de notre vie familiale, étaient devenus plus flexibles. Lorsque Chuan et moi arrivions trop tard pour le dîner, nous trouvions toujours quelque chose à manger, souvent pas assez pour nous deux, ce qui nous donnait une excuse pour repartir. Lina et Yin, assises sous la véranda, lisaient ou envoyaient des SMS à leurs amis, refusant poliment nos invitations timides à se joindre à nous. Elles se confectionnaient des sandwichs avec le pain blanc bon marché que Fong avait acheté, qu'elles tartinaient généreusement de confiture ou de kaya et de margarine, ou encore de beurre de cacahuètes que Yin avait demandé à Chuan de rapporter du 7-Eleven. Il leur achetait aussi des bouteilles de Pepsi ou de Fanta, qu'elles buvaient pour accompagner leurs dîners improvisés. Parfois, l'une d'elles préparait des nouilles instantanées qu'elles mangeaient sous la véranda, même pendant que mes parents et Fong dînaient à l'intérieur. Je ne savais jamais qui j'allais trouver à la table de la cuisine : parfois les trois adultes, parfois Fong et ma mère ou mon père, parfois seulement l'un d'entre eux. C'est intéressant, a fait remarquer Lina, qu'à notre âge, nous les appelions encore *les adultes*. Ça doit venir de notre éducation.

Mes parents et Fong ont sûrement entendu le scooter démarrer et s'éloigner depuis leur chambre, comment auraient-ils pu ne pas l'entendre ? Mais ils n'ont rien fait pour nous empêcher de partir et n'ont émis aucun commentaire le lendemain matin. C'était comme si, dans l'air chaud de la campagne, le ciment qui nous liait s'était dissous, nous laissant libres de nous séparer.

Chuan et moi avons décidé de nous rendre à l'appartement de Jessie en ville. Elle n'était pas là et ne répondait pas aux SMS de Chuan, mais il a dit que ce n'était pas grave, qu'il lui arrivait souvent de rester silencieuse pendant un jour ou deux ; il avait les clés et utilisait souvent l'appartement. Dès notre arrivée, il a voulu prendre une douche – il n'aimait pas être en sueur, je l'avais remarqué ; il se lavait en vitesse même après le moindre effort physique à la ferme. Je pensais que c'était peut-être une invitation à un prélude et que nous allions prendre une douche ensemble, mais il a fermé la porte de la salle de bains derrière lui. Il a mis beaucoup plus de temps que prévu, et je me suis assis sur le lit, sous la lumière crue du plafond, en pensant qu'il avait peut-être changé d'avis, qu'il avait décidé que tout cela était une erreur et que je n'étais pas assez bien pour lui

– j'étais trop jeune, je ne connaissais pas grand-chose de la vie, je ne savais pas comment engager une relation sexuelle. Quand il est sorti, il avait une serviette autour de la taille et m'a lancé : À ton tour. Je me suis douché aussi vite que possible. Il avait éteint la lumière et la pièce était plongée dans l'obscurité, éclairée uniquement par les lumières de la ville qui filtraient à travers les fenêtres entrouvertes.

Il m'a dit : Je veux être propre pour toi.

Nos nuits étaient longues et nous n'avions plus besoin de retourner à la ferme si nous n'en avions pas envie. Chuan m'a appris à conduire son scooter, ce qui ne semblait pas difficile. J'avais passé tellement de temps comme passager, accroché à lui, que l'équilibre et le rythme du deux-roues m'étaient déjà familiers. Un après-midi, nous avons parcouru dans les deux sens la ruelle étroite et droite devant l'appartement de Jessie, en tournant brusquement à chaque fois que nous arrivions au bout et en nous couchant sur le guidon. De temps en temps, une voiture arrivait en sens inverse, mais nous ne ralentissions pas, et les regards noirs des conducteurs irrités nous faisaient rire.

« Pourquoi dois-je apprendre à conduire ? ai-je plaisanté. Je préfère être ton passager.

— Au cas où je boirais trop, m'a-t-il répondu d'un ton neutre. Ou s'il m'arrivait quelque chose. Et puis, tu dois savoir conduire un scooter pour quand… quand tu rentreras chez toi et que je ne serai plus là. »

Je n'ai pas répondu. L'idée de retourner dans la capitale et de conduire un scooter tout seul me semblait absurde – nous étions si loin de la ville, des rues mornes de la banlieue, des bus coincés dans les embouteillages pour aller en cours, même si je savais que la nouvelle année arriverait bientôt.

« Allons faire un long tour, a proposé Chuan. Il y a un endroit que je veux te montrer. »

Lorsqu'il m'a dit qu'il voulait m'emmener à Johor Bahru, qu'il appelait « la ville », à environ trois quarts d'heure de route, j'ai protesté. C'était un endroit laid, un enchevêtrement désordonné de routes monotones bordées de boutiques bon marché fréquentées par les Singapouriens venus passer la journée pour faire leurs courses et le plein d'essence à bas prix. « Tu imagines ce que ça doit être de vivre dans cette ville, ai-je plaisanté, et de devoir regarder tous les jours les gratte-ciel étincelants de Singapour de l'autre côté de cet étroit bras de mer ? Toute ta vie serait occupée par le désir d'être ailleurs, l'impression que la vraie vie est à portée de main, mais toujours hors d'atteinte.

— Certaines personnes trouvent ça cool de vivre dans un taudis, tu sais. Tout le monde n'est pas malheureux dans sa vie », m'a-t-il déclaré alors que nous enfilions nos casques. Le crépuscule tombait et le ciel derrière lui était parsemé de chauves-souris et de martinets revenant de la rivière toute proche.

« Ou peut-être qu'ils sont malheureux, mais qu'ils ne s'en rendent pas compte. »

Il a ri et m'a donné une petite tape sur mon casque alors que je l'attachais sous mon menton. Il m'a tendu la clé. « C'est toi le patron, ce soir. »

La route était large et rapide, encombrée par la circulation en direction de la ville. Des camions transportant des cargaisons de graines de palmier à huile, du bétail et des conteneurs réfrigérés passaient à moins d'un mètre de nous, mais je ne ressentais curieusement aucune peur, Chuan était collé derrière moi, la chaleur de son corps me réconfortait. Le bitume était étonnamment lisse, contrairement à la route qui menait à la ferme, qui était criblée de nids-de-poule creusés par la pluie. Je roulais lentement, en partie par prudence, mais aussi parce que je voulais que ce moment dure le plus longtemps possible. Chuan gardait ses mains sur ma taille, les faisant parfois glisser vers mes cuisses, et il glissait ses pouces dans les plis de mes poches, nous unissant d'une manière modeste mais symbolique. J'ai accéléré légèrement, et maintenant que les voitures qui arrivaient en sens inverse avaient allumé leurs phares, j'étais parfois aveuglé pendant une seconde ou deux. Je voulais m'accrocher à cet instant, mais je sentais déjà qu'il m'échappait.

Ne sois pas idiot, me disais-je, tu es jeune, tu as tout le temps, il y aura d'autres hommes sur d'autres routes menant à d'autres villes, et alors cet instant – cette soirée sur une route dangereuse menant à une ville frontalière quelconque – n'aura plus rien de remarquable, tu t'en souviendras à peine. C'était ainsi que fonctionnait la mémoire ; c'était le contraire du souvenir, jamais aussi fort qu'on le croyait, abandonnant toujours les moments qui nous importaient le plus. Quand j'ai demandé à ma mère comment elle avait rencontré mon père, comment il était quand ils se sont rencontrés, elle m'a répondu qu'elle ne s'en souvenait pas vraiment, qu'elle devait se forcer à se rappeler les détails quand elle me les racontait, et je voyais bien qu'elle avait vraiment du mal. Elle voulait que le passé reste où il était, c'était plus sûr ainsi, et je pensais que je serais peut-être comme elle, que j'irais de l'avant et que je reléguerais constamment mon passé dans un endroit lointain et sûr. Pendant si longtemps, j'avais voulu échapper à ma famille et devenir adulte, avec le contrôle total sur ma vie, mais à présent, je craignais que cet instinct ne soit devenu si fort que j'essaierais de fuir toutes les personnes dont je me rapprocherais, jusqu'à ce que la fuite elle-même soit la seule chose qui me contente, et que fuir devienne mon mode de vie.

Chuan a passé ses bras autour de moi, juste en dessous de ma poitrine, de manière à encercler ma cage thoracique, et a entrelacé ses doigts pour me serrer doucement contre lui, m'ancrant ainsi ; j'avais l'impression d'être maintenu là où je me trouvais, même si nous roulions à toute vitesse sur la route, et j'ai commencé à penser que c'était peut-être ici que j'avais ma place, dans ce patchwork de petites villes et de routes de campagne ; cet endroit pouvait me contenir.

Nous avons brièvement traversé la ville, puis avons pris une autre route qui s'éloignait du centre, vers une zone commerciale composée d'une série de galeries marchandes et de parkings. Chuan m'a guidé jusqu'au bout d'une ruelle où la plupart des magasins étaient fermés, à l'exception d'un bar dont l'entrée était constituée d'une structure métallique éclairée par des ampoules bleues. Il y avait des gens qui fumaient à l'extérieur, assis à des tables et sur des chaises, des jeunes plus élégamment vêtus que nous, dans des tenues suggérant qu'ils exerçaient des professions libérales. Lorsque nous nous sommes approchés, ils nous ont regardés, un ou deux d'entre eux se tournant vers les autres et leur chuchotant quelque chose en souriant, comme s'ils détenaient une information que nous ignorions. Je me suis senti rougir – je n'avais pas l'habitude d'être regardé ainsi – et j'ai essayé de rester près de Chuan. « On a l'air d'ouvriers agricoles », ai-je dit. Il m'a pris par le bras tandis que nous passions devant les tables et nous dirigions vers la porte. « C'est ce que nous sommes », a-t-il répondu en riant.

De l'extérieur, je n'avais entendu qu'une pulsation sourde de basse et je ne m'attendais pas à ce que la musique soit aussi forte une fois à l'intérieur. L'endroit était exigu, la dizaine de tables était déjà occupée par des groupes d'hommes et de femmes, et nous avons dû nous frayer un chemin jusqu'au petit bar où nous avons pu nous percher et observer la salle. Chuan a commandé des bières et nous sommes restés debout à observer les gens autour de nous, qui ne semblaient pas nous remarquer pour la plupart, même si de temps en temps quelqu'un croisait mon regard et me souriait, et je détournais les yeux, ne sachant pas comment réagir. Un homme m'a fait un clin d'œil et j'ai senti mon visage rougir de honte. Chuan a levé sa bouteille vers quelqu'un au fond du bar et il a articulé quelque chose que je n'ai pas compris. Je lui ai demandé s'il connaissait beaucoup de monde ici, mais il ne m'entendait pas à cause de la musique. Il a posé sa main sur ma nuque et il a approché ma tête de son oreille pour pouvoir m'entendre, et quand il m'a répondu : Non, je ne viens pas souvent ici, ses lèvres étaient si proches de mon oreille qu'elles effleuraient ma peau. J'étais content que la musique soit si forte, car cela nous rapprochait.

À un moment donné, la musique s'est arrêtée et quelqu'un a pris le micro pour annoncer le concours de karaoké hebdomadaire. Des gens se sont approchés du micro à l'autre bout du bar et ont chanté des ballades cantonaises. Les écrans de télévision qui affichaient les paroles montraient des clips de jeunes femmes se promenant mélancoliquement dans des parcs avec des lacs et des jardins en arrière-plan, ou des vidéos de cerfs cavalant dans les montagnes, qui n'avaient pour la plupart aucun rapport avec les chansons et nous faisaient rire parce qu'ils étaient totalement arbitraires. Tout le monde dans le bar connaissait la plupart des chansons et les reprenait en chœur, et après un moment, nous avons fait de même, nos voix noyées par celles des autres, même si nous chantions aussi fort que possible. Je peux entendre ta voix, m'a dit Chuan. Il avait laissé son bras autour de ma taille tout ce temps, et à cet instant, il a posé sa main sur mes côtes. Je la sens ici quand tu chantes.

Puis, brusquement, il s'est éloigné de moi et est allé parler à la personne qui s'occupait du karaoké. Il a pris place devant le micro. Lorsque les premières notes de la chanson de Jacky Cheung ont retenti, le public a applaudi avec surprise et impatience ; à cette époque, cette chanson était incontournable, on la jouait dans toutes les fêtes, mais dès qu'elle a commencé, nous avons eu l'impression de l'entendre pour la première fois. À travers le micro, la voix de Chuan semblait plus grave que d'habitude, et dès les premières notes, il chantait étonnamment juste. Il a serré le micro entre ses deux mains et fermé les yeux tandis qu'il accentuait les premiers mots. Les clients du bar se sont mis à chanter avec lui aussitôt, et quelques-uns ont poussé des cris d'approbation. J'avais toujours feint une aversion pour cette chanson, répétant à mes amis qu'elle était trop sentimentale et mélodramatique, mais là, impossible de résister à l'envie de chanter quand Chuan a entamé le refrain. *I just want to spend my life by your side.* Il a levé la main et l'a tendue dans ma direction, et tout le monde s'est retourné pour voir à qui il s'adressait. J'ai fait non de la tête et caché mon visage dans mes mains, et les clients du bar ont hurlé des encouragements et applaudi. Quand il a terminé, les applaudissements ont rempli la salle, puis la séance de karaoké s'est assez vite terminée et la musique a repris, la basse lourde rythmant le fond sonore.

« Les paroles sont vraiment nulles », ai-je commenté.

Il a fait mine de m'étrangler, mais s'est contenté de poser doucement ses mains autour de ma gorge, leur chaleur moite se propageant jusqu'à ma poitrine. « Allons danser », a-t-il dit. Nous nous sommes frayé un chemin à travers la foule et avons rejoint quelques autres personnes qui dansaient dans le petit espace où se trouvaient le karaoké et le micro. Un jeune homme aux cheveux teints en jaune agitait les bras en l'air au rythme de la musique. Je me suis penché vers Chuan et lui ai dit que je ne pourrais pas rentrer en scooter. J'avais bu trois bières et j'avais la tête lourde. « Personne ne nous attend à la maison », m'a-t-il répondu. On entendait une musique : c'était « Like a Prayer » de Madonna. Les gens faisaient des mouvements anguleux avec leurs bras autour de leur tête et de leur cou et s'efforçaient d'avoir l'air sérieux et professionnels, mais, au bout d'un moment, ils ont tous abandonné et se sont mis à danser de manière désordonnée, comme d'habitude. Les lumières bleues du bar étaient plus tamisées, mais c'était peut-être un effet de mon imagination. J'ai enlacé Chuan pendant que nous dansions, et il m'a dit quelque chose que je n'ai pas entendu à cause de la musique et des rires autour de nous. J'avais l'impression que, si j'arrêtais de bouger, je tomberais.

Tu risques de le regretter, dit Sui. Tu risques de le regretter si je reste ici pour toujours. Fong sait qu'elle plaisante ; elle ne peut pas abandonner une vie riche, confortable et rangée, avec un mari et des enfants qui lui apportent la sécurité dont elle a besoin. Pourquoi y renoncerait-elle ? Ses journées à la ferme seraient dépourvues de luxe, pleines de difficultés et d'inconfort. Pourtant, il ne peut s'empêcher d'imaginer les contours d'une vie future, faite d'une routine qui ressemble à ce moment.

Après être convenus d'aller au marché ensemble, ils montent dans la voiture et partent, les vitres baissées. Elle dit qu'elle aime sentir le vent chaud sur son visage, qu'elle déteste la climatisation. C'est bizarre, fait-il remarquer, généralement les citadins adorent la climatisation, ils y sont accros, ils ne supportent pas la chaleur plus de quelques minutes.

N'oublie pas que j'ai grandi dans une ferme, réplique-t-elle. Pendant que tu grandissais avec ta mère en plein centre-ville, j'étais dans un village sans électricité. C'est *moi* qui suis originaire de la campagne, pas toi.

Ils parlent de leurs enfances respectives ; ils ne se la remémorent pas avec nostalgie ni ne se rappellent d'amères expériences, mais jettent plutôt des fragments de leur passé dans la conversation afin de se redécouvrir l'un l'autre. Ils ont presque le même âge et se connaissent depuis plus de vingt ans, mais la redécouverte de leur amitié est si riche qu'elle pourrait durer encore de nombreuses années.

Tu te souviens quand tu es venu séjourner chez nous, il y a combien de temps déjà ? Yin n'était pas encore née, il n'y avait que moi et Lina. Tu étais tellement malheureux, tu ne voulais pas être là, tu restais assis sur une chaise à broyer du noir toute la journée, rêvant d'être de retour à la ferme. Tu n'as rien mangé de ce que nous t'avions préparé. Je t'ai demandé ce qui n'allait pas et tu m'as répondu que tu avais juré de ne plus jamais remettre les pieds en ville après la mort de ta mère. Tu étais comme un adolescent ronchon !

Tu te souviens de ta première visite ? Père était encore en vie et tu n'étais même pas encore mariée. Je me suis dit : encore une fille trop délicate de la ville, mais ensuite tu as traversé un champ et quand le sol est devenu boueux tu as continué à marcher comme si de rien n'était. Jack a fait demi-tour immédiatement, disant qu'il n'avait pas les bonnes chaussures, mais tu as simplement enlevé tes chaussures et tu as marché pieds nus.

Je ne m'en souviens pas. Elle secoue la tête et elle rit. En fait, si, je m'en souviens. Tu es arrivé en courant sur le chemin avec une paire de grandes bottes en caoutchouc noir et je me suis dit : mais pourquoi ce garçon bizarre pousse-t-il des cris en agitant des bottes dans ma direction ? Je pensais que tu étais fou. Je suppose que tu pensais la même chose de moi.

Tu te souviens que tu as continué pieds nus jusqu'aux tamariniers ? Je pensais vraiment que tu étais folle.

Je n'étais pas folle, j'étais heureuse. Je pensais que Jack attendait là, mais il n'y avait que toi, avec les bottes. Tu m'avais suivie jusqu'ici.

Tout en parlant, elle montre parfois quelque chose à l'extérieur : un faucon qui plane au-dessus du marais asséché ou une chèvre qui s'est éloignée de son troupeau et grimpe sur une colline au loin. Ce sont des choses qu'il ne remarquerait jamais, elles font partie de la monotonie de son trajet quotidien vers la ville, où il doit faire face à diverses sources d'inquiétude : le directeur de la banque, le grossiste en fruits, le marchand de matériaux de construction à qui il doit de l'argent. Bientôt, ils entrent dans la ville aux larges rues. Il a honte un instant de la morosité de la ville, craignant que cela ne rejaillisse sur lui, que les magasins fermés, les grossistes en vêtements bon marché, les prêteurs sur gages et les bureaux de paris soient en quelque sorte de sa faute, qu'il soit le genre de personne qui permet à ces commerces de survivre. Il a également peur – et c'est une pensée folle et irrationnelle – que Sui déteste tellement cette ville qu'elle ne revienne jamais. Pourtant, elle continue de parler – du prix des légumes ces derniers temps, de la pénurie de produits frais sur les marchés, de la facilité de se garer dans les petites villes comme celle-ci ; elle ne mentionne pas la ville à moitié morte et les tas d'ordures qui s'accumulent au hasard sur le bord de la route ; elle ne demande pas si la mairie a réduit ses services (c'est le cas) ou si l'odeur qui se dégage de la rivière est due à la pollution en amont (c'est le cas). Il est soulagé, car elle ne voit que la ville de province qu'elle a connue dans sa jeunesse. L'endroit n'a pas d'importance pour elle ; ce qui compte, c'est la tâche à accomplir, qui est d'aller faire les courses avec lui.

Le marché est vaste et animé, surtout pour une ville de cette taille, et Sui est surprise par l'abondance des produits proposés. C'est vraiment pas cher, répète-t-elle en passant devant les premiers étals. Il remarque qu'elle parcourt les allées de manière méthodique, faisant un tour rapide pour repérer les meilleurs vendeurs, estimant mentalement le prix et la qualité des produits, avant de se diriger vers le boucher. Elle a dressé une liste et elle s'y tient, et Fong pense que c'est sans doute ainsi qu'elle est dans la vie de tous les jours. Elle doit être concentrée et organisée, et accomplir toutes ses tâches jusqu'à ce qu'elle ait terminé. Lorsqu'elle en a fini avec chaque vendeur, elle tend ses achats à Fong, qui les place dans le grand sac en raphia qu'il a apporté. Il aime la suivre, remplir une fonction utile mais sans aucune responsabilité ; c'est elle qui prend toutes les décisions, et étrangement cela le réconforte.

De temps en temps, il salue quelqu'un qu'il connaît, un marchand ou un homme avec qui il a travaillé au cours des années passées, et Sui lui demande qui c'est. Quelqu'un, c'est tout, répond-il vaguement. Il est gêné de ne pas avoir d'amis à proprement parler ; il ne peut raconter aucune anecdote amusante sur les personnes qu'il vient de saluer, il n'a pas de compagnons qui pourraient refléter sa vie intérieure, le genre de personne qu'il est vraiment. Et quel genre de personne est-il exactement ? Les amis sont un miroir qui nous permet de voir qui nous sommes en relief, réalise-t-il. Dans leurs forces, nous discernons nos faiblesses, et vice versa. Son existence solitaire lui a fait oublier qui il était, et ce n'est que maintenant, avec Sui, qu'il est capable de se souvenir de lui-même. C'est un être tendre, ou du moins capable de tendresse.

Après le marché, ils retournent à la voiture, avançant tous deux lentement à cause de la chaleur. Fong se demande comment prolonger ce moment sans que cela puisse paraître déplacé, mais c'est Sui qui suggère d'aller prendre un café glacé. Fong baisse les yeux vers le sac qu'il porte, rempli de produits du marché, d'où s'échappent de petites flaques de sang provenant des paquets de viande, et bien qu'il s'inquiète un instant de ce que la nourriture pourrait se gâter au soleil, il acquiesce et dit qu'il connaît un nouvel endroit. Avec la climatisation, précise-t-il, rien que pour toi.

Oui, il me faut bien ça parce que je suis une citadine délicate.

Les garçons de la campagne n'ont rien contre la climatisation non plus.

Il remarque et apprécie la façon dont ils se désignent l'un l'autre comme *garçon* et *fille*, même s'ils ont depuis longtemps dépassé cet âge.

Ils marchent quelques minutes jusqu'à un nouveau café inauguré moins d'un an plus tôt. Avec un timing impeccable, il a ouvert ses portes quelques mois avant que les marchés financiers ne s'effondrent et que tous les autres magasins de la ville ne commencent à fermer parce que les banques réclamaient le remboursement de leurs dettes. Cet endroit n'a toujours pas mis la clé sous la porte, même si Fong n'y voit jamais personne quand il passe devant en voiture, et sait que bientôt il fermera lui aussi. Pour l'instant, l'endroit est frais et aéré, décoré simplement avec des carreaux blancs qui lui donnent un aspect moderne. Ils commandent un café noir glacé qui coûte beaucoup plus cher que ce à quoi Fong s'attendait, mais il pose une main sur le comptoir pour indiquer qu'il est hors de question que Sui paie. Il compte l'argent aussi naturellement que possible et le pose sur la surface en pierre blanche, puis se retourne pour trouver une table avant que la serveuse ne lui rende la monnaie.

Une fois assis, ils s'adossent à leurs chaises confortables et profitent de ce qu'ils sont seuls dans l'établissement. Les cafés arrivent, des gouttes de condensation coulent déjà le long des gobelets en plastique.

Alors, qu'est-ce que tu comptes faire de la ferme ? Sui enfonce une paille dans le couvercle et boit lentement. Fong regarde le café monter progressivement dans le tube transparent et fin, le remplissant jusqu'à l'extrémité.

Il explique son projet de remplacer les vergers en déclin et les arbres vieillissants par des cultures à croissance rapide comme l'ananas ; il passe rapidement sur la nécessité d'un emprunt en disant qu'il entretient de bonnes relations avec le directeur de la banque locale ; il parle de redonner à la ferme sa gloire d'antan, car il sait que c'est ce qu'elle veut entendre.

Le vieil homme était bon en affaires, mais on ne pouvait pas dire qu'il était bon agriculteur, dit Sui en souriant avant de siroter son café. C'est dommage de perdre les arbres fruitiers, mais je suppose que tu n'as pas le choix.

Ce qu'elle dit semble approbateur à Fong, ce qui est important, se rappelle-t-il, car elle est désormais l'unique propriétaire légale du terrain.

Tant que tu n'abats pas les tamariniers, dit-elle en riant.

Ils sont vieux et malades, tu sais.

Elle hausse les épaules. Mais ils sont encore vivants, et toujours aussi beaux.

Pour changer de sujet, il lui demande des nouvelles de ses enfants, remarquant qu'ils sont plus ou moins adultes maintenant, et, à sa grande surprise, elle répond qu'elle commence à se demander ce qu'elle fera de tout son temps une fois qu'ils auront quitté le nid. L'aînée veut partir de la maison dès qu'elle le pourra, la cadette suivra sans doute ses traces, et il ne restera plus que le benjamin. Les enfants bouleversent votre quotidien, dit-elle. Elle n'était pas préparée à leur arrivée, mais elle veut être prête pour leur départ.

Nous passons toute notre vie à penser à nos enfants, acquiesce-t-il, sans jamais songer au moment où nous ne leur serons plus d'aucune utilité.

Elle regarde la vitrine à côté de la caisse, qui contient quelques petits gâteaux, et plisse les yeux comme si elle envisageait d'en prendre un. Parfois, confie-t-elle, parfois, quand l'un des enfants se fâche contre moi, il me dit : « Je ne t'ai jamais demandé de me mettre au monde. » C'est tellement idiot que je ne peux pas m'empêcher de rire. Évidemment, cela les met encore plus en colère.

Alors, que vas-tu faire de ton temps libre ? demande-t-il.

Elle ne répond pas et baisse les yeux vers le sac de provisions, suffoquant sous la chaleur. Elle le pousse du bout du pied et une petite tache de sang apparaît sur le carrelage blanc, là où le sac a fui.

Je veux être propre pour toi, dit Chuan.

Tu ne me semblais pas sale.

Je déteste transpirer. Je veux une vie où je peux travailler sans transpirer, un travail dans un bureau.

Tu sens bon, dit Jay. J'aime ton odeur. En fait, Jay aime l'odeur musquée de la transpiration sur la peau et les vêtements de Chuan, les légères traces d'odeur de lessive couvertes par un parfum plus puissant de transpiration qui s'accumule si rapidement dans cette chaleur. Jay aime même le déodorant bon marché que Chuan a vaporisé juste avant de sortir de la salle de bains. Quelques instants auparavant, Jay a entendu le sifflement de l'aérosol de l'autre côté de la porte, et maintenant, alors qu'il se tient devant lui, une serviette autour de la taille, l'odeur écœurante emplit la pièce. Ce spray bon marché qui agresse normalement l'odorat de Jay – il n'aime pas les odeurs fortes, il a la nausée dans le bus qui le conduit à l'école tous les matins à cause des après-rasage et des parfums – l'excite à présent. Pendant des années, chaque fois qu'il sentira l'odeur chimique et musquée de ce genre d'eau de Cologne sur la peau de quelqu'un ou dans l'air d'un vestiaire, il ressentira le même frisson que celui qu'il éprouve maintenant, qui pour lui signifie la possibilité, le déroulement d'un après-midi, d'une soirée, d'une vie.

Il ne sait pas encore, contrairement à moi, que ce ne seront que de simples illusions.

Il entre dans la douche pour se laver rapidement, non pas parce qu'il en a besoin, mais parce que cela lui donnera quelques instants pour réfléchir à la façon dont il va se comporter. Il n'a jamais été dans une chambre avec un autre homme. Une fois, un homme l'avait abordé dans une librairie d'un centre commercial, où il était assis dans un coin, lisant à toute allure des livres qu'il n'avait pas les moyens d'acheter (il les avait soigneusement retirés de leur emballage plastique et les avait empilés proprement). L'homme s'était assis à côté de lui et lui avait demandé s'il y avait quelque chose de cochon dans le livre qu'il lisait, ce qui était étrange, car il s'agissait de *Des souris et des hommes*, et Jay avait dû réfléchir au contenu avant de répondre que non, il n'y avait rien de cochon, après quoi l'homme avait posé sa main sur la cuisse de Jay et lui avait dit : et ça, tu trouves ça normal ou tu trouves ça cochon ? Jay avait hésité quelques secondes avant de se lever et de sentir la main de l'homme retomber mollement de sa cuisse. Il sentait la brûlure du désir, mais surtout de la honte en s'éloignant, sans trop savoir pourquoi il avait honte : parce que l'homme avait deviné ce qu'il était (était-ce si évident ?), parce que l'homme l'avait touché, ou parce qu'il s'était éloigné ? Une autre fois, dans les douches d'une piscine publique non loin de l'école, l'un des maîtres-nageurs avait baissé son maillot de bain et lui avait montré son pénis, l'invitant à le toucher. Cela lui avait paru si surprenant, cette protubérance sombre qui ressortait de l'aine pâle de l'homme, protégée du soleil, alors que le reste de son corps était bronzé. L'homme avait tendu la main et pris la sienne, la guidant lentement vers lui, mais à ce moment-là, un groupe de personnes était entré et le moment était passé. Jay était retourné presque tous les jours à la piscine, manquant parfois l'école pour traîner dans les douches, tant son besoin de retrouver ce moment d'excitation perdue était grand, mais chaque fois qu'il y allait, le maître-nageur faisait semblant de l'ignorer, jusqu'à ce qu'un après-midi, l'homme lui serre la fesse gauche en passant devant lui.

C'est tout ce qu'il a vécu. Cela ne lui est pas d'une grande aide. J'aimerais pouvoir lui dire qu'il sera toujours nerveux.

Dans la salle de bains, il réfléchit désespérément à ce qu'il va faire et dire lorsqu'il retournera dans la chambre, d'ici quelques instants. Sera-t-il timide et coquet, comme une femme à la télévision, ou guttural et imposant, comme le sont les hommes ? Quoi qu'il en soit, il est impatient, et retourne donc dans la chambre.

Cette première fois sous les arbres avait été trop précipitée, et maintenant, ils veulent tous les deux profiter de l'intimité de cette chambre. Ils s'allongent l'un à côté de l'autre et s'embrassent.

C'est la première fois que j'embrasse quelqu'un, dit Jay. Je ne te crois pas, répond Chuan en l'embrassant plus fort. Jay s'écarte. Avec qui as-tu fait ça pour la première fois ? demande-t-il, mais Chuan ne répond pas, il l'embrasse à nouveau, étouffant la question sur les lèvres de Jay.

Jay insiste. C'était un garçon ou une fille ? Il n'est pas seulement curieux de connaître le passé de Chuan, il veut aussi ralentir les choses. Il pense qu'en parlant, il aura davantage de contrôle sur la situation, qu'en répondant à ses questions, Chuan sera moins pressé, le touchera moins avidement. Il ne veut pas que cette première expérience amoureuse se termine trop vite, il veut en savourer chaque seconde. Il effleure Chuan du bout des doigts, à l'opposé de la façon dont Chuan le touche, espérant qu'il comprendra que c'est ainsi qu'il veut que les choses se passent, mais il ne perçoit aucune prise en compte de ses signaux dans les mouvements de Chuan. « Ralentis, dit-il, ralentis », mais il saisit que Chuan n'est pas capable de lui donner la tendresse dont il a besoin. Pendant quelques instants, il se sent perdu. Peut-être qu'il ne devrait pas être là. Peut-être que ce n'est pas ce qu'il voulait, après tout. Mais, malgré ce doute, il prend conscience qu'il est excité, comme si son corps n'était pas en phase avec sa déception. Il remarque que la peau de Chuan est moite et collante au toucher, alors qu'il y a quelques minutes à peine, elle était fraîche et lisse après la douche, et quelque chose dans cette évolution excite Jay, l'idée que le corps d'une autre personne soit capable de modifier son propre odorat et son toucher. Il éprouve la même sensation que sous les arbres : son corps ne lui appartient plus entièrement, et cette perte de souveraineté est une forme de liberté.

Chuan dit quelque chose, marmonne des mots qui ressemblent à *je te veux*, *je t'aime*, et cela déstabilise Jay plus que tout dans cette rencontre, car il est incapable de répondre de la même manière. Cela fait maintenant plusieurs semaines qu'il désire Chuan, mais il arrive à peine à parler. C'est lui qui lit des livres, c'est lui qui devrait posséder les mots nécessaires pour exprimer ce qu'il ressent, mais il est incapable de les trouver. Tout ce qu'il peut percevoir, c'est son corps qui réagit à Chuan, l'intense sensation d'être perdu, puis, à leur grande surprise, il jouit.

Je croyais que tu voulais y aller doucement, dit Chuan un peu plus tard, lorsqu'ils ont repris leur souffle et sont allongés dans le lit, regardant le ventilateur de table tourner paresseusement d'un côté à l'autre.

Je ne sais pas ce qui s'est passé, répond Jay, embarrassé.

C'est pas grave, dit Chuan, tu es jeune. Je prends ça comme un compliment. Sa voix est patiente, rassurante ; et Jay remarque que le son de sa voix le rend somnolent. Il pose sa tête dans le creux entre le cou et l'épaule de Chuan. Il ferme les yeux, mais Chuan veut continuer à parler. Jay entend les mots résonner, mais il ne les saisit pas, car il est déjà en train de s'endormir.

Mon père était assis à l'ombre d'un parasol qu'il avait installé sur la pelouse surplombant le petit ruisseau. Il avait apporté une petite table de la maison et y avait posé son carnet de croquis. Il peignait la scène devant lui avec son petit plateau d'aquarelles.

« Il a déjà peint la même chose trois ou quatre fois, a remarqué Lina alors que nous l'observions depuis la véranda. Ses aquarelles se ressemblent toutes, à mon avis.

— Ce sont des impressions du paysage, pas la réalité, c'est ce qu'il m'a dit en tout cas, a répondu Yin. Il est peut-être en train de devenir sénile.

— Tu ne veux pas lui demander ce qu'il a ? » ai-je demandé à Yin. De nous trois, elle était la seule capable d'avoir une conversation civilisée avec notre père. Parfois, je les surprenais en train de discuter d'un sujet sans rapport avec la vie familiale – le coût de la vie, le comportement des enfants des voisins – d'une manière rationnelle et adulte, avec des questions et des réponses qui suggéraient un véritable échange.

« Il vaut mieux le laisser seul quand il est dans cet état, a répliqué Yin.

— Tu t'intéresses vraiment à ce qui se passe dans la tête de Jack Lim ? a demandé Lina. C'est un marécage là-dedans. » Elle avait pris l'habitude d'appeler notre père par son prénom, comme s'il s'agissait d'un tiers éloigné qui n'avait aucun lien avec nous. Je le regardais, penché sur sa petite table pliante, coiffé d'une casquette de baseball qu'il avait trouvée dans la maison pour protéger sa tête et ses yeux de l'éblouissement du soleil, même s'il était à l'ombre du parasol. Sa main semblait trembler, mais peut-être était-ce parce qu'il peignait la ligne ondulée des collines au loin. De temps en temps, il trempait son pinceau dans une tasse d'eau et levait les yeux vers le paysage devant lui. Je me demandais s'il remarquait la façon dont la lumière changeait en se reflétant sur la cime des arbres des vergers au loin, annonçant la fin de l'après-midi ; s'il enregistrait les variations de couleur dans les parcelles de végétation qui indiquaient où les arbres luttaient pour survivre ou, dans certains cas, mouraient ; s'il apercevait les oiseaux aux couleurs vives qui voletaient dans les hautes herbes, que Chuan m'avait montrés en me disant que c'étaient des guêpiers qui attrapaient de gros insectes en plein vol. Avec son dos voûté et ses coudes osseux, il nous semblait vieux et étranger.

Nous avons décidé de nous rendre tôt en ville et d'attendre que Chuan termine son service avant de dîner. Ma mère et Fong étaient partis plus tôt dans l'après-midi pour s'occuper de la ferme, des tâches administratives qui auraient normalement dû incomber à mon père, mais dont ma mère s'était manifestement chargée, étant donné que c'était elle désormais la propriétaire du terrain. Ils avaient pris la voiture de Fong, ne nous laissant qu'un scooter ou le camion, que Lina ne savait pas conduire. La seule option était donc de prendre notre vieille Volvo, une idée normalement impossible, mais qui semblait désormais accessible. Yin fut envoyée demander la permission à notre père et lui prendre les clés. Elle a haussé les épaules avec l'assurance de celle qui sait qu'elle va réussir et traversé la pelouse à grands pas, le saluant d'un geste doux de la main sur son épaule. Elle s'est penchée et elle a posé les mains sur ses genoux tout en regardant l'aquarelle. Ils ont discuté quelques instants, puis elle a eu un petit rire. Il a sorti les clés de la voiture de sa poche et les lui a tendues. Elle est restée encore un moment, désignant quelque chose sur son carnet de croquis, comme fascinée par un petit détail qu'elle avait remarqué. Puis elle lui a soulevé sa casquette de baseball et l'a embrassé sur le sommet du crâne avant de la remettre en place et de revenir vers nous, tenant les clés d'un doigt comme un trophée miniature et raffiné.

La circulation était dense ; les gens finissaient leur journée de travail et rentraient dans les villages environnants ou partaient passer la soirée en ville. Même dans un endroit aussi petit, l'heure de pointe était étonnamment chargée. Nous avons pris le raccourci que Chuan m'avait indiqué pour rejoindre la ville, en passant devant le barrage sur la rive opposée, longeant les berges de la rivière envahies par les mauvaises herbes et les détritus. La perche de mesure s'élevait au-dessus des roseaux pour indiquer la hauteur des crues passées, à trois ou quatre mètres au-dessus du sol, mais désormais, après des mois de sécheresse, elle semblait superflue et déplacée. L'eau de la rivière était boueuse et lente, il était impossible d'y déceler une menace. Nous avons longé les rangées de maisons de plain-pied délabrées et réussi à trouver une place pour nous garer le long de la route principale, non loin du 7-Eleven. De loin, nous pouvions voir Chuan agenouillé sur le sol, déballant des bouteilles d'un litre de boissons gazeuses et les rangeant sur les étagères. Il portait une casquette à l'envers, comme il le faisait parfois à la ferme, pour protéger son cou du soleil ; cela semblait incongru dans l'espace climatisé du magasin.

J'ai sorti mon téléphone et lui ai envoyé un SMS : *Rentre ta chemise pendant que tu es au travail, tu as l'air négligé.* Quelques secondes plus tard, il a sorti son téléphone de sa poche et l'a regardé. Il a levé les yeux et a souri en nous voyant traverser la rue pour nous diriger vers le magasin. Il a levé le poignet en l'air et l'a tapoté comme s'il portait une montre. Nous avons supposé qu'il finirait dans une demi-heure, et Lina a suggéré de retourner à la rivière et de l'attendre au restaurant chinois pas cher qu'elle avait repéré plus tôt, au pied du pont qui enjambait les deux rives. Je lui ai envoyé un SMS pour lui dire où nous serions et nous sommes partis à pied.

« Nous méritons un vrai repas, a déclaré Lina. J'ai l'impression qu'on n'a pas eu un dîner correct depuis des semaines. » Elle semblait presque désolée en parlant, comme si quelque chose dont elle n'avait pas réalisé la valeur lui manquait. « Maintenant que Jack Lim est dans sa phase maussade, il n'y aura plus de repas en famille, a-t-elle ajouté.

— J'aimerais que tu ne parles pas de lui comme ça, a dit Yin. Personnellement, je pense qu'il souffre de dépression.

— Personnellement, je pense que c'est un connard de mauvaise humeur.

— Regardez ça », ai-je dit en montrant la rive opposée de la rivière qui venait d'apparaître. Une volée d'oiseaux blancs, peut-être des aigrettes, se tenait sur la berge, presque immobiles, parmi les morceaux de sacs en plastique et les canettes coincés dans la boue séchée. Ils étaient environ trente ou quarante qui scrutaient la surface de l'eau.

Nous avons continué à marcher en silence le long de l'étroit bandeau d'herbe sèche et craquante entre la circulation de la route très fréquentée et la pente de la berge, jusqu'à ce que le pont apparaisse. Lina s'est mise à parler, sa voix presque couverte par le bruit de la circulation, mais pas tout à fait. C'était comme si elle avait besoin de ce raffut pour dire ce qu'elle allait dire. Elle nous a raconté comment, une nuit, alors que nous étions encore enfants, elle avait été réveillée par les voix de nos parents qui se disputaient. Il lui semblait qu'il était très tard, mais il n'était peut-être que huit ou neuf heures. Quand on est enfant, le temps n'a aucune importance ; on s'endort, et si on se réveille dix minutes plus tard, on a l'impression d'avoir émergé dans un autre univers. Elle avait dix ans, peut-être onze. En tout cas, elle n'a pas regardé l'heure, elle a juste ouvert les yeux et s'est dirigée vers la chambre de nos parents, d'où provenaient les bruits. Ils élevaient la voix. À l'époque, ils se disputaient plus qu'aujourd'hui, mais peut-être que Yin et moi étions trop jeunes pour nous en souvenir. Nous n'avions que six et huit ans, elle ne pouvait pas s'attendre à ce que nous soyons conscients de ce qui se passait. (J'en étais parfaitement conscient, avais-je eu envie de répondre, mais je m'étais retenu.) Elle avait poussé la porte de la chambre de mes parents et vu le visage de notre mère, pâle de rage. Elle la savait capable de bouder et d'avoir des accès de colère, mais ne lui avait jamais connu une telle fureur, si intense que, lorsqu'elle avait vu la porte s'ouvrir et Lina debout sur le seuil, elle avait été incapable de contenir sa rage ; c'était comme si elle avait rassemblé toute cette fureur pour la jeter violemment à son mari et que, si elle la laissait se dissiper, elle ne reviendrait peut-être jamais. Jack Lim n'avait pas entendu la porte s'ouvrir, ma mère criait trop fort. Il venait de prendre quelque chose sur la table, un gros livre bien lourd, peut-être même l'annuaire téléphonique – Lina n'en était pas sûre –, et le levait au-dessus de sa tête, avançant vers notre mère, la tête tendue vers la sienne, et juste au moment où il s'apprêtait à abattre l'objet sur elle, Lina a crié : « Arrête ! *Arrête !* » Elle a crié si fort qu'elle n'a pas reconnu sa propre voix, si fort qu'elle a dû se boucher les oreilles. Mais il s'était arrêté. Il avait lâché le livre – était-ce un livre ou autre chose ? – et s'était tourné vers elle. Son expression avait changé. Elle avait repensé à une gymnaste de haut niveau qu'elle avait vue à la télévision, sur la barre fixe ou les barres parallèles – une discipline qui consiste à se balancer en formant des boucles géantes, à faire des pirouettes et à changer de direction en plein vol –, lorsque, contre toute attente, la gymnaste avait raté la barre d'un millimètre et, incapable de se rattraper, était tombée violemment sur le sol. La caméra avait zoomé sur elle, et comme c'était une grande championne, elle avait encore l'air invincible, avec une obstination qui lui venait de toutes ces années où elle était restée inégalée, mais à présent, elle était étourdie, et comme elle avait tournoyé dans les airs plusieurs secondes avant de s'écraser au sol, elle ne savait plus dans quelle direction elle était tournée ; elle avait perdu ses repères, son monde avait été bouleversé et réorganisé, et il lui faudrait quelques instants avant de pouvoir en rassembler les morceaux et les remettre en place. C'était à cela que ressemblait le visage de notre père lorsqu'il avait pris conscience que Lina avait été témoin de ce qu'il avait été sur le point de faire. Depuis, chaque fois qu'elle se souvenait de la façon dont il l'avait regardée dans l'embrasure de la porte, elle repensait à la gymnaste tombée d'une grande hauteur.

Avant que l'un d'eux n'ait pu dire un mot, Lina avait couru se réfugier dans la chambre qu'elle partageait avec nous. Elle était certaine que tout ce chahut nous avait réveillés, mais nous dormions encore profondément, comme seuls les enfants en sont capables. Elle avait fermé la porte et, contre toutes les règles, l'avait verrouillée en tirant le verrou à fond. Elle était terrifiée à l'idée que notre père vienne la chercher et la frappe aussi – ou pire encore, et elle ignorait pourquoi elle pensait que cela pourrait arriver, qu'il nous arrache de nos lits et nous punisse pour ce qu'*elle* avait fait. Elle devait nous protéger de lui, de sa propre témérité, elle n'aurait jamais dû s'immiscer dans les disputes de nos parents. En nous voyant endormis dans nos lits superposés, se sentant responsable de nous, elle s'était sentie soudainement plus âgée qu'elle ne l'était.

Elle s'était assise sur son lit et avait attendu qu'il frappe à la porte, mais rien ne s'était passé. Au lieu de cela, elle avait entendu des pas s'approcher doucement ; elle ne savait pas de qui il s'agissait. La poignée de la porte avait cliqueté doucement une fois, puis les pas s'étaient éloignés vers l'autre extrémité du couloir. Les jours qui avaient suivi, notre père et notre mère avaient tous les deux fait un effort pour être gentils avec nous. Yin et moi ne nous en souvenions probablement pas, mais mon père était revenu du supermarché avec des pots de glace, une dépense si rare et extravagante qu'au début aucun de nous n'osait y toucher et qu'il avait fallu nous y encourager. (Je m'en souvenais : il y avait de la glace à la vanille, au chocolat et à la framboise.) Pourtant, Lina ne pouvait oublier la gymnaste, l'expression de son visage.

Nous avons continué sur la large route plate qui menait à la rivière. De petits camions, des motos et de vieilles voitures au moteur bringuebalant nous dépassaient à toute vitesse tandis que nous marchions, et il était parfois difficile de saisir ce que Lina disait. J'ai aperçu le restaurant à quelques centaines de mètres et j'ai eu envie de me mettre à courir.

« Tu as dû rêver, a déclaré Yin d'un ton monotone. Ça ne s'est pas passé comme ça. Pas comme tu le décris, en tout cas. »

Lina a secoué la tête et répondu calmement. « Ça s'est passé exactement comme ça. » Il y avait dans sa voix une douceur qui semblait résignée, comme si elle s'était attendue à la réaction de Yin et avait décidé à l'avance de ne pas se laisser entraîner dans une dispute.

« Tu étais petite, tu ne t'en souviens pas clairement, tu exagères », a insisté Yin. Elle essayait de paraître désinvolte, comme si Lina venait de raconter une anecdote amusante qui appelait une réaction similaire. « De toute façon, ça ressemble juste à une dispute. C'était grave ?

— Yin, il était sur le point de la frapper. Et il l'avait peut-être déjà frappée.

— Je me serais réveillée, avec tout ce boucan. Pourquoi es-tu la seule à t'être réveillée ? Parce que tu es la plus âgée, c'est ça ?

— Parce que c'est comme ça que ça s'est passé. »

Aucune des deux ne m'a rien demandé. J'étais le plus jeune, on supposait que je ne savais rien, mais ce n'était pas le cas. Je n'avais pas dormi cette nuit-là.

Un scooter a klaxonné avec insistance en s'arrêtant à notre hauteur. « Vous marchez vraiment très lentement ! » s'est écrié Chuan, ses paroles à moitié couvertes par le bruit de la circulation. Je suis monté sur le scooter avec lui, même si le restaurant était tout près, désormais. Nous nous sommes garés et avons descendu les marches menant à l'établissement, construit sur une plate-forme en surplomb de la rivière, dont le niveau était beaucoup plus bas que d'habitude, après des mois de sécheresse. La baisse du niveau de l'eau avait mis à nu les déchets échoués sur les berges boueuses qui formaient une croûte sous l'effet de la chaleur. Des pneus de voiture, un landau, un tricycle, des chaussures, des vêtements d'enfants, un petit réfrigérateur… « Si nous vidions toute la rivière, je me demande ce que nous trouverions, a déclaré Chuan. L'histoire des vies dont nous n'avons jamais voulu.

— Peut-être pourrions-nous y lire notre avenir comme on le lit dans les lignes de la main », ai-je répondu.

Lina et Yin sont arrivées, semblant plus joyeuses que lorsque je les avais quittées quelques minutes auparavant. C'était le genre d'endroit où il n'y avait pas de menu, et la propriétaire du restaurant, une femme âgée aux mèches blondes et bracelets de jade aux poignets, est venue nous annoncer ce qu'on pouvait manger. Elle nous a récité la liste des plats d'une voix robotique tout en fixant la rivière de l'autre côté, sans jamais hésiter, comme si elle connaissait le menu par cœur. Nous nous sommes regardés pendant qu'elle parlait et avons réprimé notre envie de rire. Lorsqu'elle est arrivée au dernier plat, nous avons choisi les plats les moins chers, de grandes portions de riz frit et de légumes, ainsi qu'une assiette de côtes de porc frites pour que le dîner ait l'air festif. La propriétaire a noté notre commande sur un bloc-notes, puis elle est repartie sans piper mot.

« Elle nous déteste parce que nous n'avons pas commandé de plats plus élaborés et chers », a décrété Yin. Elle a ouvert son sac à main et vérifié combien elle avait d'argent, et nous l'avons tous imitée, mais nous savions déjà que nous n'avions pas assez pour rien payer de coûteux.

« Ce qui compte, c'est que nous sommes attablés pour prendre un repas, a déclaré Lina. Pas de parents, pas de stress. »

Le crépuscule est tombé sur le fleuve et de grandes nuées d'hirondelles ont envahi le ciel et plongé au-dessus de la surface de l'eau. En ville, les soirées ressemblaient souvent à une prolongation de la journée, remplies des mêmes responsabilités et des mêmes conflits : les devoirs, l'anxiété persistante après la journée de cours, les humeurs de mes parents. Ici, le changement était radical ; l'obscurité nous libérait dans la nuit, longue et pleine de possibles.

Le repas est arrivé, apporté par une serveuse indonésienne qui annonçait le nom de chaque plat dans un cantonais parfait. Nous n'avions pas mesuré à quel point nous avions faim ; nous avions également oublié le plaisir de s'asseoir à table et de prendre un repas en discutant et en riant. Peut-être n'avions-nous jamais connu ce plaisir. Lina nous a parlé de ses soirées avec ses amis à l'université, dans le Nord, de son impatience d'obtenir son diplôme et de créer sa propre entreprise de graphisme pour gagner sa vie tout en poursuivant ses activités artistiques dans la photographie et la vidéo. Un galeriste s'intéressait déjà à son travail, et elle était convaincue qu'elle allait percer, d'ici quelques années. Elle avait toujours rêvé d'être artiste et, si tout se passait bien, elle déménagerait à Hong Kong ou à Séoul, peut-être même à Los Angeles, pourquoi pas ? Mais avant cela, d'ici cinq ans, car elle avait commencé par élaborer un plan sur cinq et dix ans, elle souhaitait s'accorder une année sabbatique pour voyager à travers le monde, enchaîner de petits boulots ici et là, rester plus longtemps à un endroit si elle le souhaitait, partir ailleurs si elle ne se sentait pas en sécurité. L'idée de Mexico lui plaisait.

Yin creusait de petits trous dans le monticule de riz de son assiette avec le dos de sa cuillère, le divisant en petites portions qu'elle portait ensuite délicatement à sa bouche. Elle avait un projet pour l'université, a-t-elle expliqué. Elle allait étudier la pharmacie, parce que c'était ce que les parents avaient prévu pour elle, mais ce qu'elle voulait vraiment, c'était devenir professeur de yoga. Elle devrait donc suivre une formation en secret et n'en parler aux parents qu'une fois qu'elle serait financièrement indépendante. « Pourquoi en secret ? a demandé Lina. Oublie l'université, pars en Inde pour apprendre le yoga et laisse-les se débrouiller avec le fait que tu as abandonné tes études. » Elle lui a proposé de lui donner de l'argent dès qu'elle en gagnerait suffisamment, et elles se sont accrochées par le petit doigt comme elles le faisaient quand elles étaient enfants.

Chuan a annoncé qu'il allait s'installer en ville et verrait ce qui se présenterait. Il avait des amis qui avaient trouvé du travail à Singapour, comme serveurs ou dans des usines, où le salaire était six à sept fois plus élevé qu'ici, et où l'on pouvait faire la navette tous les jours, cela ne prenait qu'une heure. S'il arrivait à économiser suffisamment d'argent, il avait envie de retourner à l'université, obtenir un diplôme dans n'importe quel domaine, acquérir des qualifications. Quelque chose qui ne soit pas technique. Il voulait lire des livres, découvrir le monde. Ses objectifs semblaient réalisables. Il refusait d'être comme son père, toujours en train d'imaginer des projets farfelus qui ne se concrétisaient jamais. Regardez ce pauvre homme, qui n'avait rien accompli à quarante ans passé et n'avait aucun avenir devant lui. Chuan aurait aimé posséder la détermination de Lina, mais il ne pouvait pas abandonner son père. Sa vie était définie par celle de son père, il le savait. D'ailleurs, a ajouté Chuan, peut-être trouverait-il quelqu'un qui lui donnerait envie de rester au même endroit ?

« C'est très peu probable, a répondu Lina. Tu as vingt ans, que sais-tu de l'engagement ?

— Parfois, on sait, c'est comme ça, a rétorqué Chuan d'un ton provocateur.

— Et toi, Jay, quels sont tes projets ? a demandé Lina en se tournant vers moi. Quitter la protection de notre chère mère serait peut-être un premier pas ? »

Je lui ai fait un doigt d'honneur et lui ai répliqué qu'il me restait quelques années d'études, que je n'avais pas encore à décider du reste de ma vie. Je pourrais devenir neurochirurgien. Je pourrais devenir danseur. Je pourrais devenir ouvrier agricole dans le sud du pays.

Lina a plissé les paupières comme si elle réfléchissait sérieusement à ces différentes options. « Bien sûr, prends ton temps, a-t-elle ajouté. Mais pas trop. Parce que tu en as moins que tu ne le penses. »

Nous avons discuté d'aller en ville. Nous avions la voiture, alors pourquoi ne pas en profiter ? Nous irions au bar où Chuan m'avait emmené et passerions quelques heures là-bas à danser et à chanter au karaoké. Personne n'avait posé de règles à ce sujet ; nous avons ignoré les protestations timides de Yin concernant la sécurité et les ennuis que nous aurions si nous avions un accident. Est-ce qu'on s'imaginait devoir appeler notre père au milieu de la nuit pour lui annoncer que nous avions démoli la Volvo ? L'idée qu'un malheur puisse arriver cette nuit-là nous semblait tellement absurde que nous avons ri de cette hypothèse farfelue et sommes retournés à la voiture.

Le téléphone de Chuan a bipé pendant que nous marchions et, lorsqu'il l'a regardé, son humeur a changé. Je lui ai demandé s'il y avait un problème, si c'était son père, mais il a répondu que non, que c'était Jessie, que ce n'était pas grave, mais qu'il devait aller la chercher.

« Amène ton amie avec toi ! a proposé Lina. Il y a largement de la place pour une personne de plus dans la voiture. »

Chuan a secoué la tête et nous a dit que ce n'était pas la peine, que nous devions partir tous les trois comme prévu, et qu'il irait chercher Jessie pour la raccompagner chez elle. S'il avait le temps, il nous rejoindrait. Nous pouvions lui envoyer un SMS pour lui dire où nous étions et il viendrait. Il n'avait plus beaucoup de crédit sur son téléphone, donc il ne pourrait pas appeler, mais il nous retrouverait.

« Pourquoi on ne viendrait pas avec toi ? ai-je suggéré. Nous pouvons récupérer Jessie là où elle est, la déposer chez elle et aller directement en ville. »

Lina est montée dans la voiture et a tourné la clé. « Bonne idée, pour une fois, Jay ! » Il a fallu s'y reprendre à quatre ou cinq fois pour que le moteur démarre.

Chuan a secoué la tête. Ce n'était pas si simple : Jessie était au poste de police. Ce n'était pas grave, cela s'était déjà produit plusieurs fois par le passé, mais de plus en plus souvent ces derniers mois, à tel point que la police ne s'y intéressait plus vraiment. Elle avait un problème avec certains produits.

« Tu veux dire un problème de drogue », a rectifié Yin.

Non, on ne pouvait pas vraiment appeler ça comme ça, l'a défendue Chuan alors que nous montions dans la voiture.

Lina est intervenue : nous ne pouvions pas le laisser aller seul au commissariat ; nous allions l'accompagner pour nous assurer qu'il ne lui arriverait rien. Dans ce pays, on ne savait jamais, avait-elle souligné ; lorsqu'il se rendrait au poste de police, il serait plus en sécurité en arrivant en groupe.

Jessie avait été retrouvée inconsciente dans la rue, nous a raconté Chuan. C'était le plus souvent comme ça, même si, une fois, elle avait été arrêtée et mise en garde pour avoir volé des chocolats dans un supermarché ; à son arrivée au poste, la police avait découvert qu'elle était sous l'emprise de la drogue, ce qui était inhabituel, car généralement elle était en pleine descente de trip et s'effondrait lamentablement. Quoi qu'il en soit, lorsque Chuan venait la chercher, elle n'était jamais en très bon état. Elle avait commencé à snifer de la colle très jeune, à treize ou quatorze ans, et ces dernières années elle prenait des amphétamines et de l'ecstasy, et toutes sortes de pilules qui circulaient dans le salon de coiffure bas de gamme où elle travaillait. Chuan ne savait pas exactement ce qu'elle prenait et doutait qu'elle le sache elle-même. Vous savez comment c'est dans une petite ville comme celle-ci, disait-il. On n'a jamais assez d'argent pour s'acheter exactement ce qu'on veut, alors on se contente de trucs approchants. Quand elle n'avait pas d'argent du tout, elle écrasait parfois des comprimés de paracétamol ou d'autres pilules courantes et les mélangeait avec de l'alcool. Parfois, cela fonctionnait et la rendait somnolente et heureuse, parfois non, alors elle se lançait dans des essais. Elle expliquait à Chuan qu'elle adorait le côté imprévisible de ces cocktails. Elle pouvait marcher dans la rue et se sentir bien, puis l'instant d'après elle se retrouvait assise sur le trottoir, sentant qu'elle risquait de s'évanouir. Il y avait toujours un laps de temps qui durait dix minutes, une demi-heure, deux heures, parfois une journée entière, pendant lequel elle avait l'impression de glisser dans un espace de vide engourdissant, et, même si elle n'ignorait pas que cela ne durerait pas, elle était heureuse. C'était la seule façon de décrire la chose. Elle était heureuse.

Chuan voyait bien que nous étions inquiets et il s'efforçait de minimiser l'arrestation de Jessie en la qualifiant d'incident mineur. Nous étions assis à l'arrière, lui et moi, et il a tendu la main pour prendre la mienne, l'a serrée légèrement, et j'ai pensé que cela aurait dû être à moi de faire ça, que j'aurais dû être celui qui le rassurait.

Il ne craignait pas que Jessie ait de réels ennuis ; elle n'avait jamais de drogue sur elle et personne ne pouvait l'inculper pour overdose de paracétamol ou de sirop contre la toux mélangé à de la bière. La police la traitait comme une sorte de plaisanterie récurrente. Il connaissait les agents du commissariat, ils l'appelaient *Towkay*, *Boss*, des termes familiers. Ce qui le troublait, c'était de penser à ce qui pourrait lui arriver une fois au poste. Elle était souvent à demi inconsciente et, après coup, elle ne se souvenait de rien. Il avait peur qu'ils la touchent, ou pire encore. Une fois, après que Chuan l'avait récupérée au poste et ramenée à la maison, elle avait découvert qu'elle portait sa culotte à l'envers et n'avait aucune idée de comment cela avait pu arriver. Soit elle était tellement somnolente qu'elle s'était trompée de sens pendant la nuit, soit quelqu'un d'autre la lui avait retirée et remise à la hâte. Elle n'en était pas certaine. C'est à ce moment-là que Chuan a fini par se demander si l'amabilité des policiers n'était pas en réalité un aveu de culpabilité. Leurs plaisanteries étaient peut-être destinées à cacher quelque chose. Il ne pouvait en avoir la certitude. « Bien sûr qu'il s'est passé quelque chose, a affirmé Lina d'un ton grave. Comment une femme peut-elle être en sécurité dans un endroit pareil ? Au milieu de tous ces…

— N'en parlons pas », est intervenue Yin. Sans se tourner vers Lina, elle a tendu la main et l'a posée sur le poignet de Lina, qui s'agrippait au volant.

À mesure que nous approchions du poste de police, les rues étaient mieux éclairées et Lina a commencé à ralentir. « Tu ne m'en avais jamais parlé », ai-je murmuré à Chuan. J'étais gêné de ne pas avoir manifesté plus de compassion envers Jessie ; gêné aussi parce que ses soucis faisaient paraître les miens insignifiants.

« Ce n'était pas important, a-t-il répondu. De toute manière, tu es trop jeune pour savoir ce genre de trucs.

— Je suis au courant, maintenant. »

Il m'a serré la main comme pour s'excuser, mais je ne savais pas de quoi il s'excusait.

Nous avons garé la voiture et traversé la cour en béton éclairée par les projecteurs, devant le poste de police. Nous étions sur le point d'entrer dans le bâtiment lorsque Lina nous a priés, Yin et moi, d'attendre dehors. Chuan a acquiescé. « On en a pour cinq minutes. » En entrant, il s'est retourné et m'a fait un signe de la main, le pouce levé, accompagné d'un sourire.

Yin et moi nous sommes assis sur les marches devant le poste et avons regardé le parking. Dans la lumière blanche et crue, les fissures du béton ressemblaient à des veines de marbre et la poussière sur les pare-brise des voitures semblait aussi fine que du talc.

« Tu as hâte de quitter la maison ? » ai-je demandé après un moment.

Elle a eu un mouvement de tête évasif. « J'imagine, oui. Je ne veux pas que maman se sente seule.

— Je serai toujours là », lui ai-je rappelé.

Elle a émis un son qui semblait affirmatif, mais n'en a pas dit plus. Je savais ce qu'elle pensait : que j'étais trop jeune et immature pour faire face à une crise.

« Je ne romps pas avec Farid, a-t-elle lâché au bout d'un moment. C'est son nom. Mon petit ami. Ne le répète pas à Lina.

— Si tu es heureuse avec lui, c'est bien, tu as raison.

— Je ne prétendrais pas que je suis heureuse. Simplement, je ne veux pas rompre. »

Je n'ai pas répondu et me suis tourné vers l'horloge accrochée au-dessus de l'entrée du poste de police. J'ai patienté dix minutes avant de me lever et d'entrer.

« Où vas-tu ? s'est écriée Yin d'un ton sec. Ils nous ont demandé d'attendre ici. »

À l'accueil, il n'y avait personne. Pour une petite ville comme celle-ci, il était tard et le calme semblait régner dans le poste de police. Je suis passé devant le comptoir d'accueil et me suis engagé dans un couloir, en suivant le bruit des voix qui provenaient du fond du bâtiment. J'ai fini par apercevoir une rangée de cellules voisines d'un bureau en open space où quelques hommes, certains en uniforme, d'autres non, étaient assis et buvaient dans des gobelets en polystyrène, ou mangeaient en se servant dans des paquets de nourriture posés sur les bureaux. J'entendais Lina, qui parlait d'une voix forte mais posément, et je la voyais s'adresser à un policier qui avait la main levée à hauteur de la poitrine, les paumes tournées vers elle comme pour l'empêcher d'avancer plus près de lui, même si elle ne bougeait pas. En me dirigeant vers elle, je suis passé devant une petite cellule où se trouvaient trois femmes, mais je n'ai pas vu Jessie. Ce n'est que lorsque je me suis approché que j'ai aperçu Chuan dans une autre cellule, qui aidait Jessie à se relever ; il y avait deux autres personnes dans la cellule, deux hommes. Lorsque Chuan m'a vu, il m'a fait signe de m'éloigner, mais j'ai refusé de partir. Je me suis avancé pour l'aider à relever Jessie, mais Lina m'a arrêté et m'a ramené dans le couloir, en direction du parking. Yin nous attendait, debout sur le seuil, comme retenue par un écran invisible. Dans l'encadrement de la porte, avec la lumière brillante derrière elle, elle semblait grande et très mince.

Nous avons raccompagné Jessie chez elle et décidé que Chuan et moi passerions la nuit avec elle, par précaution. Nous lui avons servi du thé, qui était très chaud et a paru la requinquer, mais, plus tard dans la nuit, elle a vomi violemment. Nous l'entendions dans la salle de bains, sa poitrine se soulevait même quand elle semblait ne plus rien avoir dans l'estomac. Chuan lui a donné de l'eau et il est resté avec elle jusqu'à ce qu'elle ait bu presque toute la bouteille. Le lendemain matin, elle avait l'air d'aller mieux. Elle s'est réveillée à onze heures et a déclaré qu'elle avait faim. Nous lui avons préparé des tartines de margarine saupoudrées de sucre, et elle a dit que cela lui faisait du bien.

Votre père, commence Sui. Votre père.

Elle hésite. Dans sa tête, depuis plusieurs jours, elle répète ce qu'elle doit dire, se surprenant parfois à marmonner les phrases à voix haute, comme si elle apprenait un texte.

Même dans les moments les plus silencieux et les plus solitaires, lorsqu'elle est la plus honnête avec elle-même, elle se sent incapable d'expliquer pourquoi elle a choisi cet enfant plutôt que les deux autres, cet enfant qui devra porter le fardeau d'entendre ce qu'elle a à dire. Elle n'a jamais cru à l'instinct maternel, car sa propre mère n'en possédait aucun ; sa mère lui avait toujours semblé être une femme logique, qui avait une raison pour tout, même pour l'amour. Une mère offre le plus d'amour à l'enfant qui l'aime le plus. C'est simple. Et comme elle a donné autant d'amour à tous ses enfants, ils devraient tous lui rendre son amour d'égale manière.

Mais comment l'équation a-t-elle fonctionné dans la réalité ?

Lina, la première-née : elle n'a pas ouvert les yeux pendant les deux premiers mois de sa vie, et lorsqu'elle les a enfin ouverts, elle a regardé Sui d'un œil fixe, en la scrutant intensément avant de juger qu'elle ne pouvait pas faire confiance à sa propre mère pour la protéger. Tu t'imagines des choses, s'est dit Sui à l'époque, ce n'est qu'un bébé. Pourtant, dès le début, un fossé s'était creusé entre elles, et l'amour seul n'a pas suffi à le combler au fil des ans.

Yin, la deuxième : elle ressemblait de plus en plus à sa mère au fil des ans, de la façon dont ses pommettes s'étaient affinées à l'adolescence à la manière dont elle avait appris à parler respectueusement à Jack, cachant ce qu'elle ressentait vraiment, surtout lorsqu'elle était triste ou en colère contre lui. Ses manières étaient sobres et soignées ; elle voulait la vie ordonnée que menait Sui, croyait-elle. *Fuis*, avait eu envie de lui dire Sui la première fois qu'elle avait remarqué ces traits chez sa deuxième fille. Chaque fois qu'elle observe Yin ces temps-ci, elle se sent coupable ; plus elle l'éduque, plus elle lui fournit un modèle de vie. Son amour a pris sa fille au piège.

Jay, le plus jeune : toujours aussi perdu, aussi incapable. Incapable, notamment, de se libérer des attentes de son père. Il n'a pas la lucidité de ses sœurs. À son âge, seize ans, elles savaient déjà toutes les deux, plus ou moins, le genre de vie qu'elles voulaient mener. Peut-être grandira-t-il bientôt, deviendra-t-il sûr de lui, confiant et dédaigneux, à l'image de son père, mais pour l'instant, il cst confus, et l'amour de Sui ne suffit pas à le mener sur la bonne route.

Sauf que ce n'est pas vraiment une question d'amour. C'est une question de besoin et de résistance. Sui sait qu'il n'est pas juste d'imposer une telle confession à ses enfants, mais si elle ne le fait pas, sa colère et sa frustration la rongeront. Elle doit en parler à quelqu'un.

L'enfant à qui Sui a choisi de parler de Jack n'est pas nécessairement celui qu'elle aime le plus, mais celui qu'elle estime le plus capable d'entendre ce qu'elle a à dire ; elle ne sait pas ce que cet enfant fera de la vérité qu'elle va lui révéler, mais elle sent que cet enfant en particulier ne se laissera pas détruire par cette information, qu'il ne cherchera pas à obtenir justice en son nom. Il gardera simplement pour lui ce que Sui a à dire, en silence, et n'en parlera plus jamais, à moins que Sui ne le fasse.

Comment sait-elle que cet enfant sera aussi résistant qu'elle le croit ? Appelez cela l'instinct maternel – peut-être que cela existe, après tout.

Les phrases qu'elle a répétées :

Ton père est une bonne personne, mais il ne sait pas comment se comporter comme une bonne personne.

Ton père a une liaison depuis dix ans.

Beaucoup de gens le savent. Des amis, des voisins, des parents. Ils cancanent en secret, mais, devant moi, ils sourient et parlent cuisine et du temps qu'il fait. Ils demandent : *Et Jack, comment va-t-il ?* Leurs sourires sont des armes.

On dit que votre père a eu un enfant avec cette autre femme. (Un silence, pour plus d'effet.) Je ne sais pas si c'est vrai ou non. En fait, je ne veux pas le savoir. (Ne pas perdre le contrôle.)

Je ne devrais pas être surprise. Ce n'est pas rare pour les hommes chinois d'avoir ce genre d'arrangement. Le père de ton père a fait exactement la même chose pendant des décennies. Tel père, tel fils, n'était-ce pas couru d'avance ?

Ne me demande pas pourquoi je suis restée avec lui, je ne peux pas te l'expliquer.

Mais les temps ont changé. Ces hommes appartiennent à une génération antérieure.

Les hommes ne peuvent plus, ne doivent plus traiter les femmes de cette manière. Tu m'entends ?

Maintenant, tu sais. (Silence.) C'est tout ce que j'ai à dire. N'en parle pas à ton père ni à personne d'autre. Tu dois simplement oublier tout cela et passer à autre chose.

Elle se sentait si calme, si sereine, chaque fois qu'elle répétait ces phrases dans sa tête. Le simple fait de s'imaginer livrer ces mots à quelqu'un d'autre la soulageait, l'anxiété s'évacuant de son système nerveux. Le moment venu, elle était sûre de pouvoir dire tout ce qu'elle avait à dire avec un sang-froid et une noblesse parfaits, sans la moindre trace d'amertume.

Elle ne sait pas pourquoi elle bute sur les tout premiers mots et s'est arrêtée de parler.

« Maman, qu'est-ce qui se passe ? »

Sui entend la voix de son enfant, et la légèreté de sa jeunesse la fait rougir de honte à l'idée de ce qu'elle s'apprêtait à dire.

« Maman, tu vas bien ? »

Sui hoche la tête.

C'était une très mauvaise idée.

Elle se retourne pour quitter la pièce. « Oui, Jay, désolée. Je suis très fatiguée. J'ai oublié ce que j'allais dire.

— Quelque chose à propos de papa.

— Ah… oui. Il s'en va, demain, pour la journée. »

Elle entend les bips électroniques clairs et sautillants du jeu vidéo de Jay reprendre alors qu'elle traverse le couloir pour retourner dans la cuisine.

L'amour – qu'est-ce que cela lui a apporté ?

Nous étions revenus du lac en marchant main dans la main, mais, à l'approche de la maison, Chuan et moi nous sommes éloignés l'un de l'autre, espérant que l'espace entre nous dissimulerait notre culpabilité, notre plaisir d'être ensemble. Nous ne devions pas être à plus de trente centimètres l'un de l'autre, mais cette distance semblait artificielle et douloureuse, après une journée passée au bord du lac. Je lui ai demandé s'il pensait qu'un jour nous pourrions nous tenir la main dans la rue, quelque part ailleurs que dans cette petite ville, peut-être même ailleurs que là où je vivais, dans une grande métropole comme Tokyo, Rio ou New York, où les gens étaient trop occupés pour se demander pourquoi nous nous tenions la main. Il a ri et m'a répondu : « Tu n'as pas mieux à faire dans la vie ? »

Lorsque nous sommes rentrés, mes parents et Fong étaient assis au salon, raides et étrangement solennels dans leurs fauteuils en rotin. J'étais surpris de les voir ensemble ; nous nous étions habitués à la distension de notre organisation familiale, surtout le soir, lorsque Chuan et moi sortions le plus souvent en ville, et à présent, la suggestion d'un dîner en famille me rendait anxieux.

« Nous allions juste nous changer et sortir en ville, ai-je dit, essayant d'éviter toute invitation à rester.

— Ton père a quelque chose à vous dire avant que vous ne sortiez, a annoncé ma mère. Va chercher tes sœurs. »

J'étais à la fois soulagé de ne pas avoir à rester pour le dîner et agacé que notre départ soit encore retardé, et je me suis précipité dans l'escalier pour appeler Yin et Lina. Lorsque nous avons tous été rassemblés en bas, nous – les enfants – sommes restés debout, signe de notre impatience à retrouver le cours de nos soirées.

« Bien », a commencé ma mère, mais elle s'est tournée vers Fong, pas vers mon père. Fong ne lui a pas rendu son regard, il fixait simplement la table basse devant lui, clignant des yeux de temps en temps comme s'il se réveillait d'un long sommeil.

Mon père s'est mis à parler. Il était clair que la ferme était en difficulté, a-t-il admis, et que la somme d'argent nécessaire pour la rendre à nouveau rentable serait trop importante. Nous – les enfants – devions savoir qu'il avait apporté une contribution très généreuse à son entretien au fil des ans, en mémoire de son père et de l'attachement que notre grand-père avait autrefois pour la ferme. Mais aujourd'hui, c'était tout simplement intenable, il fallait la vendre, et il avait déjà contacté des agents immobiliers qui la mettraient en vente aux enchères dans les mois à venir.

« Pourquoi tu nous dis ça ? s'est étonnée Lina. Ce n'est pas comme si nous vivions ici. C'est à Fong et à Chuan que tu devrais en parler.

— Et à maman, a ajouté Yin. Elle est propriétaire de cet endroit. »

Mon père a expliqué que ma mère et lui avaient déjà longuement discuté de la ferme et de son avenir. En fait, la décision avait été prise avant même notre départ, juste après la finalisation du testament de notre grand-père. Ce n'était pas une décision difficile à prendre, c'était la seule possible.

« C'est vrai ? a demandé Fong en se tournant vers ma mère. Vous avez déjà pris votre décision ? » Elle n'a pas répondu.

Plusieurs agents immobiliers avaient informé mon père que des investisseurs étrangers seraient intéressés par un terrain comme celui-ci, si proche de Singapour, une ville si petite et si urbanisée, qui manquait de terres agricoles. L'agriculture biologique était très en vogue là-bas, les gens étaient riches et ils seraient prêts à payer un prix élevé pour une ferme comme celle-ci. Nous n'avions pas à nous inquiéter pour Fong et Chuan. Ils recevraient une partie de l'argent de la vente, suffisamment pour s'acheter un logement confortable en ville. Mon père nous a communiqué cette dernière information avec solennité, comme s'il s'agissait d'un acte de grande générosité.

« Et ses revenus ? ai-je demandé. Que fera-t-il pour gagner sa vie ? »

Mon père s'est tourné vers Fong, puis il a répondu. « C'est à lui que tu devrais poser la question. Je ne peux pas gérer la vie de tout le monde. »

Fong s'est redressé sur sa chaise et il a levé la main, comme s'il estimait nécessaire de souligner l'importance de ce qu'il allait dire. Ma mère a fait signe à mon père de ne pas l'interrompre. « J'ai un plan, a-t-il annoncé d'une voix si calme qu'on aurait cru qu'il n'avait pas entendu un mot de ce que mon père venait de dire. Je vais acheter le terrain. J'ai un ami qui travaille à la banque locale, je peux obtenir un prêt. Ensuite, je construirai des chalets de vacances, comme ceux que les gens ont bâtis sur le terrain voisin. Chuan m'aidera, nous embaucherons des ouvriers. En moins d'un an, nous serons rentables. »

Il a déplié une feuille de papier sur laquelle était griffonné un croquis rudimentaire d'une maison. « C'est tellement simple, je ne sais pas pourquoi je n'y ai pas pensé plus tôt. » Il parlait lentement, comme s'il s'agissait d'un discours préparé à l'avance. Debout dans la pièce, je les observais comme si j'assistais à une pièce de théâtre et qu'ils étaient tous des acteurs répétant leur texte, ma mère, mon père et Fong, et qu'ils voulaient en réalité se dire tout autre chose, en utilisant d'autres mots et d'autres tonalités ; que si nous n'avions pas été là, et qu'ils s'étaient retrouvés dans un autre endroit que celui-ci, où ils auraient été légèrement différents et peut-être plus libres, ils se seraient crié des injures.

Mais dans cette étrange version répétée d'eux-mêmes, où chacun jouait son rôle, mon père s'est levé et il a soupiré. « Je te l'ai déjà dit, Fong, c'est un plan ridicule.

— Tu ne sais pas de quoi tu parles, a répondu calmement Fong. Tu n'es qu'un enseignant sans expérience de la vie. »

Mon père a ri et s'est levé pour quitter la pièce. « Ton plan ne marchera pas. » Il le lui a dit avec un air résigné, d'une voix patiente qu'il devait réserver à ses élèves les plus obstinés. C'était un ton que je connaissais bien et qui, pour moi, signalait la fin de toute discussion. C'était peut-être cela, être un homme, ai-je pensé : être capable d'une telle irrévocabilité, exclure toute possibilité de changement ou d'évolution. C'était ce qui faisait de mon père ce qu'il était, et ce qui faisait de moi ce qu'il n'était pas.

Jouant son rôle, ma mère a cherché à nous rassurer. « Nous veillerons à ce que Fong et Chuan ne manquent de rien. »

Lina a émis un bruit dérisoire, entre le rire et le reniflement, et s'est fiché une cigarette entre les lèvres. Elle l'a allumée avant même d'être sortie de la maison.

Chuan est monté à l'étage prendre un nouveau tee-shirt. Il n'avait rien dit et avait tripoté son briquet pendant que nos parents parlaient, en l'allumant et en fixant sa flamme qui diminuait, comme pour se rappeler qu'il lui en fallait un nouveau. Je m'attendais à ce qu'il prenne la défense de sa maison, mais, tandis qu'il restait silencieux, j'ai compris à quel point il aurait été futile pour lui de répondre quoi que ce soit. J'ai alors saisi pourquoi il avait besoin de partir. Comment peut-on vivre dans un endroit dont on sait qu'il appartient à quelqu'un d'autre ? Nous croyons que c'est notre maison, nous laissons nos racines s'enfoncer dans son sol – comment pourrait-il en être autrement ? Nous ne connaissons pas d'autre endroit, mais d'une manière ou d'une autre, et qui sait pourquoi, nous nourrissons un soupçon de doute ; nous savons, nous nous attendons à être déplacés, même si nous ne pouvons pas encore anticiper ce qui déclenchera ce déménagement ; tout ce que nous savons, c'est que, lorsque cela arrivera, nous serons impuissants, incapables d'y résister ; les mots sont inutiles et même ridicules, car ils ne peuvent ni combattre ni déplorer cette perte. Mieux vaut garder ses forces pour de futurs conflits, ailleurs.

« Vous vous rendez compte de ce que vous faites ? » ai-je demandé à ma mère et à mon père en les regardant tour à tour. Mon père s'est retourné brièvement pour croiser mon regard, puis a continué son chemin ; ma mère n'a pas répondu et s'est mise à tripoter les morceaux de tissu effilochés du canapé. « Cela ne vous regarde pas », a-t-elle finalement dit.

Yin m'a pris par le poignet et m'a conduit lentement hors de la maison pour rejoindre Lina, qui se trouvait déjà à l'autre bout de la cour, à côté des scooters. Elle essuyait le guidon de celui qu'elle considérait désormais comme le sien, même si, chaque fois qu'elle l'utilisait, elle tenait à préciser qu'elle l'avait emprunté à Fong ; elle l'empruntait, elle ne le colonisait pas, plaisantait-elle. « Ils ont raison, a déclaré Yin, cela ne nous regarde pas. Dans quelques jours, nous serons partis. Nous n'avons jamais été supposés rester ici longtemps. »

Nous avons discuté des conséquences possibles de la vente : notre mère bénéficierait-elle réellement du produit de la vente ou notre père insisterait-il sur ses droits patriarcaux et encaisserait-il la totalité ? Resterait-il quelque chose une fois les dettes remboursées et une nouvelle maison achetée pour Fong ? Y aurait-il assez pour lui acheter quelque chose ?

« J'espère vraiment que maman aura sa juste part, c'est tout, a poursuivi Yin.

— Désolée, a répondu Lina, dans cette affaire, elle est complice. Elle est la seule propriétaire légale de la ferme, elle peut décider ce qu'elle veut, mais, au lieu de cela, elle se plie aux souhaits de son mari et agit comme si tout allait pour le mieux. Dans ce cas, nous ne pouvons pas la soutenir. Elle a pris sa décision.

— Pour elle, ce n'est pas si simple, ai-je dit. Vous savez comment est papa. Elle n'a pas le choix.

— *Tout le monde* a le choix, a riposté Lina. C'est juste qu'exercer sa capacité de choisir n'est pas toujours facile.

— Tu es une garce sans cœur », a lâché Yin avant de rentrer dans la maison.

Lina a jeté son mégot et l'a écrasé sous son pied. « Pas plus mal que vous ayez prévu de sortir ce soir, a-t-elle lancé. Le dîner en famille ne va pas être très marrant.

— Si jamais il y a un dîner en famille, ai-je ajouté. Tu viens avec nous ? »

Elle a secoué la tête et allumé une autre cigarette. « Non, je ne peux pas laisser Yin avec ces fous.

— Elle s'en sortira, lui ai-je assuré. Elle s'entend mieux avec eux que toi. En plus, elle est en colère contre toi.

— Ça lui passera. »

Chuan est sorti de la maison et s'est mis à courir vers nous. Il avait changé de tee-shirt et, lorsqu'il s'est approché, nous pouvions sentir le déodorant qu'il s'était abondamment vaporisé sur tout le corps. « Ouah, regarde-moi ça. C'est ton look spécial de beau gosse quand tu te fais expulser de chez toi ? » a persiflé Lina. Elle riait, les yeux brillants, comme si elle croyait vraiment que la beauté de Chuan suffirait à nous sortir de cette situation ; et il était alors impossible de ne pas ressentir une certaine forme d'optimisme. Elle était à même de juger chaque situation et savait exactement quoi dire. Quatre ans seulement nous séparaient, mais j'ai eu l'impression à ce moment-là que je n'acquerrais jamais sa capacité à manifester de l'hilarité ou de la colère au bon moment, cette compétence indéfinissable qui faisait qu'un adulte était un adulte.

« J'ai toujours l'air sexy, a lâché Chuan. Je n'ai pas besoin de déployer d'efforts.

— Si rien d'autre ne marche, tu pourrais faire gigolo, a rétorqué Lina. Tu t'amuserais bien et ça te paierait ton loyer. »

Chuan a ri en montant sur son scooter. Il s'est regardé dans le petit disque du rétroviseur et s'est lissé les cheveux. Rien dans son comportement n'indiquait qu'il était perturbé par la nouvelle que nous venions d'apprendre. Sa posture droite, les épaules ouvertes comme si elles étaient fixées à une barre invisible, donnait à son corps une allure indestructible, capable de résister à tout ce que la vie risquerait de lui infliger, et pourtant, c'était cette image de résilience qui me rendait anxieux ; j'avais soudain peur de ne plus jamais le revoir en aussi bonne santé et aussi solide ; si je partais et revenais l'année suivante, je le trouverais diminué d'une manière que je ne pouvais anticiper, et c'était cette incertitude qui me terrifiait plus que tout, cette incapacité à prédire comment ces années allaient se dérouler pour nous.

Lina a tendu sa cigarette à Chuan. « Tu n'es pas trop bouleversé ? » a-t-elle demandé, d'une voix plus calme.

Il a tendu la main pour prendre la cigarette et haussé les épaules en tirant une longue bouffée. « Je t'ai dit que je partais d'ici de toute façon. En fait, ce soir, je vais visiter un endroit que Jessie m'a trouvé. »

J'ai vu l'expression de surprise apparaître sur le visage de Lina, puis sur celui de Chuan, et je savais bien, à l'instant même, comment ils décriraient mon comportement lorsqu'ils parleraient de moi, dans le futur. *Hystérie adolescente. Jeune homme en colère. Crise d'identité. Mal du pays tardif. Il était juste fatigué. C'était trop de choses à encaisser pour un enfant. C'est la crise de croissance. Il faisait tout simplement trop chaud ce jour-là.* Et peut-être avaient-ils raison, peut-être s'agissait-il d'une évolution physique plus forte que moi, ou de l'effet du temps. Je ne pouvais pas empêcher mon corps de produire des larmes, je ne pouvais pas empêcher mes mains de se serrer et de former deux poings, malgré mes efforts pour les détendre, je ne pouvais pas empêcher ce sentiment de gêne intense, cette honte de ne pas être aussi calme qu'eux. J'avais la nette impression que l'air devenait épais et irrespirable, que j'étais étouffé par ce qui me maintenait en vie. Tout comme Lina et Chuan ne pouvaient pas comprendre ma rage – car c'était bien de cela qu'il s'agissait, je pense –, je ne pouvais pas comprendre leur stoïcisme, leur refus de lutter contre cette situation. *Il doit y avoir quelque chose à faire pour convaincre mes parents de changer d'avis, il doit y avoir quelque chose, il doit y avoir quelque chose.* Je me répétais cela sans cesse, comme lorsque j'étais enfant, espérant qu'une solution apparaisse, tout en sachant que rien ne se présenterait. J'ai tourné les talons pour rentrer à la maison et me suis mis presque immédiatement à courir ; je voulais affronter mes parents et leur dire… quoi ? Quels mots pouvais-je bien tirer de ma colère confuse ? Tout ce que je voyais semblait souillé par ma rage et mon dégoût. La cour ne m'avait jamais semblé aussi désolée, la maison aussi primitive, la végétation qui m'entourait aussi terne et laide.

Lina et Chuan me décriraient si lent et si maladroit que je n'avais parcouru que la moitié du chemin avant que Chuan ne me rattrape, me saisisse par les bras et me retienne, et je ne me suis même pas débattu, mais me suis calmé aussitôt, comme un animal domestique qui tente de s'échapper pour finalement se rendre compte qu'il ne veut pas partir. Ils s'en souviendraient différemment, presque comme une blague, et si jamais le sujet revenait sur le tapis, ils me taquineraient gentiment, comme pour me rappeler mon immaturité passée, maintenant que nous étions tous adultes et capables de rire des versions plus jeunes, osseuses, éplorées et mal coiffées de nous-mêmes.

Pourtant, même lorsque Chuan me serrait dans ses bras et me disait quelque chose que je ne pouvais pas entendre parce que mon visage était pressé contre le tissu humide de son tee-shirt et que je respirais trop fort, même à ce moment-là, je savais que je ne pourrais jamais me détacher complètement de la personne que j'étais à cet instant précis, prisonnier de ma propre frustration, inexplicablement impuissant, incapable d'exercer ma volonté sur une situation, de trouver quelque chose de léger à dire, de me contenter de hausser les épaules face à un contretemps. Plus tard, des incarnations plus âgées de cette personne exerceraient une plus grande maîtrise de ses paroles et de ses gestes dans ses interactions avec les autres, mais, parfois, cette version jeune et informe de lui-même referait surface et prendrait le dessus. L'impuissance de cette personne était liée à un sentiment de perte ; à celui d'être lentement détachée de son environnement et de soi-même, au point de se sentir à la dérive, même si ce n'était que pour quelques minutes, debout à un arrêt de bus ou au milieu d'une pièce dans laquelle elle venait d'entrer.

Je continuais à m'accrocher à Chuan, même si je savais que l'on pouvait nous observer depuis la maison ; même à ce moment-là, j'étais conscient de ce que mes parents pouvaient voir et penser de leur fils, mais leur opinion était devenue aussi insignifiante pour moi que l'air chaud et sec, sans importance car immuable. Je me suis rendu compte que j'étais bancal. La lanière d'une de mes sandales s'était cassée et mon pied était mal placé, moitié dans la sandale, moitié raclant la terre. Je me suis baissé pour l'enlever, puis l'autre sandale, afin de pouvoir au moins me tenir droit. Chuan m'a frictionné le sommet du crâne et m'a demandé si j'allais bien, et j'ai répondu – en marmonnant – oui, c'est juste la chaleur qui me tape sur le système. Nous sommes retournés vers Lina, qui a passé son bras autour de ma taille. « Ce n'est pas grave », m'a-t-elle dit.

J'ai souri et acquiescé. « Je suis sans doute déshydraté, ai-je ajouté.

— Pourquoi vous n'allez pas en ville boire quelques bières bien frappées ? C'est le meilleur remède pour se rafraîchir. Et Dieu sait que nous avons tous besoin d'un verre ce soir. »

J'ai demandé les clés à Chuan et suis monté sur le scooter. J'avais envie d'être devant et de sentir le vent sur mon visage ; je pensais que cela m'éclaircirait les idées et m'aiderait à réfléchir. Il est monté derrière moi et a tenté une nouvelle fois de convaincre Lina de venir. Elle a jeté un coup d'œil vers la maison et fait non de la tête. « Je retourne en zone de guerre. Souhaitez-moi bonne chance. »

J'ai démarré le moteur et m'apprêtais à partir lorsqu'elle s'est retournée et nous a dit encore quelque chose. Voyant que ni Chuan ni moi ne pouvions l'entendre à cause du bruit du scooter, elle a crié : *Tout ira bien.* Elle a levé les deux mains en l'air dans un double signe d'adieu, plus joyeuse qu'on ne l'attendait d'elle, et tandis que je tournais et m'éloignais sur la piste, j'ai gardé ses mots en tête et ai essayé de croire qu'ils étaient vrais.

Fong tente de déchiffrer l'expression de Sui, mais il ne voit rien ; elle est aussi placide que d'habitude. Il comprend que c'est ainsi qu'elle a réussi à survivre en tant qu'épouse et mère : en se distanciant de tout ce qu'elle trouve difficile. Elle se plie à ceux qui imposent une volonté plus forte que la sienne, qu'il s'agisse de son mari ou de ses enfants ; c'est sa stratégie de défense. Elle préfère renoncer à ses droits plutôt que de défier Jack. Pendant qu'il parle de son projet de vendre la ferme, elle évite le regard de Fong, et son silence lui confirme qu'elle a décidé de se ranger du côté de son mari. Elle possède les droits légaux, mais elle lui a cédé les droits moraux.

Plus tard, Chuan entre dans le garage où Fong répare un essuie-glace défectueux sur la voiture. Que peut-il faire d'autre que réparer les morceaux brisés de sa vie ? Papa, dit Chuan. Dans l'encadrement de la porte, son fils semble grand et taillé dans une matière inébranlable, mais cette impression de solidité existe peut-être uniquement parce que Fong a le sentiment de s'effriter en mille morceaux. Ils se tiennent là, ils se regardent, mais aucun des deux ne bouge. Ils ne sont pas comme les Lim, toujours si tactiles. Chuan et lui ne savent pas faire ça, et il est trop tard pour apprendre. Pourtant, il est réconforté par la présence de Chuan, qui veille sur lui tandis qu'il répare un morceau de plastique et de métal qui aurait dû être réparé depuis des semaines. Ne t'inquiète pas, promet son fils, on va arranger les choses.

Je me tenais à la porte de la chambre de mes parents pendant que ma mère faisait ses valises. Elle pliait les vêtements en carrés bien nets et les lissait avant de les ranger dans de vieilles valises en skaï. « Tu ferais mieux d'aller préparer tes affaires au lieu de me regarder toute la journée, m'a-t-elle lancé.

— Pourquoi partons-nous si tôt ?

— Papa doit rentrer. Pour chercher du travail. »

Elle a continué de s'affairer avec un calme presque mécanique, même lorsqu'elle me parlait. Elle a pris une petite pile de slips de mon père et s'est mise à plier ces formes irrégulières en petits cubes parfaits, une par une, jusqu'à ce qu'elle parvienne à les glisser dans un espace qu'elle avait ménagé entre les autres vêtements. J'ai alors réalisé que je l'avais observée toute ma vie, que ma place dans son monde était sur le seuil de la porte, à la regarder depuis une certaine distance, ni proche ni éloigné, et pourtant intimement lié à elle d'une manière que ni l'un ni l'autre ne pouvions exprimer.

« Je pense que je vais rester un peu plus longtemps, ai-je dit. L'école ne commence pas avant un moment. »

Elle n'a pas levé les yeux, ses mains continuant à travailler avec dextérité. « Absurde… comment vas-tu rentrer à la maison ? » a-t-elle réagi, même si j'ai remarqué qu'elle n'avait pas dit non.

Pour rentrer à la maison, je pouvais prendre un bus depuis la petite gare du village, lui ai-je expliqué, même si je devais changer de ligne, ou bien Chuan n'aurait qu'à me conduire en ville, à seulement quarante-cinq minutes de route, où il y avait de nombreux bus chaque jour, et il attendrait même que je sois dans l'autobus pour s'assurer que je sois en sécurité. Je partirais le matin et serais largement rentré à l'heure du dîner.

Elle a émis un petit son, comme *En*, qui pouvait tout aussi bien signifier « oui » que « non », mais qui en réalité se situait quelque part entre les deux. On lui demandait de prendre une décision, une décision de plus dans la longue liste de ses décisions quotidiennes, et à ce moment précis, comme à tant d'autres moments, elle était trop fatiguée pour y arriver ; son esprit était encombré d'autres préoccupations qui se bousculaient dans ses pensées, et voilà que Jay, son plus jeune fils, lui en demandait encore plus. Il réclamait toujours des choses qui avaient tendance à se transformer en fardeau ; même la plus simple des demandes, comme « Y a-t-il encore à manger ? », avait parfois tendance à l'écraser. Je comprends clairement maintenant à quel point j'étais une source d'inquiétude pour elle. Malgré son attitude sereine et droite qui ne faiblissait jamais malgré la chaleur, elle était en train de s'effondrer.

En bas, Yin fredonnait un air incertain. Elle avait déjà bouclé ses valises plus tôt dans la matinée et maintenant attendait patiemment notre départ.

J'ai quitté la pièce, mais, à mi-chemin dans le couloir, je me suis retourné et me suis arrêté à nouveau devant la porte de ma mère. Je sentais que je devais entrer, mais je suis resté en retrait, la regardant. Elle était maintenant debout, rassemblant ses bouteilles de shampoing et de lotion sur la coiffeuse et les scellant avec un rouleau de ruban adhésif qu'elle avait apporté à cet effet. Je voulais lui demander comment elle se sentait, si quelque chose n'allait pas. Il aurait été si facile de m'avancer de quelques pas vers elle et de la serrer dans mes bras, et peut-être que cela nous aurait fait du bien à tous les deux, mais, pour une raison quelconque, je suis resté près de la porte et je l'ai regardée sceller méthodiquement les flacons avec du ruban adhésif.

Maman, ai-je dit ; et elle a émis à nouveau ce bruit, *En*. Je lui ai demandé si elle allait bien et elle m'a répondu : « Oui, pourquoi ça n'irait pas ? »

Ils reconnaissent tous les sons que produit la terre : le bruissement à peine perceptible des arbres le jour, les différents oiseaux qui volent au-dessus de leurs têtes à tous moments de la journée, le chœur nocturne des insectes de la jungle, où les arbres sont hauts et denses, les camions au loin, le scooter solitaire qui se fraye un chemin sur la piste cahoteuse, et c'est soit Lina, soit Fong, le frémissement bref des feuilles au-dessus de leurs têtes dans les rares bouffées de vent. Mais, à cet instant, il y a un bruit inhabituel, une intrusion brutale.

Jay le remarque le premier. Il a la tête posée sur la poitrine de Chuan et entend le son comme s'il était réfracté à travers le corps de Chuan, sa chair, les espaces mystérieux que renferment ses os, et il est perplexe. Il observait la texture particulière de la peau de Chuan, ni claire ni foncée, ni lisse ni rugueuse, ni moite ni sèche, et il la caressait du bout des doigts, essayant de mémoriser son aspect pour pouvoir le décrire plus tard. Le disque brun foncé et flou du téton de Chuan, trop proche de ses yeux pour qu'il puisse le distinguer clairement. Il commence à approcher ses doigts et, juste au moment où il le touche, il entend ce bruit.

Qu'est-ce que c'est ? demande-t-il en se redressant en position assise.

Chuan somnolait sur la couverture qu'ils avaient étendue à leur emplacement, près du lac. La journée touche à sa fin et, bientôt, ils se rendront en ville comme ils en ont pris l'habitude réconfortante, à deux-roues.

Chuan, réveille-toi.

Oui, j'entends. Que se passe-t-il ?

Je ne sais pas.

Le bruit commence par un bégaiement mécanique avant de se transformer en un gémissement rageur. Si les machines avaient une âme, pense Jay, toute leur rage serait contenue dans ce cri qui flotte maintenant sur le lac.

C'est une tronçonneuse, a soufflé Chuan, et les deux garçons sont maintenant en alerte. Ils se lèvent et s'habillent, enfilant leurs shorts et leurs chaussures, puis courent torse nu à travers les broussailles. Des branches épineuses tentent de les accrocher, mais Jay ne ressent plus la douleur vive qu'elles lui infligent. Il pense seulement que ses cheveux sont encore mouillés par l'eau du lac et apprécie la fraîcheur que cela procure à son corps tandis qu'il court derrière Chuan.

À mesure qu'ils s'approchent de la source du bruit, ils ralentissent et, d'instinct, s'accroupissent. Malgré l'intensité envahissante du bruit, celui-ci a quelque chose de furtif – ils savent tous les deux que c'est une heure étrange pour couper du bois – et ils sentent qu'ils doivent rester invisibles. Lorsqu'ils sont suffisamment près pour voir clairement dans la pénombre, car le crépuscule tombe et la lumière décline rapidement, ils aperçoivent un homme qui enfonce une tronçonneuse dans le tronc d'un vieux tamarinier. Il a du mal : le tronc est épais et résistant, et la tronçonneuse vrombit furieusement sans vraiment progresser.

« Qu'est-ce qu'il fout, ton père ? » demande Jay.

En guise de réponse, Chuan secoue la tête. Ils regardent Fong continuer à tenter d'abattre l'arbre. Il a la tête baissée, concentré comme s'il n'avait pas d'autre choix que de continuer, comme s'il devait détruire cet arbre ou mourir. La tronçonneuse commence à entailler le bois, mais elle se coince ; Fong insiste à nouveau. Toute sa rage se transforme en énergie qu'il transmet à la machine, au bruit qu'elle produit. Finalement, la tronçonneuse se détache du bois d'un coup sec. L'arbre bascule très lentement, comme s'il allait tomber, mais il s'immobilise, ses branches s'accrochant à celles des arbres voisins, qui retiennent la chute. Jay et Chuan entendent le craquement des brindilles et du bois, puis un silence curieux revient. Fong recule, examine l'arbre et, satisfait de son état, il commence à s'attaquer au suivant.

Lorsque Jay et Chuan reviennent quelques jours plus tard, tous les tamariniers ont été abattus à la tronçonneuse et gisent en tas irréguliers, comme si une tempête avait décidé de semer le chaos dans cette partie précise de la ferme. L'espace dégagé par l'ancienne canopée laisse entrer trop de lumière et ouvre la vue sur le lac qui, de là où ils se trouvent, ressemble à une petite étendue marécageuse. Ne sachant pas quoi dire alors qu'ils se frayent un chemin parmi les troncs, Chuan plaisante en disant que Lina devrait revenir photographier les arbres morts pour son projet artistique. Jay suit du bout des doigts les cernes de croissance des souches et se remémore la sensation des crevasses rugueuses sur sa peau. Ils étaient malades et devaient mourir de toute façon.

Tel père, tel fils.

Sui observe Jay prendre son père dans ses bras pour lui dire au revoir, frappée par leur ressemblance. Elle doit perdre la tête, car il lui semble que Jay a grandi de plusieurs centimètres au cours du dernier mois et qu'il est maintenant aussi grand que Jack, leurs silhouettes élancées en miroir l'une de l'autre. Jay est pressé et impatient de poursuivre sa journée, sa vie. Il préférerait que la famille parte rapidement et sans créer d'histoires, en le laissant libre de faire ce qu'il veut, maintenant qu'il a trouvé des sources de distraction et d'amusement que Sui ne peut deviner et dont il ne lui parle pas. En cela aussi, il ressemble à Jack : il a hérité du besoin de secret de son père.

Il en va de même pour Chuan, ce gentil garçon qui rejette son père mais qui, comme le remarque Sui avec tristesse, finira comme lui, bon à rien et à la merci du monde dans lequel ils vivent.

Pères et fils : ils se croient farouchement opposés, mais ce sont en fait des copies conformes les uns des autres.

Elle regarde Jay rentrer dans la maison. Que lui léguera-t-elle ? se demande-t-elle en montant dans la voiture. Elle espère que ce sera la résistance, la capacité à supporter les blessures. Mais elle n'en est pas sûre, comme elle n'est sûre de rien à ce moment-là.

Nous avons conduit Lina en ville dans la voiture de Fong, que nous avions empruntée sans sa permission. Ce n'était que pour un petit trajet, nous sommes-nous dit, nous n'allions ni loin ni pour très longtemps. Elle avait décidé de prendre le bus directement pour retourner à l'université à Penang, renonçant au rituel de passer quelques jours à la maison avec sa famille avant le début du nouveau semestre. Elle ne savait pas quand elle reviendrait, car elle avait déjà trouvé un emploi à temps partiel pour les prochaines vacances, afin d'aider à payer son logement et ses autres dépenses. Elle se sentait prête pour cette année, qu'elle décrivait comme la dernière année scolaire de son existence avant de commencer sa véritable vie. Mes études se déployaient devant moi, et je ne pouvais m'empêcher d'être envieux.

Même si la ferme était vendue, disais-je, un jour, je trouverais un emploi qui me rapporterait suffisamment pour pouvoir revenir, racheter la terre à son propriétaire et rétablir Chuan et Fong à la ferme. Oui, je deviendrais banquier à Wall Street ou à Singapour, et je nous sauverais tous, plaisantaient-ils ; et dans leur jovialité, je voyais à quel point j'étais naïf d'avoir été sincère. « Pourquoi pas ? ai-je insisté. Pourquoi pensez-vous que c'est impossible ?

— Rien n'est impossible, mon puissant frère, a répondu Lina en se penchant depuis le siège arrière pour m'ébouriffer les cheveux. Mais je ne te vois pas vraiment en banquier. Tu devras juste gagner gros aux courses.

— Comment peux-tu savoir si je serai encore dans le coin ? a demandé Chuan. Peut-être que je te suivrai à Kuala Lumpur, une fois que ma situation financière sera plus stable. »

Je n'ai pas répondu, gardant mon espoir pour moi.

Mes parents et Yin étaient partis plus tôt dans l'après-midi, discrètement et sans cérémonie, comme s'ils ne voulaient pas troubler le silence de la maison. Ma mère m'avait donné de l'argent pour acheter mon billet de retour et, profitant de ce que mon père regardait ailleurs, elle avait glissé quelques billets dans la main de Lina avant de s'éloigner rapidement. « Maman ! s'est écriée Lina. Maman ! » Elle a suivi notre mère et l'a enlacée par-derrière. Elle a posé légèrement sa tête contre son dos, et j'ai réalisé que cette étreinte m'était étrangère, car cela faisait de nombreuses années que je ne l'avais plus vue faire ce geste. Ma mère l'a serrée dans ses bras et lui a murmuré quelque chose à voix basse, puis mon père a démarré la voiture, dont le moteur a toussé avant de tourner.

Après leur départ, nous avons téléphoné à la gare et découvert qu'il y avait des bus qui allaient jusqu'au nord, à Penang et au-delà, et que Lina n'aurait même pas besoin de se dépêcher. Je lui ai proposé d'aller nager dans le lac avant son départ, mais elle a répondu qu'il était inutile de perdre du temps. Elle a fumé trois Marlboro d'affilée en attendant que Chuan vienne nous conduire à Johor Bahru, en tirant si longuement et si profondément sur sa cigarette que je pouvais voir le bout brûler et se transformer en cendres. Je lui ai suggéré d'y aller doucement. « Le voyage est long, j'ai besoin de mes taffes tout de suite », m'a-t-elle répondu.

Lorsque nous sommes arrivés à la gare, il ne restait plus que des billets à prix élevé, dans des autocars climatisés équipés de petits écrans de télévision. La femme au guichet nous a montré une photo de l'intérieur du bus, rempli de passagers souriants : une mère avec un enfant qui pointait du doigt un écran diffusant une scène de *Jurassic Park*. Le billet coûtait plus cher que ce qu'elle avait eu l'intention de payer, mais ce n'était tout de même pas une somme exorbitante. Elle m'a dit qu'elle m'enverrait un SMS à son arrivée pour m'indiquer si le confort justifiait le supplément. J'avais encore quelques jours avant de devoir effectuer un voyage similaire vers le nord.

« *Si* je décide d'y aller, ai-je précisé. Mais je pourrais choisir de rester.

— Dans ce cas, a-t-elle répondu en m'ébouriffant les cheveux, bonne chance pour le reste de ta vie. »

Nous avions une heure à tuer avant le départ du car, trop peu de temps pour aller quelque part, alors nous nous sommes assis sur les sièges en plastique de la salle d'attente à côté de la billetterie, où la climatisation fonctionnait mal et chargeait la pièce d'une odeur d'humidité et de moisi, teintée d'un relent d'épices. Chuan a essayé de nous acheter des boissons au distributeur automatique, mais l'appareil rejetait les pièces qu'il introduisait et n'acceptait pas les billets. Nous avons observé les gens se rassembler lentement dans l'attente du départ du car : une famille avec cinq enfants, leurs sacs en plastique remplis de vêtements et de nourriture ; un homme solitaire au regard vitreux, les cheveux si épais et blancs qu'on aurait dit qu'il portait un chapeau ; deux adolescentes ajustant leurs hijabs déjà impeccables ; quelques Indonésiens solitaires, ne portant que de petits sacs à dos usés, qui se rendaient dans le nord à la recherche de travail. Nous avons essayé de deviner ce qui se passait dans leur vie : d'où ils venaient, s'ils essayaient de fuir ou de retrouver quelqu'un, s'ils étaient en quête d'aventure ou de réconfort, et où ils passeraient le reste de leurs jours. Nous avions chacun nos théories ; nous ne pouvions nous mettre d'accord sur la fin de leurs histoires.

Lorsque le moment est venu de monter dans le bus, Lina a attrapé ses sacs, disant qu'elle tenait à avoir une bonne place. Je lui ai fait remarquer que sa place était numérotée, mais elle m'a répondu que cela n'avait pas d'importance, qu'il était toujours possible d'en changer une fois à bord. Elle ne voulait pas se retrouver coincée à côté d'un type louche et devoir passer les dix prochaines heures à repousser sa main et à faire semblant de dormir. Elle avait déjà vécu cela : on s'assoupit et on sent ses doigts. Mieux valait s'asseoir avec les gentils retraités qui partaient retrouver leurs amantes clandestines trois fois plus jeunes qu'eux (c'était l'histoire qu'elle avait inventée les concernant).

Chuan et moi sommes restés à côté de Lina pendant qu'elle faisait la queue pour mettre ses bagages dans la soute. Le sol était poisseux, imbibé de vieux diesel, et l'air sentait le caoutchouc brûlé. Juste avant de monter les marches, elle a fait un signe de la main à Chuan. « Au revoir, gigolo, amuse-toi bien », a-t-elle lancé. Puis elle s'est tournée vers moi et m'a serré dans ses bras. « Au revoir, mon cher frère », a-t-elle dit avec une solennité exagérée. Je pensais qu'elle allait ajouter quelque chose, mais elle m'a gardé dans ses bras quelques instants, puis elle est montée à bord. Nous l'avons vue parler à quelqu'un, sans doute pour échanger sa place, avant de s'asseoir et de sombrer hors de vue.

Est-ce la dernière fois.

Ce n'est pas une question, mais une déclaration, comme si Chuan avait déjà pris sa décision.

La dernière fois que quoi ? répond Jay.

La dernière fois que nous serons seuls ensemble. Chuan dit cela très calmement, et Jay se sent blessé par le ton de sa voix.

Ne sois pas pénible, proteste Jay. Bien sûr que non.

Chuan ne dit rien.

Ils sont assis sur un ponton, dans une sorte de parc naturel qui fait la renommée de la ville, aménagé en une série de passerelles et de jetées en bois le long de la rivière. Il est tard et l'obscurité de l'eau est éclairée par d'épaisses nuées de lucioles dans les arbres qui bordent la rive. La lumière qu'elles irradient semble à la fois brillante et irréelle, son éclat est si intense et si dispersé dans les branches qu'elle doit être produite de façon artificielle. Le parc a fermé depuis quelques heures, mais Chuan connaît un passage secret : il y a deux ans, il a travaillé pendant quelques semaines comme serveur dans le café des lieux et sait où se trouvent les entrées, officielles et non officielles. Il voulait montrer à Jay la principale attraction de la ville – sa seule attraction, estimeraient certains – avant son départ. Ils se sont donc faufilés par un portail désaffecté et ont marché un kilomètre jusqu'à l'endroit où Chuan sait que les lucioles sont les plus brillantes.

Je pourrais rester, dit Jay. Dans un an et deux mois, j'aurai dix-huit ans et je pourrai faire ce que je veux.

C'est dans un an et deux mois.

Je pourrai revenir à ce moment-là.

Tu dois terminer l'école et aller à l'université. Voilà ce que tu dois faire.

Une fois que j'aurai atteint la majorité, je pourrai faire tout ce qui me plaît.

Il y a la loi, et il y a ce qui est juste.

Non, pense Jay : il y a la loi, et il y a ce qui est *possible*. Ce qui est faisable. C'est ce que veut dire Chuan. Il réplique : Tu penses que je ne pourrai pas revenir.

Chuan répond : Non, je pense que ce n'est pas une bonne idée que tu reviennes.

Je peux décider de ce qui est bon pour moi, merci beaucoup, et toi de ce qui est bon pour toi.

Dans la nuée éblouissante et inquiétante des lucioles, de minuscules points lumineux s'éteignent et Jay se demande si elles s'éteignent parce qu'elles meurent, ou pour autre chose de moins définitif, la fatigue ou la migration. Il craint qu'elles ne commencent toutes à s'éteindre, signifiant la fin d'une saison, et de nombreuses vies minuscules. Comme s'il sentait l'inquiétude de Jay, Chuan dit : N'est-ce pas incroyable, ça dure toute la nuit.

J'ai faim, lance Jay. Ils ont dîné tôt, il y a plusieurs heures déjà, et son corps est vide, douloureux. Des douleurs de croissance, comme disent toujours ses parents. Il y a en lui un vide qui n'existait pas auparavant. Ce vide ressemble à la faim, mais Jay pense qu'il s'agit en réalité d'un désir, même s'il ne sait pas ce qu'il désire.

La veille de mon départ, j'ai accompagné Chuan pour visiter son nouvel appartement. Il était modeste mais propre, composé de deux pièces, et situé au-dessus d'un bureau de paris. Il n'avait pas été construit pour servir de logement, mais plutôt comme espace de stockage pour le commerce du rez-de-chaussée. Il disposait toutefois d'une petite salle de bains et d'une cuisine rudimentaire que le propriétaire avait installées. Il n'était pas tout à fait prêt lorsque nous l'avons visité – il fallait remplacer quelques carreaux dans la salle de bains et réparer une fenêtre –, mais Chuan aurait bientôt les clés. Dans la plus grande pièce côté rue on sentait légèrement les relents de la canalisation bouchée qui passait devant l'immeuble, mais la petite pièce de l'autre côté donnait sur un champ envahi par la végétation, bordé de bananiers chargés de fruits malgré la sécheresse. Moitié ville, moitié campagne, a observé Chuan.

Nous avions convenu que je reviendrais lui rendre visite pendant les prochaines vacances scolaires. Même si la ferme n'était pas vendue, d'ici là, il vivrait en ville, et il y aurait, comme je pouvais le constater, beaucoup d'espace. C'était un projet qui nous rassurait tous les deux, surtout moi. Avec son nouvel appartement et la proximité d'un nouvel emploi potentiel, je sentais qu'il était impatient d'aller de l'avant et de rompre complètement avec la ferme et son père. Ma présence serait un fardeau pour lui, et je voyais bien que mon enthousiasme ne ferait qu'ajouter à la liste des choses qui lui pesaient. Il valait mieux que je parte jusqu'à ce qu'il ait trouvé un nouvel emploi. Il ne pouvait pas m'indiquer combien de temps cela prendrait, et quand il m'a promis que nous nous reverrions aux prochaines vacances, j'ai compris que c'était sa façon de me réconforter, de rendre les mois à venir plus supportables pour nous deux.

Les billets les moins chers pour rentrer étaient pour les bus de fin de soirée, juste avant ou après minuit, et nous avons décidé de passer notre dernière journée à flâner en ville plutôt qu'à la ferme. J'avais proposé d'aller nager une dernière fois dans le lac, mais aucun de nous deux ne souhaitait rester plus longtemps que nécessaire. Fong était là, penché sur des papiers étalés sur la table de la cuisine, procédant à des additions à l'aide d'une calculatrice. Je n'étais pas habitué à le voir avec ses lunettes à monture métallique, qui le vieillissaient et le faisaient paraître beaucoup plus lent et indécis que lorsqu'il était dans les champs. Je l'entendais claquer la langue et soupirer lorsqu'il se trompait sur le clavier et retapait les chiffres. Il avait mélangé les pages et devait les feuilleter rapidement avant de trouver celle qu'il cherchait, qu'il fixait alors comme s'il s'agissait d'un texte sacré. Il s'endormait aussi à des moments inhabituels dans le fauteuil du salon, en milieu de matinée ou juste avant que Chuan et moi ne sortions pour la soirée. J'ai jeté un œil à la dérobée sur ses papiers et vu qu'il remplissait des demandes de prêts bancaires et n'arrivait pas à boucler les comptes. Si j'avais pu passer ne serait-ce qu'une demi-heure avec lui, nous aurions pu mettre de l'ordre dans ses affaires, mais Chuan affirmait que cela ne servait à rien : Fong était un vieil homme têtu qui refuserait mon aide.

Juste avant l'heure où nous devions quitter la ferme, j'ai marché jusqu'au lac, car je voulais graver l'endroit dans ma mémoire. J'étais conscient de ce que cela avait de sentimental, c'est pourquoi je tenais à être seul, sans même Chuan pour me distraire ou se moquer de moi. De nombreux arbres avaient été abattus au hasard, et Fong avait loué un petit bulldozer qui barrait le chemin, m'obligeant à le contourner pour me rendre au lac ; mais, à part cela, le terrain était aussi plat et tranquille que jamais, l'eau avait la même teinte boueuse et indéfinissable que d'habitude. Je me suis rendu compte que je m'efforçais de mémoriser chaque détail, alors que j'avais promis de revenir dans quelques mois. J'allais avoir dix-sept ans, et à cet âge, que savais-je vraiment du temps ?

J'ai dit au revoir à Fong, qui m'a rappelé joyeusement que je serais toujours le bienvenu et que je n'avais pas besoin de lui demander si je pouvais séjourner ici. Même si j'arrivais à l'improviste, ce serait toujours un plaisir. J'ai plaisanté en lui répliquant qu'il exagérait, qu'il n'était pas nécessaire d'être aussi poli, que nous avions dépassé le stade de cette courtoisie traditionnelle chinoise qui l'obligeait à dérouler le tapis rouge pour les visiteurs. Nous n'avions pas besoin d'adopter une attitude aussi solennelle l'un envers l'autre, lui ai-je dit, nous étions amis.

Il a marqué une pause avant de sourire. Oui, a-t-il dit, nous sommes amis, mais tu peux toujours venir quand tu le souhaites.

Il est rentré dans la maison avant même que Chuan et moi ayons atteint la voiture, et lorsque je me suis retourné pour lui faire signe, je n'ai vu que la véranda, qui semblait légèrement inclinée, et la maison qui s'élevait au-dessus. Rien n'avait changé depuis mon arrivée, et peut-être que cela ne changerait jamais.

L'air était doux et lourd, et à ce moment-là, Chuan a pointé du doigt les collines au loin, désormais assombries par des nuages de pluie. Il a ri lorsque j'ai serré les poings en feignant la colère et que je les ai frappés contre le tableau de bord. « Dès que je pars, il pleut », ai-je dit. Nous nous sommes dit que ce serait agréable de nager dans le lac sous un orage ; le danger d'être frappé par la foudre rendrait l'expérience encore plus excitante. Nous avons décidé de garder cela pour la fois suivante, lorsque je reviendrais spécialement au milieu de la saison des pluies. J'ai sorti mon bras par la fenêtre et tourné ma paume au vent, sentant les rafales souffler entre mes doigts. Les premières gouttes de pluie ont touché ma peau, légères et hésitantes, après ces longs mois de sécheresse.

Sur le chemin de la ville, je lui ai demandé de prendre l'autoroute. Je ne souhaitais pas manger au marché nocturne sous la pluie. Je voulais qu'on continue de rouler, tout droit vers la ville. Nous pourrions nous rendre au bar où nous étions déjà allés et danser pendant quelques heures jusqu'à ce que le moment soit venu de prendre le bus. Chuan m'a dit que cette idée lui plaisait : pourquoi les départs devaient-ils être tristes, pourquoi ne pas en faire une fête ?

Nous sommes arrivés beaucoup plus tôt que la fois précédente. Le parking était calme, occupé seulement par une demi-douzaine de voitures en ordre dispersé, mais les lumières bleues fluorescentes qui encadraient la porte d'entrée étaient allumées et nous pouvions entendre les cognements lourds de la musique à l'intérieur, donnant l'impression que la soirée battait déjà son plein. Il n'y avait pas beaucoup de monde, mais, quand nous sommes entrés, quelques hommes au bar et un petit groupe assis à une table ont levé les yeux, puis nous ont salués d'un signe de tête lorsque nous sommes passés devant eux, et j'ai eu l'impression qu'ils nous avaient reconnus. Je leur ai fait signe en passant et me suis appuyé contre le bar avec Chuan. « Comme d'habitude ? » m'a demandé le barman, même si je n'avais aucune idée de ce que j'avais l'habitude de commander, et il nous a servi deux bouteilles de Pepsi, ce qui était en fait exactement ce que je voulais. Il m'a demandé si j'étais d'ici et j'ai répondu que non, mais que je venais souvent dans le coin. Je reviendrais bientôt. Il a levé sa bière vers moi et nous avons trinqué. Il n'y avait personne sur la piste de danse, il était trop tôt, mais j'ai soufflé à Chuan : « Allez, on y va », et nous nous sommes glissés dans le petit espace devant le karaoké. Son corps semblait souple et rapide, et j'essayais d'imiter ses mouvements fluides et harmonieux. D'autres se sont joints à nous, et j'ai senti le contact agréable et accidentel d'un coude ou d'une hanche contre moi. Certains discutaient en dansant, d'autres chantaient faux. Les lumières de la discothèque se sont allumées. Des couleurs kaléidoscopiques tourbillonnaient sur le visage de Chuan. Il s'est penché vers moi et m'a dit quelque chose, mais ses mots ont été couverts par la musique.

Remerciements

Tahmima Anam, Charles Buchan, Sarah Chalfant, Bernard Chauly, Chong Siew Ying, Michelle Kane, DD Johnson, Jackie Ko, Huan et Angela Lim, Édouard Louis, Ian Teh.

Les premières pages de ce roman, ainsi que la série qu'il ouvre, ont été conçues dans le cadre d'une bourse de l'Institute for Ideas and Imagination, à Paris. Je remercie Judith Ginsberg, Paul Leclerc, Mark Mazower et Marie d'Origny.

NORD COMPO
multimédia

Composition et mise en pages
Nord Compo à Villeneuve-d'Ascq

CET OUVRAGE
A ÉTÉ ACHEVÉ D'IMPRIMER
SUR ROTO-PAGE
PAR L'IMPRIMERIE FLOCH
À MAYENNE EN NOVEMBRE 2025

Les Éditions Flammarion sont investies dans une démarche active pour l'empreinte environnementale de leurs parutions. Ainsi, le livre que vous tenez entre vos mains a été imprimé sur des papiers issus de forêts gérées durablement, par un imprimeur engagé dans la protection de l'environnement.

N° d'édition : 639359-0. N° d'impression : 107994
Dépôt légal : janvier 2026
Imprimé en France